Sarah Saxx

Auf Umwegen ins Herz

Sarah Saxx

Auf Umwegen ins Herz

1. Auflage, Oktober 2013

Lektorat: Kornelia Schwaben-Beicht, www.abc-lektorat.de
Satz: Sarah Saxx
Umschlaggestaltung: Sarah Saxx
Umschlagfotos: © deviantART / © Vallentin Vassileff - Fotolia.com
Bei den abgebildeten Personen handelt es sich um Models.

Die Autorin ist unter der folgenden Adresse zu erreichen. Es handelt sich bei der Adresse um einen postalischen Weiterleitungsservice der Firma Ideekarree, da die Autorin ihre private Adresse nicht bekanntgeben möchte. Die Firma Ideekarree trägt Sorge für die fristgerechte Weiterleitung der Post an die Autorin, sofern diese an folgende Adresse gesendet wurde:

Sarah Saxx
c/o IDEEKARREE Medien Leipzig
Herr Alexander Pohl
Alfred-Kästner-Straße 76
04275 Leipzig

- PAKETE WERDEN GRUNDSÄTZLICH NICHT ANGENOMMEN! -

ISBN 978-3-9503665-1-8

www.sarahsaxx.com

Für Ann und Em, meine beiden Engel auf Erden.

Wie gewonnen, so zerronnen

Sabine Lautner:
Hallo, Jana!
Wir kennen uns nicht persönlich, aber ich habe eine Frage zu dem Foto vom „Ball an Bord", auf dem Du markiert wurdest. Auch wenn Dir meine Frage jetzt sehr eigenartig vorkommt, aber heißt der Mann an Deiner Seite zufällig Georg? Wenn nicht, dann tut es mir leid, dass ich Dich belästigt habe. Wenn aber doch, dann bitte ich Dich, mir kurz zu antworten.

Diese Facebook-Nachricht irritierte mich. Sabine Lautner kannte ich nicht. Wieso interessierte sich diese fremde Frau für ihn? Und woher kannte sie seinen Namen?

Jana Sommer:
Hallo, Sabine!
Ja, auf dem Foto bin ich mit meinem Freund Georg zu sehen. Wieso fragst Du? Woher kennst Du ihn?

Sabine Lautner:
Nur um sicherzugehen: Würdest Du bitte folgenden Link anklicken und mir sagen, ob der Mann, den Du auf dem Foto siehst, derselbe ist, mit dem Du auf dem Ball warst?

Als ich diese Zeilen las, wurde mir speiübel, und ich war mir sicher, die Weihnachtskekse waren nicht der Grund dafür. Ich starrte auf die Nachricht und war heillos überfordert. Den Mut, dem Link zu folgen, brachte ich nicht auf. Als ich ihr antwortete, zitterten meine Hände.

Jana Sommer:
Was soll denn das werden? Wer bist Du und was willst Du von mir?

Sabine Lautner:
Bitte, sieh Dir das Foto an. Ich weiß, es ist viel verlangt, immerhin kennst Du mich nicht. Aber bitte, schau es Dir an, dann erst kann ich Dir alles erklären.

Was blieb mir also anderes übrig. Ich würde nicht schlauer werden, wenn ich versuchte, den Facebook-Link mit meinem Blick zu hypnotisieren. Also klickte ich darauf und schloss die Augen. Ich rechnete mit allem. Aber nicht mit dem, was mich auf diesem Bild erwartete.

Kapitel 1

Die Nachricht

Knapp fünf Monate später, Ende April:

Erschöpft fiel ich auf mein Sofa. Arme und Beine streckte ich von mir und streifte die Schuhe von den Füßen. Der Arbeitstag war wieder sehr anstrengend gewesen. Ich war erleichtert, ihn endlich überstanden zu haben und mich nun zu Hause entspannen zu können. Ich beschloss, einen guten Wein aufzumachen und mir ein heißes Schaumbad zu gönnen.

Ich stemmte mich aus dem Sofa hoch und schaltete auf dem Weg zur Küche meine Stereoanlage an. Leise summte ich mit, während ich einen eiskalten Chardonnay entkorkte und den Wein einschenkte.

Im Badezimmer ließ ich das Wasser ein und gab reichlich Schaumbad hinein. Gedämmtes Licht und ein paar Teelichter rundeten das wohlig-entspannende Ambiente ab. Es dauerte nicht lange und der Raum war erfüllt von heißem Dampf, der nach Rosen duftete. Die Musik konnte ich auch von hier gut hören, weil ich die Tür nur angelehnt hatte.

Die Müdigkeit steckte fest in meinen Knochen, und ich konnte es kaum erwarten, ins heiße Nass zu tauchen. Das Weinglas stellte ich auf den Wannenrand ab, bevor ich vorsichtig in die Wanne stieg. Entspannt schloss ich die Augen und ließ mich von der ruhigen Musik der 1960er und 1970er Jahre berieseln, die ich so sehr liebte. Sie versetzte mich in eine Friede-Freude-Eierkuchen-Traumwelt. Und das war genau das, was ich im Moment auch brauchte.

Meine Augenlider wurden schwer. Ich konnte ein herzhaftes Gähnen nicht unterdrücken und musste lächeln. Wie schön, dass Freitag war und ich nun zwei Tage Zeit hatte, mich von der stressigen Arbeitswoche zu erholen.

Ein „Pling“ ließ mich hochschrecken. Das Wasser war kühl geworden, die Musik zu Ende und die Teelichter erloschen. Mein Weinglas stand noch immer unberührt dort, wo ich es abgestellt hatte. Leicht benommen von meinem Nickerchen versuchte ich, dieses Geräusch zuzuordnen.

Das flauschige Badetuch um mich gewickelt, stieg ich aus dem Wasser. Vorsichtig, um nicht auszurutschen, ging ich zum Lichtschalter. Das plötzlich helle Licht blendete meine Augen. Wie lange ich wohl geschlafen hatte? Ich ließ das Wasser aus der Wanne und probierte einen Schluck Wein, der aber viel zu warm geworden war. Als ich das Glas in die Küche tragen wollte, fiel mein Blick auf mein Smartphone. Es blinkte, offensichtlich war eine Facebook-Nachricht eingegangen.

Ich nahm es mit und setzte mich auf einen Barhocker in der Küche. Dann öffnete ich die Message.

Julian König:
Hallo, liebe Jana!
Womöglich bist Du gar nicht die, die ich suche. Warst Du zufällig Mitte der 90er Jahre in der Jugendgruppe „Boot“? Falls ja, wäre es super, wenn wir wieder in Kontakt kämen.
Liebe Grüße, Julian König

Was sollte das jetzt? Ich las die Nachricht ein zweites Mal, spürte, wie mein Herz wie wild zu klopfen begann, und war deshalb noch verwirrter als beim ersten Lesen. Dann sah ich, dass dieser Julian noch online war. Als hätte ich mir die Finger verbrannt, legte ich mein Smartphone sofort auf den Küchentresen. Ich hielt mein Badetuch fest, so, als ob er durch mein Handy sehen könnte, dass ich bis auf den Frotteestoff nackt war.

Mein Herzschlag wollte sich nicht beruhigen, und zu allem Überfluss schoss mir noch die Hitze ins Gesicht. Ich ärgerte mich über meine kindische Reaktion, immerhin war es doch nur eine ganz normale Nachricht auf Facebook.

Ich atmete ein, straffte die Schultern und beschloss, mir zuerst etwas anzuziehen, bevor ich die Nachricht noch einmal lesen, geschweige denn darauf antworten würde. Falls ich das überhaupt machen würde.

Keine fünf Minuten später saß ich mit meinem Laptop auf der Couch, das Weinglas, nachgefüllt mit eisgekühltem Chardonnay, stand neben mir auf dem Beistelltisch. Ich las die Nachricht erneut und klickte anschließend auf den Namen.

Sein Profilfoto war nicht sehr aussagekräftig. Eine grüne Wiese im Vordergrund, im Hintergrund die Silhouette eines Mannes. Mehr wurde mir nicht verraten, denn alle anderen Bilder, Beiträge und Informationen – falls überhaupt vorhanden – waren für Nicht-Freunde blockiert. Ich zögerte. Zum zweiten Mal in sechs Monaten verfluchte ich das Social Network und seine Möglichkeiten, Menschen zu verknüpfen. Andererseits wollte ich nur zu gerne in seinem Profil stöbern und mehr über ihn erfahren, bevor ich ihm antwortete. Herausfinden, ob Julian König wirklich *der* Julian war.

Aber seien wir mal ehrlich, wer sollte es sonst sein? Seine Hinweise waren unmissverständlich. Es hatte Mitte der 1990er Jahre schätzungsweise nur eine Jugendgruppe namens „Boot“ in der oberösterreichischen Landeshauptstadt Linz gegeben, zu der ein gewisser Julian König gehörte.

Es störte mich, dass ich vorerst an keine weiteren Infos kommen konnte. Zumindest ein Foto wäre hilfreich gewesen. Doch ich konnte nachvollziehen, dass er sämtliche Informationen verborgen hielt. Immerhin hatte auch ich (seit letztem Dezember – haha!) mein Profil so gestaltet, dass niemand, ohne vorherige Freigabe durch mich, mehr über mich herausfand.

Doch eigentlich wusste ich tausendprozentig, wer hinter der Nachricht steckte. Mit Julian hatte ich ein – wie soll ich es nennen? … Intermezzo –, das ich mit ziemlicher Sicherheit mein Leben lang nicht vergessen würde.

Diese schlimme Erinnerung war wahrscheinlich auch die Ursache, wieso mein Herz so wild pochte. Ich fühlte mich überrumpelt und wollte ihm am liebsten nicht zurückschreiben. Andererseits, wenn ich es nicht tat, würde ich mich bis an mein Lebensende fragen, wieso der Kerl mich ausfindig gemacht und angeschrieben hatte.

Also trank ich noch einen großen Schluck, bevor ich meine leicht sarkastische Antwort tippte.

Jana Sommer:
Hallo, Julian!
Ich würde sagen, heute ist Dein Glückstag – ich bin die, die Du suchst.
Grüße, Jana

Ich atmete tief ein, hielt die Luft an, schloss die Augen und klickte auf „Senden“. Nervös wischte ich meine Handflächen an meiner Jogginghose ab.

Erst als ich nach einer gefühlten halben Ewigkeit die Augen öffnete, stieß ich den Atem geräuschvoll wieder aus. Er war offline, also musste ich mich noch gedulden. Entspannt lehnte ich mich etwas zurück und checkte noch schnell meine E-Mails, bevor ich den Fernseher anschalten wollte. Ich hatte zwar nicht wirklich Lust auf einen Film, wollte mich aber berieseln lassen, und dann, falls ich nicht schon auf der Couch einschlief, zeitig ins Bett gehen.

Die beiden Nachrichten ließen mir jedoch keine Ruhe, und ich musste sie noch einmal kurz überfliegen. Hatte ich zu schroff geantwortet? Immerhin war es lange her, als wir uns das letzte Mal gesehen hatten, und wir waren jung … und dumm. Er zumindest. Nein, *er* war ein Arschloch gewesen. Aber gesendet ist gesendet, und ich konnte die Nachricht weder zurückholen noch löschen.

Gesehen, 20:03.

Wie versteinert saß ich da, starrte auf die Nachrichtenbox. Ein leises „Pling“ durchbrach die Stille. Mein Herz raste wild in meiner Brust. Ich starrte auf den Text.

Julian König:
Liebe Jana,
super, dass ich Dich endlich gefunden habe – freut mich! Wie gehts Dir so, was hast Du aus Dir gemacht?
Liebe Grüße, Julian

Eigentlich wollte ich den Laptop ja zuklappen, doch seine Zeilen ließen mich zögern. Denn mal abgesehen davon, dass er mir keinen Hinweis gab, wieso er mich gesucht hatte – hatte er mich *endlich* gefunden. *Endlich?* Das klang nach einer langen, schwierigen, mit Hindernissen übersäten Suche.

Was, verdammt noch mal, wollte der Kerl von mir? Verarschte er mich wieder? Dachte er, ich wäre immer noch so ein leichtes Opfer, über das man sich lustig machen kann? Wann war es denn endlich genug?

Genervt seufzte ich. Was sollte ich ihm antworten – jetzt, nachdem er so was schrieb? Wollte er wirklich etwas über mich erfahren, interessierte ich ihn als Person? Oder brauchte er nur wieder einen Punchingball? Ich zweifelte stark daran, dass er es ehrlich meinte, immerhin kannte ich ihn lange genug und hatte so meine Erfahrung mit ihm gemacht. Auch, wenn das letzte Mal mehr als zehn Jahre her war. Wobei … es wäre interessant zu wissen, wie lange er tatsächlich nach mir gesucht hatte. Und warum.

Ich verfluchte die Männerwelt. Und meine Naivität. Doch diesmal würde ich mich nicht wieder verarschen lassen. Diesmal würde ich die Kontrolle behalten und selbst entscheiden, wann wer vom Pferd fällt.

Zögernd trommelte ich mit meinen Fingern auf der Tastatur herum. Dann begann ich zu schreiben:

Jana Sommer:
Mir geht es sehr gut. Ich frage mich aber, wieso Du auf der Suche nach mir warst, und, was noch wichtiger ist, was Du Dir jetzt von mir erwartest.

Kaum hatte ich die Nachricht verschickt, tauchte auch schon am linken unteren Rand ein kleines Pop-up auf – seine Freundschaftsanfrage. Meine linke Augenbraue wanderte nach oben, und, hätte Julian mich so sehen können, hätte er gewusst, was ich davon hielt, dass er mit mir „befreundet" sein wollte.

Vor Jahren hatte er meine Freundschaft mit Füßen getreten. Nun war der Zug für ihn abgefahren. Okay, dass ich ihn seit unserer ersten Begegnung vor sechzehn Jahren angehimmelt hatte, war kein Geheimnis. Ich war aber auch nicht die Einzige. Er hatte regelrecht in den Blicken der Mädchen gebadet und es offensichtlich auch genossen.

Seine Freundschaftsanfrage beschäftigte mich nun aber doch. Ich ließ den Mauszeiger darüber kreisen, und unterdrückte Wut stieg in mir auf. Was bildete sich dieser Idiot eigentlich ein? Dachte er wirklich, nach allem, was vorgefallen war, er könnte mir einfach eine Nachricht auf Facebook schicken und alles wäre vergeben und vergessen? Ich schnaubte verächtlich und schüttelte den Kopf. Gerade wollte ich die Anfrage ablehnen, als wieder eine Mitteilung einging:

Julian König:
Das hör ich gern!
Also … Jana, ich war damals ein Idiot, was mir sehr leidtut. Ich will es wiedergutmachen, und es wäre toll, wenn Du mir diese Chance gibst. Ich weiß, es ist schon ewig her – trotzdem hoffe ich, dass es noch nicht zu spät ist für eine Entschuldigung.

Verdammt, was sollte das denn? Ich war sprachlos, damit hatte ich nicht gerechnet. Er wollte sich bei mir entschuldigen? War das jetzt wieder seine Masche, mit der er Leute verarschte? Saß er mit seinen Kumpeln vor dem Computer und lachte sich gerade kaputt? Unsicher wischte ich mit der Handfläche etwas Staub vom Bildschirm.

Aber was, wenn er es wirklich ernst meinte? Immerhin hatte er geschnallt, dass er sich in der Vergangenheit nicht korrekt verhalten hatte. Und er war ein Mann … Wenn er „nur" fünfzehn Jahre brauchte, um mich um Verzeihung zu bitten – worüber wollte ich mich beschweren? *Ha!*

Mal davon abgesehen, wieso kam er erst jetzt, so viele Jahre später, darauf, dass er sich wie der letzte Idiot verhalten hatte?

Und was hatte er davon, wenn er sich entschuldigte? So schuldbewusst und … nett … hatte ich ihn zuletzt nicht in Erinnerung, und ich bezweifelte, dass er sich so sehr geändert haben konnte. Was erwartete er von mir? Dass ich sage ‚Kein Problem, ist schon vergessen und vergeben. Komm, lass uns ein Bier trinken gehen?' Da verwechselte er mich offensichtlich mit seinen Kumpeln.

Ich atmete tief durch, um mich zu beruhigen, und strich mit meinen Fingern die kleine Furche zwischen den Brauen wieder glatt. Dass ich wegen Julian jetzt auch noch Falten bekäme, fehlte mir noch.

Die Freundschaftsanfrage ignorierte ich bewusst, aber ich konnte nicht anders. Auf seine Nachricht musste ich ihm einfach antworten:

Jana Sommer:
Ich hab ja keine Ahnung, in welchen Film ich da eben geraten bin, aber ich bin mir sicher, dass wir uns nichts zu sagen haben. Weder bezüglich unserer Vergangenheit noch zum Jetzt … Und eine Zukunft mit uns wird es ebenfalls nicht geben. Leb Wohl!

Nachdem ich meinem Ärger so ordentlich Luft gemacht hatte, fühlte ich mich schon um einiges besser. *Verrückte Männerwelt!* Kaum, dass ich die Nachricht geschickt hatte, klappte ich meinen Laptop zu. Ich wollte gar nicht wissen, ob er meinen Wutausbruch gelesen hatte, geschweige denn, was er darauf antworten würde – falls er das überhaupt noch tat. Zur Sicherheit schaltete ich auch mein Smartphone ab.

Nachdenklich nippte ich am Wein. Seine Nachrichten ließen mir aber keine Ruhe. Es war, als hätte ein anderer Mensch die Zeilen geschrieben, nicht der Julian König, den ich gekannt hatte. Er hatte seine Opfer vor seinen Freunden so lange verspottet und aufgezogen, bis man weder ein noch aus gewusst hatte. Seine männlichen Opfer fingen meistens aus lauter Verzweiflung eine Schlägerei an (was in Anbetracht der Tatsache, dass Julian niemals ohne seine Kumpanen unterwegs war, sehr aussichtslos war), und die Mädchen hatten regelmäßig weinend das Weite gesucht.

Trotz meiner Wut auf ihn spürte ich die Herzlichkeit in seinen Worten und die große Freude, mich endlich gefunden zu haben, sodass ich jetzt total verunsichert war. Doch ich wollte nicht wieder auf seine Masche reinfallen. *Noch einmal wird mir so etwas nicht passieren.* Nicht nach Georg, diesem Mistkerl. Gut, der war mit Sicherheit ein erstklassiger Schauspieler, doch wer garantierte mir, dass es nicht noch mehr von dieser Gattung gab?

Eigentlich schade, was aus Julian geworden war. Als ich ihm das erste Mal begegnete, war er zwar kein Einzelgänger, aber er hielt sich ruhig im Hintergrund. Er ließ anderen Jungs den Vortritt und war eher ein stiller Beobachter, ähnlich wie ich. Irgendwann wurde er zum Anführer der Gruppe, und sein Selbstbewusstsein schien sich überdimensional vergrößert zu haben. Als wäre er süchtig nach der Anerkennung durch seine Freunde, drängte er sich regelmäßig in den Mittelpunkt, und irgendwann steigerte sich seine Arroganz so weit, dass ich, sofern es möglich war, jedes Zusammentreffen mit ihm mied.

Während ich noch weiter mit den Gedanken in der Vergangenheit hing, machte ich mich fertig fürs Bett. Die erste Dreiviertelstunde des Hauptabendfilms hatte ich sowieso verpasst, und mittendrin einsteigen war etwas, das ich nicht ausstehen konnte – selbst dann nicht, wenn ich den Film schon mal gesehen hatte. Ganz davon abgesehen, dass ich mich heute selbst auf die spannendste Handlung nicht hätte konzentrieren können – mir schwirrte ein ganz anderes Kuriosum im Kopf herum.

Lange Zeit lag ich wach und wälzte mich von einer Seite auf die andere. Erst weit nach Mitternacht fiel ich in einen unruhigen Schlaf, in dem der Teenager Julian mich mit schwingendem Lasso auf einem Pferd verfolgte, und aus seiner Pistole war jedes Mal, wenn er abdrückte, ein „Pling“ zu hören.

„Mensch, Jana, du siehst erledigt aus! Hast du gestern Nacht eine Discotour gemacht?“ Isa beäugte mich mitleidig.

„Wenn du wüsstest …“

Als ich heute Morgen einen Blick in den Spiegel geworfen hatte, hatte mich fast der Schlag getroffen. So schlecht, wie ich geschlafen hatte, sah ich auch aus. Da ich mich, wie jeden Samstag um halb zehn, mit meiner besten Freundin im Fitnessstudio treffen würde, brauchte ich die Augenringe nicht einmal großartig zu überschminken. Nach spätestens fünfzehn Minuten auf dem Laufband würde mir das Make-up in Bächen in den T-Shirt-Kragen laufen. Also versuchte ich es mit einer großen Tasse Kaffee und kaltem Wasser im Gesicht. Die Haare band ich mir zu einem wilden Knoten mit vielen Spangen hoch, der hoffentlich bis zum Ende des Trainings halten würde.

Während wir an der Bar auf unser Elektrolytgetränk warteten, erzählte ich Isa im Schnelldurchlauf von meiner Fassungslosigkeit vom Vorabend. Ihre Reaktion darauf war die gleiche wie meine – die Kinnlade klappte nach unten und verharrte dort für einige Sekunden.

„Was will denn *dieser* Idiot von dir? Was ist denn mit den Männern los? Sind jetzt alle verrückt geworden?"

„Tja, wenn ich das wüsste. Ich hab ihn das letzte Mal an meinem vierzehnten Geburtstag gesehen – mein letzter Besuch im ‚Boot'. Eine Woche zuvor war das Sommerfest."

„Ich dachte, du hast ihn nach danach nicht mehr gesehen?"

„Naja, dieses eine Mal ließ sich leider nicht vermeiden. Ich hatte meine Geburtstagsfeier schon Wochen vorher angekündigt, und ich hab mich trotz allem sehr darauf gefreut. Ich ignorierte ihn, und das war auch nicht allzu schwer. Er hielt sich mit seinen ‚Jüngern' am anderen Ende des Raumes auf, und ich denke, meine Blicke gaben ihm deutlich genug zu verstehen, dass er dort auch bleiben sollte."

Sofort spürte ich wieder diese Hilflosigkeit und Wut in mir, die Scham, die ich bei seinem ‚Gag' empfunden hatte. Würde er das heute noch einmal mit mir machen, würde ich ihn wegen sexueller Belästigung anzeigen, soviel stand fest. Zumindest würde ich ihm eine scheuern, um mir das letzte Bisschen Würde zu wahren.

Auch wenn ich ihm durch meine letzte Nachricht gestern unmissverständlich klargemacht hatte, dass er mir den Buckel runterrutschen konnte, wurde ich das ungute Gefühl nicht los, dass die Angelegenheit noch nicht beendet war.

Alleine die Aussicht auf eine weitere Unterhaltung mit ihm brachte mich so in Rage, dass ich am Laufband rannte wie noch nie zuvor. Isa versuchte zwar noch die ersten Minuten, auf mich einzureden, aber, als sie merkte, dass ich auf ihre Versuche, mich zu bremsen, nicht einging, joggte sie in ihrem Tempo weiter und setzte ihre Kopfhörer auf. Nur hin und wieder warf sie mir einen skeptischen Blick zu.

Isa, die ihren vollen Namen hasste wie die Pest („Ich hab mit der Twilight-Tante rein gar nichts gemeinsam! Und dieses ‚Ciao Bella' kann ich sowieso nicht mehr hören!"), kannte mich wahrscheinlich besser als ich mich selbst. Seit ich vor acht Jahren meinen ersten Arbeitstag in der Linzer *Kunst & Partner Verlagsgesellschaft* hatte, sitzt sie im Nebenbüro.

Wir liefen uns das erste Mal bei der Kaffeemaschine über den Weg. Ab dem Moment, wo ich der knapp ein Meter achtzig großen Blondine in die blauen Augen sah, wussten wir beide, dass wir einander ergänzten. Wir waren zwei wandernde Seelen auf der Suche nacheinander, und in diesem Moment hatten wir uns gefunden. Sie war sozusagen meine zweite Hälfte, die ich brauchte wie die Luft zum Atmen. Würde ich auf Frauen stehen, wären wir womöglich längst ein glückliches Paar.

Nach vierzig Minuten Dauerlauf schleifte ich mich komplett erledigt unter die Dusche. Ich stellte mich unter den heißen Strahl, schloss die Augen und bewegte mich nicht mehr.

„Lust auf eine Runde shoppen?" Isa streckte ihren Kopf von der Nebenkabine zu mir herüber, die Haare voll Shampoo, einen Nassrasierer unter ihrer Achsel.

„Ich weiß auch nicht, irgendwie bin ich überhaupt nicht in Stimmung."

„Ach komm schon, lass dir jetzt von dem Jungen nicht den Tag vermiesen. Ich bin so froh, dass du die Geschichte mit Georg abgeschlossen hast, da brauchst du jetzt nicht wegen dem nächsten Idioten den Kopf in den Sand stecken. Lass uns Geld ausgeben", zwinkerte sie mir zu.

Ich konnte nicht anders, ich musste grinsen.

Wenn jemand ordentlich shoppen konnte, dann Isa. Mit ihren sechsunddreißig Jahren hatte sie eine Figur wie eine Zwanzigjährige, und dementsprechend kleidete sie sich auch. Und ihr stand der Stil wirklich fabelhaft. Dass jedes Monatsende ihr Bankkonto zu ächzen begann, kümmerte sie wenig. Wurde es mit dem Geld knapp, aß sie weniger und trank mehr Tee. Isa schwor seit Jahren auf diese „Diät".

„Von dem *Jungen?* Du weißt aber schon, dass Julian heute kein Teenager mehr ist, oder?", versuchte ich noch ein weiteres Ablenkungsmanöver.

„Klar, heute ist er kahlköpfig, mit Bierbauch und hat voll hässliche Knasttattoos."

Die Vorstellung ließ mich lauthals lachen. „Okay, du hast gewonnen. Wo soll's zuerst hingehen?"

Als ich mich völlig erledigt auf meine Couch fallen ließ, hatte ich ein Déjà-vu-Erlebnis. Ich streifte meine Schuhe ab und streckte alle viere von mir. Zum Glück hatte ich heute Morgen meine Ballerinas angezogen – mit High Heels wäre ich mit Sicherheit gestorben. Auch wenn die Liegeposition gerade äußerst bequem war, begann ich, meine Fußsohlen fest zu massieren. Denn zusätzlich zu meinen acht Kilometern am Laufband hatten wir geschätzte zehn in der Innenstadt zurückgelegt. Morgen würde ich mit Sicherheit einen gewaltigen Muskelkater haben.

Isa versuchte mich während unseres Mittagssnacks beim Italiener zu überreden, mich mit ihr ins Nachtleben zu stürzen („Komm schon, heute ist Samstag, da *muss* man raus. Du kannst doch als Single nicht in deiner Wohnung versauern! Abgesehen davon musst du unbedingt das sexy Kleid ausführen, das du eben ergattert hast!"), aber ein kurzer Blick in mein finsteres Gesicht und ein leises knurrendes Gurgeln aus meiner Kehle genügten, sie davon zu überzeugen, dass das für mich heute definitiv nicht infrage kommen würde.

Jedenfalls hatte ich dank Ausdauertraining und Shoppingmarathon ausreichend Kalorien verbrannt, um mich mit der restlichen Flasche Chardonnay und einer Packung Chips zu belohnen. Das Ganze in Kombination mit der dritten Staffel meiner Lieblingsserie würde dem Tag den krönenden Abschluss verleihen.

Doch meistens kommt es anders, als man denkt, oder wie heißt es doch so schön? Ich hätte es einfach ignorieren sollen, doch das leise „Pling" ließ meine Laune innerhalb einer Sekunde auf den Nullpunkt zurasen. Angestrengt versuchte ich, dem rhythmischen

Blinken der kleinen LED keine Beachtung zu schenken. Aber es hätte ja sein können, dass mir einer meiner knapp zweihundert Facebook-Freunde eine wichtige Nachricht geschickt hatte.

Klar …

Wenn ich nur nicht von Natur aus so neugierig und ungeduldig wäre, dann hätte ich es geschafft, *nicht* sofort aufzuspringen und nach dem Smartphone zu greifen. Aber in der Hinsicht bin ich einfach unverbesserlich – wie ein kleines Kind, das auf das Christkind wartet.

Verärgert über mich selbst, verdrehte ich die Augen. Dann atmete ich tief durch und löste die Tastensperre.

Ich hätte nicht einmal nachsehen müssen, wer der Absender der Textnachricht war – mein Herzschlag und meine zittrigen Hände verrieten es mir, bevor ich seinen Namen las.

Julian König:
Autsch, das hat gesessen. Offensichtlich hab ich Dich weit mehr verletzt, als ich dachte. Ein Grund mehr, es wiedergutzumachen. Jana, bitte, gib mir diese letzte Chance. Ich möchte mich entschuldigen, während Du mir dabei in die Augen siehst, damit Du weißt, dass ich es ernst meine. Klar, ich hab jede Verachtung von Dir verdient, aber ich hab auch ein Recht darauf, dir alles zu erklären. Bitte, sag jetzt nicht Nein! Gib mir die Chance!

Ich weiß nicht, woran es lag. War es der Wein oder die Erschöpfung? Oder seine Worte, die ein warmes und zugleich trauriges Gefühl in mir auslösten? Ich empfand doch tatsächlich Mitleid mit ihm! Über mich selbst erstaunt, schüttelte ich den Kopf und tippte meine Antwort:

Jana Sommer:
Morgen, 15:00 Uhr im Café Au Lait. *Sei pünktlich – ich warte nicht auf Dich!*

Irgendwie gab es mir ein Gefühl der Überlegenheit, dass ich Ort und Zeit bestimmen konnte. Das beruhigte mich etwas. Und das *Café Au Lait* wählte ich, weil es mein Lieblingscafé war.

Sonntagnachmittag ist es zwar immer voll (was nicht von Nachteil war, da ich mich auf gar keinen Fall mit ihm an einem ruhigen Ort treffen wollte), doch ich fühlte mich dort wie zu Hause, was nicht nur an Marco, dem Besitzer, lag. Er war ein guter Freund von Isa und mir. Vor drei Jahren hatte meine Freundin ein kurzes Techtelmechtel mit dem großen, dunkelhaarigen Muskelpaket, doch seine Arbeitszeiten standen einer längeren Beziehung im Weg.

Auch wenn es für die beiden kein Liebesglück gab, so waren wir drei seit damals gut befreundet, trafen uns dienstags, donnerstags und samstags im Fitnessstudio und besuchten ein- bis zweimal im Jahr ein Rockkonzert miteinander. Außerdem servierte er die besten Erdbeer-Creme-Schnitten der Umgebung – für diese Kalorienbomben würde ich einen Mord begehen.

Und wo wir gerade bei Mordgelüsten waren ...

Julian König:
Danke! Du wirst es nicht bereuen. Klar bin ich pünktlich. Ich freu mich schon auf Dich! Schönen Abend noch, bis morgen! :-)

Na, das hoffe ich doch für ihn! ... Stirnrunzelnd legte ich das Smartphone auf den Tisch und lehnte mich wieder zurück. Ich konzentrierte mich krampfhaft auf den Fernseher und hoffte, dass mich Carrie und ihre drei Freundinnen von dem morgigen Treffen ablenken würden, aber meine Gedanken schweiften ständig wieder ab. Schließlich schaltete ich den Fernseher aus.

Julian ließ mir keine Ruhe. Ich griff noch einmal nach meinem Smartphone und las die Unterhaltung erneut. Dass sich dabei wieder ein warmes Gefühl in meiner Magengegend breitmachte, verwirrte mich.

Vielleicht sollte ich Marco bitten, mir den Tisch in der kleinen Nische neben der Theke zu reservieren. So würde ich das Kraftpaket zu meiner eigenen Sicherheit in unmittelbarer Nähe haben und wäre außerdem vor den Blicken der meisten Gäste geschützt, falls es zu einer kleinen Szene kommen sollte. Und auf die sollte sich Julian gefasst machen, falls er es sich nur eine Sekunde erlauben sollte, mir blöd zu kommen.

Nach einem kurzen Telefonat mit Marco war alles geklärt. *Er wird mich garantiert nicht aus den Augen lassen, und wenn er eine zusätzliche Kraft ins Café bestellen muss, um auf mich aufzupassen.*

Als Nächstes beschloss ich, schon mal die Kleidung für morgen auszuwählen. Es lag mir fern, mich hübsch für Julian König zu machen, denn ich wollte absolut nicht, dass er auf mich abfahren und ich ihn dann womöglich nicht mehr los werden würde. Mein Äußeres sollte ihm signalisieren: Achtung, das ist eine selbstbewusste, unabhängige Frau, die mit beiden Beinen im Leben steht und weiß, was sie will!

Stundenlanges Styling war grundsätzlich nichts für mich. Das morgendliche Aufhübschen erledigte ich normalerweise in zwanzig Minuten – inklusive Duschen. Ebenso rasch funktionierte bei mir das Shoppen: Ich arbeite mich im Schnelldurchgang von einem ans andere Ende des Geschäftes durch, lade alles, was gefällt, auf meinem angewinkelten Arm auf und suche mir dann eine Kabine. Rein, alles durchprobieren, ausselektieren, zahlen – fertig. Isa hatte dafür kein Verständnis.

Schnell hatte ich meinen Look fürs morgige Treffen gefunden: meine neue Jeans im Destroyed-Look, dazu mein sonnengelbes Baggy Shirt mit einem Print der britischen Flagge, darunter ein enges, leuchtend blaues Trägertop. Bei den Schuhen schwankte ich noch zwischen meinen schwarzen Ballerinas und den silbergrauen High Heels mit Keilabsatz, doch diese Entscheidung würde ich morgen spontan treffen.

Meine Haare würde ich offen lassen und meine Augen dezent mit etwas Mascara und Kajal in Szene setzen.

Nun, da ich diesen Punkt für mich erledigt hatte, legte sich meine Aufregung etwas. Nur das ungute Gefühl im Magen blieb. So, als hätte ich morgen ein Vorstellungsgespräch für eine Stelle, die ich unbedingt haben wollte, bei der ich aber schon im Vorhinein wusste, dass ich keine Chance haben würde. Bei diesem Gedanken zuckte ich zusammen. Welch ein Unsinn! Ich wollte doch keine Stelle bei ihm, keinen Platz in seinem Leben einnehmen, ich wollte lediglich das Gespräch hinter mich bringen und ihn dann ein für alle Mal aus meinem Leben streichen.

Genauso, wie ich es bei Georg geschafft hatte.
Endgültig!

Schlaflos tigerte ich in meiner Wohnung auf und ab. Der Gedanke, ihn morgen nach so langer Zeit wiederzusehen, machte mich fertig. Ständig überlegte ich, wie unser Zusammentreffen verlaufen könnte, was er mir sagen würde. Ich war fest davon überzeugt, egal, was es sein würde, meine Einstellung bliebe unverändert – er war ein hinterhältiges Arschloch.

Ein Gedanke beruhigte mich: Wahrscheinlich war er nicht mehr so anziehend wie als Teenager. Ich erinnerte mich an Isas Überlegungen zu seinem Äußeren und musste grinsen. Falls er sich wirklich die letzten Jahre hatte gehen lassen und sich zum Negativen verändert hatte, dann würde ich neben ihm umso mehr glänzen. Diese Vorstellung gab mir ein sicheres Gefühl.

Kritisch betrachtete ich mich im Spiegel. Meine Figur war zwar nicht perfekt, aber ich war ziemlich zufrieden mit meinem Äußeren. Ich hatte typische weibliche Rundungen – „Titten und Arsch", wie mir mal ein Mann galanterweise sagte (ob das nun ein Kompliment gewesen sein sollte, das sei mal dahingestellt). Auch der restliche Körper war halbwegs herzeigbar (woran ich ja auch dreimal die Woche im Fitnessstudio arbeitete). Ich trat etwas näher an mein Spiegelbild heran. Wenn auch mein Gesicht nicht wirkte, wie aus einem Modemagazin geschnitten, so wie das von Isa, fand ich es doch hübsch. Ich fuhr mit meinen Fingern durch die stufig geschnittenen, leicht naturgewellten Haare. Mit ihrem kräftigen Braunton bildeten sie einen schönen Rahmen um mein Gesicht. Meine Haut wirkte dank gelegentlichem Solarium und Sonnenbaden nicht mehr kränklich blass wie in der Schulzeit, sondern hatte einen schönen goldenen Ton. Ich gefiel mir, und das gab mir weitere Sicherheit.

Wenn ich also davon ausging, dass er sein gutes Aussehen von früher verloren hatte … Okay, in diesem Fall würde ich ihm wahrscheinlich alleine optisch gesehen haushoch überlegen sein. Ich zwinkerte meinem Spiegelbild zu. Es würde ein Leichtes sein, ihn in Grund und Boden zu reden und ihm ein für alle Mal klar zu machen, dass er sich ab sofort von mir fernhalten sollte.

Diese Überlegung versetzte mich in einen richtigen Höhenflug, und meine Unsicherheit verflüchtigte sich wie Rauch im Wind. Ich wurde richtig euphorisch, schaltete meine Anlage ein und tanzte wild zur Musik – ich fühlte mich einfach herrlich.

Ruckartig blieb ich stehen. Mit großen Augen blickte ich mein Spiegelbild an und klatschte mir mit der Hand auf die Stirn. Ich wirbelte herum und rannte ins Wohnzimmer zurück, wo auch mein Laptop lag. *Die Freundschaftsanfrage! Wenn ich die bestätige, hab ich Zugriff auf seine Bilder!* Dann könnte ich mich vergewissern. Mein Herz klopfte hart gegen meinen Kehlkopf, als ich sie akzeptierte und auf sein Profil klickte.

Kapitel 2

Erinnerungsstücke

Was für eine Enttäuschung! Hätte ich die Anfrage nicht angenommen, wäre ich genauso schlau geblieben. Bis auf sein wenig aussagekräftiges Profilbild hatte er keine Fotos hochgeladen. Seine neunundzwanzig Freunde waren mir alle unbekannt. Laut seiner Chronik war er erst vor einigen Monaten Mitglied geworden. Er hatte in dieser Zeit nichts geposted, nur vor knapp einem Monat gratulierten ihm einige zum Geburtstag à la „Alles Gute, alter Mann :-P“. Die Gruppen, die er geliked hatte (TV-Serien, Regisseure, Musiker …), gaben mir genauso wenig verwertbare Infos über ihn wie der Rest seines Profils. Frustriert ließ ich mich in die Kissen zurücksinken.

Zu meiner Enttäuschung gesellte sich der Ärger über mich selbst, da er jetzt ebenso mein Profil durchforsten konnte, und das war nun wirklich eine wahre Ansammlung von Informationen über mich. Unzählige Fotos von den Streifzügen gemeinsam mit Isa durch das Linzer Nachtleben. Bilder von meinem Wohnzimmer, die neue Couch, mein Kleiderschrank. Und natürlich ich in allen möglichen und unmöglichen Posen. *Na toll.*

Ja und? Ich gehörte nun mal zu den Menschen, die gern übers Internet ihr Leben mit der ganzen Welt teilten.

Ein kurzer Blick auf die Chatleiste verriet mir, dass Julian gerade online war. Das machte die ganze Sache nicht gerade besser für mich. Er saß wahrscheinlich in diesem Moment genauso gespannt vor meinem Profil wie ich vor seinem – mit dem Unterschied, dass ich leer ausging.

Verärgert schnaufte ich. Doch jetzt noch aus lauter Panik etwas von meiner Seite zu löschen, wäre sinnlos gewesen, ich hätte nicht einmal gewusst, wo ich anfangen sollte. Abgesehen davon würde ich wahrscheinlich nicht so überreagieren, wenn er auch Fotos hochgeladen hätte. Somit war es eben ein Schnitt ins eigene Fleisch, und damit musste ich jetzt leben.

Nach dem Treffen morgen würde sich das Rätsel um sein Äußeres von selbst lösen. Und damit *mein* Äußeres so sein würde, wie ich es geplant hatte, klappte ich den Laptop zu und ging schlafen.

Am nächsten Morgen rekelte ich mich genüsslich im Bett. Die Nacht war für mich richtig erholsam gewesen, ich hatte einen tiefen, traumlosen Schlaf – zumindest konnte ich mich an keinen Traum erinnern. Beste Voraussetzungen also für einen gelungenen Tag.

Das Wetter war trüb und grau, aber das wirkte sich in keinster Weise auf meine Stimmung aus. Gut gelaunt schwang ich mich aus dem Bett. Während ich in die Küche ging, um die Kaffeemaschine einzuschalten, schwirrten meine Gedanken wieder um Julians Facebook-Profil. Mich wurmte es immer noch, dass ich dort wider Erwarten kein aktuelles Bild von ihm gefunden hatte. Das war wirklich ärgerlich. Er war mir also einen Schritt voraus, und diesen Vorteil wollte ich ihm nur ungern überlassen.

Fünfzehn Minuten später saß ich mit Kaffee und Laptop an der Küchentheke und stellte enttäuscht fest, dass der Mann in der ganzen Welt des World Wide Web nicht aufzufinden war.

Gut, „ganze Welt" war wahrscheinlich etwas übertrieben, denn nach der fünften Seite der Suchmaschine gab ich meine Suche auf – was für mich schon außergewöhnlich war, denn normalerweise reichte meine Geduld gerade mal bis Seite drei.

Ich fand zwar einige Namensverwandte, doch ich konnte nicht feststellen, ob er einer von denen war. Jedenfalls kam mir keines der Gesichter auf den Fotos bekannt vor.

„Keine Fotos auf Facebook? Was ist denn das für ein Mann? Du, ich glaub, ich lag gestern mit meiner Vermutung gar nicht so falsch. Der ist wahrscheinlich wirklich hässlich wie der Glöckner von Notre-Dame und will keinen im Vorfeld in die Flucht schlagen, indem er sein Foto online stellt." Isa hatte wie immer eine logische Erklärung parat. Ich musste schmunzeln. In meiner Ratlosigkeit hatte ich meine beste Freundin angerufen, und sie schaffte es natürlich, mich zu beruhigen.

„Das ist wirklich frustrierend. Ich war fest davon überzeugt, ich erfahre mehr über ihn, wenn ich seine Freundschaftsanfrage annehme. Aber sein Profil ist quasi ... leer. Und für ihn ist meines natürlich eine Galerie zum Austoben. Isa, ich hab sogar kurz überlegt, ob ich nicht meine Ordner löschen soll, aber das wär dann doch ziemlich kindisch von mir gewesen, oder nicht?"

Ich hörte Isa lachen. „Außerdem wusste ich nicht, ob er nicht schon geschaut hat, nachdem ich alles freigegeben hab. Da wär es dann schon zu spät gewesen. Abgesehen davon hab ich keine Ahnung, ob ich die Bilder, auf denen ich von Fremden markiert wurde, auch löschen kann."

„Klar kannst du die Markierungen auch löschen, aber du hast recht, das wäre wirklich sinnlos gewesen, mit dem Entfernen zu beginnen, *nachdem* du die Anfrage bestätigt hast."

Gut, dass Isa mich nicht sehen konnte, denn so entging ihr mein Augenrollen. Das Handy unter das Ohr geklemmt, schlüpfte ich in meine Jeans.

„Toll, deine Weisheiten helfen mir jetzt auch nicht weiter. Ich wollte mich auf das Treffen mit Julian einstellen können, damit ich weiß, was ... ähm ... wer mich erwartet. Menno, ich bin so nervös wie am ersten Schultag ..."

„Und von früher hast du keine Fotos mehr?"

„Hm." Gute Frage. Vielleicht in meinen alten Fotoalben. „Ich muss nachsehen. Danke fürs Zuhören und danke fürs Weiterhelfen." Ich schmatzte ihr einen Kuss in den Hörer.

„Immer wieder gerne, Süße," kicherte mir Isa ins Ohr, bevor ich auflegte.

Eine gute Stunde später saß ich im Schneidersitz im Wohnzimmer auf dem Boden – im Chaos der Vergangenheit: Unzählige Fotos, die ich aus lauter Faulheit nie eingeklebt hatte, sowie drei dicke Fotoalben lagen auf dem Boden verstreut um mich herum.

Doch auf keinem der Bilder konnte ich Julian entdecken. Zwar waren viele von der Zeit im „Boot“ dabei, aber meistens war ich mit meinen Mädels oder den Betreuern darauf zu sehen. Geknickt lehnte ich mich am Wohnzimmerschrank an und schob das letzte Album von meinem Schoß.

Es konnte doch nicht sein, dass ich Julian damals komplett aus meinem Leben entfernt hatte? Okay, er war ein Arsch, ein Idiot, der es eigentlich nicht anders verdient hätte, aber ich wusste, dass ich das nie gekonnt hätte. Irgendwo musste doch noch ein Foto von ihm herumschwirren. Die Frage war nur, wo?

Ich lief in den Keller, um die Schachtel mit den Liebesbriefchen meiner Verehrer und Exfreunde zu holen. Vielleicht hatte ich dort ein Bild von ihm vergraben – obwohl er weder Exfreund noch Verehrer gewesen war.

Wieder in der Wohnung kippte ich den Inhalt der Box auf den Esstisch und begann, Fotos zwischen den Briefen herauszupicken. Jedoch ohne Erfolg. Hier hatte ich wohl wirklich nur gute Erinnerungen aufbewahren wollen. Wobei *gut* schon wieder fast übertrieben war.

Für keinen meiner Exfreunde hatte ich mehr als Sympathie empfunden. Wahrscheinlich aus Selbstschutz, um nicht eines Tages mit gebrochenem Herzen aufzuwachen. Sie waren cool, reifer als ich und … oberflächlich. Manchmal ignorant und selbstsüchtig. Klar hatten sie sich um mich auch bemüht, aber der Funken sprang nicht über. Sie gaben mir zwar das Gefühl, mich zu beschützen, doch bei keinem hatte ich Herzklopfen, wenn ich ihn sah. Oder wurde morgens mit einem Lächeln auf den Lippen munter, wenn ich von ihm geträumt hatte und wusste, dass ich ihn in nur wenigen Stunden wiedersehen würde. Oder … wenn ich bemerkte, dass er mir ständig Blicke zuwarf, obwohl er eigentlich mit seinen Freunden in eine hitzige Diskussion über ein Fußballspiel vertieft war – schweißnasse Hände bekam ich bei keinem davon. Wenn ich ehrlich war, hatte ich das alles nur bei einem gehabt, und der verwandelte sich in ein Arschloch … Wobei wir auch schon wieder beim Thema waren.

Verärgert über mein schlechtes Gedächtnis warf ich alle Briefe und Fotos wieder in die Schachtel zurück, die Fotos und Alben vom Boden landeten wieder im Wohnzimmerschrank, und als letzte Möglichkeit fiel mir nur mehr mein altes Kinderzimmer ein.

„Hallo, Jana, komm rein, ich bin gerade am Kuchenbacken."

Ich gab meiner Mom einen Kuss auf die Wange, schloss die Wohnungstür hinter mir und folgte ihr dann in die Küche, in der sie sogleich wieder den Mixer durch die Rührschüssel jagte.

Auf den knapp siebzig Quadratmetern hatte sich seit meinem Auszug kaum etwas verändert. Die Küchenzeile war noch immer dieselbe mit den hängenden Türen bei den Oberschränken, der Esstisch war noch der, in den ich als Dreijährige mit der Schere eine tiefe Kerbe reingeritzt hatte. Auch das Wohnzimmer war noch fast unverändert, nur dass sich meine Mom damals, als ich mir eine neue Couch kaufte, ebenfalls überreden ließ, ihr geblümtes (und verschmutztes) Sofa endlich einmal durch ein neueres Modell zu ersetzen. Aber auch wenn die Wohnung voll alter Möbel war, so war sie sauber, ordentlich und richtig gemütlich. Und in gewisser Weise war ich froh, dass sich kaum etwas verändert hatte, denn so hatte ich einen Ort, an dem ich mich in meine Kindheit zurückversetzen konnte. Und das war ein richtig schönes Gefühl.

„Was wird denn das für ein Kuchen, wenn er fertig ist?"

„Kardinalschnitten. Deine Tante Maria kommt heute zum Mittagessen. Möchtest du nicht auch zum Essen bleiben? Ich mache Zander."

Meine Mutter Anna war immer in Sorge, ich würde mich nicht ordentlich ernähren. Sie würde es wahrscheinlich nicht zugeben, aber seit ich vor knapp zehn Jahren von zu Hause auszog, erkundigte sie sich bei jedem Wiedersehen, was ich wann gegessen hatte. Ganz zu schweigen von den regelmäßigen Essenseinladungen.

Trotzdem – oder wahrscheinlich gerade deshalb – liebte ich meine Mama von ganzem Herzen. Wenn ich mir die Mütter meiner Freundinnen ansah, konnte ich mich mit meiner wirklich glücklich schätzen. Sie drängte mich noch nie mit der Frage, wieso ich gerade keinen Mann in meinem Leben hatte, oder wann denn *endlich* ihre einzige Tochter unter die Haube käme, geschweige denn, wann sie denn endlich Großmutter werden würde. Sie war wie eine gute Freundin für mich, die ich gerne um Rat fragte. Und auch wenn ich schon fast dreißig war, brauchte ich nach wie vor ihre Anwesenheit, ihre Stimme und ihren Trost.

Wir beide wohnten immer schon in dieser Wohnung. Als sie von Hubert, meinem Erzeuger, verlassen wurde, nachdem er erfahren hatte, dass meine Mama mit mir schwanger war, war sie gerade erst siebzehn. Sie hielt es so lange wie möglich vor ihren Eltern geheim, da sie nicht wusste, wie sie ihnen die Schwangerschaft und das Verschwinden von meinem Vater erklären sollte. Sie waren streng katholisch, und eine voreheliche Schwangerschaft bedeutete für sie die Eintrittskarte in die Hölle.

Dieses Ticket hatte meine Mom dann tatsächlich gezogen, denn meine Großeltern schmissen sie aus dem Haus, kurz bevor sie ihre Ausbildung fertig hatte. Zu ihrem Glück gaben sie ihr etwas Geld als Startkapital mit, mithilfe dessen sie diese Wohnung mieten und spärlich einrichten konnte. Doch von diesem Tag an hatte sie keinen Kontakt mehr zu ihnen. Nur ihre jüngere Schwester Maria traf sie regelmäßig hinter dem Rücken ihrer Eltern und kämpfte sich somit mehr oder weniger alleine mit mir durch das Leben.

Geld war nie im Überfluss vorhanden, und um uns Monat für Monat über die Runden zu bringen, arbeitete sie hart. Und um nicht jeden Tag alleine zu sein, ging ich regelmäßig ins Jugendzentrum.

Erst seit vier Jahren hatte meine Mama wieder einen Freund. Martin war es von Weitem anzusehen, wie sehr er meine Mutter liebte. Er vergötterte sie vom ersten Tag an, und sie blühte vor Glück auf, wie nie zuvor.

„Nein danke, ich hab noch Pasta von gestern über. Mama, ich bin auf der Suche nach etwas, das ich daheim nicht finden konnte. Ich muss kurz in mein altes Zimmer, vielleicht finde ich es dort."

„Natürlich! Stolpere aber nicht über die Bügelwäsche, die habe ich noch nicht weggeräumt."

Seit ich ausgezogen war, hatte der Bügeltisch seinen fixen Platz in meinem Kinderzimmer bekommen. Ansonsten ließ meine Mutter den Raum, wie ich ihn mir als Teenager eingerichtet hatte, für den Fall, ich würde irgendwann wieder bei ihr einziehen wollen.

Nein, das hatte ich nicht vor, aber ich wollte sie in ihrem Glauben lassen. Abgesehen davon fand ich es schön, mich hin und wieder in die Welt meiner Kindheit und Jugend zurückziehen zu können. Denn trotz aller finanziellen Schwierigkeiten bot mir meine Mutter ein Nest der Geborgenheit und Sicherheit, und ich konnte behaupten, dass ich eine wundervolle Kindheit hatte.

Ich setzte mich an meinen alten Schreibtisch mit der abgenutzten Oberfläche und öffnete nacheinander beide Schubladen. Doch außer Schreibutensilien, meinem alten Schultaschenrechner, Briefumschläge und Papier war darin nichts zu finden.

Die Schubladen meines Nachttischs waren leer, aber darin hatte ich auch nichts von mir vermutet. Den Inhalt hatte ich beim Auszug eins zu eins in mein neues Schlafzimmer übersiedelt. Bücher, ein Kalender, und meine Creme, mit der ich mir abends meine Füße und Ellenbogen eincremte – eine Eigenheit, die ich mir von Miranda aus meiner Lieblingsserie abgeschaut hatte.

Ratlos drehte ich mich im Kreis und ließ den Blick durch mein Zimmer schweifen. Ein Poster von Take That hing seit mehr als der Hälfte meines Lebens über dem Bett. Auf diesem waren sie noch jung – und zu fünft. Die Karte vom Konzertbesuch in der Wiener Stadthalle im April 1995 hatte ich mit einer Nadel ans Poster gepinnt. Kurz vor dem Konzert hatte Robbie Williams bekannt gegeben, dass er und Take That getrennte Wege gehen würden. Damals hatte ich wohl das erste Mal in meinem Leben so etwas wie Liebeskummer.

Mein Blick wanderte weiter. Schräg über dem Poster hing ein Bücherregal an der Wand, in dem meine Kuschelrock-Romane verstaubten. Ich ging auf den Kleiderschrank zu. In ihm fand ich Wintermäntel und Skiunterwäsche sowie das Cocktailkleid meiner Mama, dort, wo früher meine Kleidung seinen Platz hatte.

Ich wollte den Kasten schon fast wieder schließen, als ich am Boden unter dem Kleid eine kleine Box bemerkte, auf der mein Name stand.

Ich zog sie heraus und setzte mich, um sie zu öffnen. Meine alten Tagebücher kamen darin zum Vorschein. In der Schulzeit vertraute ich meine Gedanken gerne dem stummen Zuhörer an. Meistens ging es dabei um die ungerechten Lehrer, die Zickenkriege in der Klasse und die häuslichen Streitereien, wenn ich mal nicht unter der Woche bei einer Freundin übernachten durfte.

Schmunzelnd öffnete ich das oberste und blätterte es durch. Da fiel mir ein Name ins Auge, und ich musste den Eintrag lesen. Ich tauchte in die Welt der dreizehnjährigen Jana Sommer ein:

17. April 1997
Liebes Tagebuch!
Du wirst nicht glauben, was mir heute passiert ist. Ich glaube, ich habe mich verliebt!
Wie jeden Donnerstag war ich heute wieder im „Boot", und da habe ich IHN gesehen. Er heißt Julian König und ist gerade erst aus Salzburg mit seinen Eltern und seiner kleinen Schwester hergezogen. Er ist vierzehn Jahre alt und soooo süß! Seine Augen sind unglaublich, so schön blau, wie der Himmel im Sommer! Und seine dunkelbraunen, fast schwarzen Haare sind so niedlich verwuschelt, da möchte man am liebsten selber mit den Fingern durchfahren.
Er hat ein Skateboard, mit dem er total irre Stunts drauf hat, und, was ich so rausgehört habe, spielt er im selben Fußballverein wie Daniel. Vielleicht schaue ich mit den Mädels beim nächsten Spiel zu …?!
Ach ja, und hab ich schon erwähnt, dass er süß ist??
Oh Gott, ich kann es kaum erwarten, bis ich ihn wiedersehe!

Unglaublich, dass das schon so lange zurücklag. Als ich diese Zeilen las, kam es mir plötzlich vor, als wäre es erst gestern gewesen, dass ich Julian das erste Mal gegenüberstand.

Wir hatten alle vor dem verschlossenen Aufenthaltsraum auf unsere Betreuer gewartet. Diese kamen in Begleitung von Julian und seiner Schwester Lena, die sie uns als neue Mitglieder vorstellten.

Julian sah in die Runde und lächelte verschmitzt. Ich war hin und weg von seiner Erscheinung, mein Herz machte einen Hüpfer und schmolz anschließend dahin wie Eis in der Sommersonne. Ein Blick in seine Augen ließ mich alles um mich vergessen. Seine Haare standen strubbelig in alle Richtungen ab, als ob er eben erst aufgestanden oder bei einem Starfriseur gewesen wäre. Irgendwie stand ihm dieser zerzauste Look unglaublich gut.

An seine Schwester konnte ich mich kaum erinnern. Sie war um einiges jünger als wir, vielleicht war sie acht oder neun Jahre alt, wenn mich nicht alles täuscht, und hing dadurch auch mehr mit gleichaltrigen Kindern rum.

Ihre Eltern waren wie meine Mutter den ganzen Tag arbeiten und schoben ständig Überstunden. Zeit für ihre Kinder hatten sie selten. Das war vermutlich auch der Grund, warum die beiden bei uns Anschluss gesucht hatten, um nicht vor Langeweile daheim auf blöde Gedanken zu kommen.

In gewisser Weise vermisste ich die Zeit, als wir uns unbeschwert und ohne „Erwachsenenprobleme“ durch das Leben kämpften. Die Zeit, in der ein Streit über eine ruiniert zurückgegebene CD noch zu den negativen Highlights zählte. Als man noch nichts wusste über den Alltagsstress der Arbeitswelt oder über Beziehungskrisen.

Gut, Probleme mit den „Männern“ konnte ich jetzt nicht ganz ausklammern, oder besser gesagt Probleme mit dem einen.

Die Erinnerung an den Tag, als ich Julian das vorletzte Mal sah, ließ mich erschaudern. Schnell versuchte ich, sie zu verdrängen. Ich warf das Tagebuch zurück in den Karton zu den anderen. Die Schachtel unter den Arm geklemmt, verließ ich schnell mein altes Kinderzimmer und eilte in die Küche zu meiner Mom zurück.

„Hast du gefunden, was du gesucht hast, Kleines?“

„Ähm … ja. Nein. Nun … nicht ganz. Oder … noch nicht. Ich hab die alten Tagebücher gefunden, aber ich hab noch nicht alle durchgesehen. Wenn du nichts dagegen hast, nehme ich sie mit nach Hause und schaue dort noch einmal alle in Ruhe durch.“

„Aber natürlich, sie gehören ja dir.“ Lächelnd nahm mich meine Mutter in ihre Arme. „Wann sehe ich dich denn wieder?“

„Ich bin noch gar nicht weg, und du fragst, wann du mich

wiedersiehst? Manchmal machst du mir Angst, Mom, weißt du das? Du wirst doch nicht zur Klette?“

Ihre braunen Augen leuchteten, als sie mir schmunzelnd einen Kuss auf die Wange gab. Abgesehen von der grünen Augenfarbe hatte ich wenig von meinem richtigen Vater geerbt. Ich sah aus wie die junge Version meiner Mama, und ja, ich war stolz darauf.

„Nein, keine Sorge, aber ich liebe dich, und ich vermisse dich jeden Tag, an dem ich dich nicht sehe. Ich bin eben deine Mama, und als diese steht mir das zu.“ Ihre Umarmung war fest, und ich erwiderte sie mit gleicher Kraft. In ihren Augen würde ich wohl immer ihr kleines Mädchen bleiben.

„Ich lasse mich sicher in den nächsten Tagen mal bei dir blicken. Ich weiß zwar noch nicht wann, denn ich habe eine ziemlich stressige Arbeitswoche vor mir, aber ich ruf dich auf jeden Fall an. Wann ist Martin wieder hier?“

„Der holt mich morgen früh ab, wir wollen einen Ausflug machen. Irgendwo aufs Land, ein bisschen wandern, die Natur genießen. Ich melde mich, wenn wir wieder daheim sind, und erzähle dir alles.“

„Ich freu mich drauf.“ Mit einem Kuss verabschiedete ich mich und eilte zum Auto.

Mit der Schachtel vor mir auf dem kleinen Tisch machte ich es mir an meinem Esstisch bequem. Um nicht wieder mit den Gedanken in meine Vergangenheit abzudriften, blätterte ich sämtliche Tagebücher wie ein Daumenkino im Schnelldurchlauf durch. Auch wenn ich jetzt wieder ein Bild von ihm vor Augen hatte, so wollte ich trotzdem unbedingt ein Foto von ihm finden. Irgendwo musste doch eins von Julian sein. Ich dachte schon, ich hätte Pech und keins von ihm aufbewahrt, da wurde ich doch fündig.

Ich hielt einen Schnappschuss von meiner Abschieds-Geburtstagsfeier im „Boot“ in der Hand. Ich stand in der Mitte, links und rechts meine Freundinnen. Zwischen Carola und Doris blickte Julian hindurch. Ob er sich absichtlich dazu gestellt hatte oder einfach nur im Moment der Aufnahme hinter uns stand, weiß ich nicht mehr.

Ich hob das Foto bis knapp an meine Nase und sah es mir noch einmal genau an. Jetzt erinnerte ich mich wieder: Seine blauen Augen stachen hervor, und er grinste spitzbübisch, was mir als Teenager die Knie weich werden ließ und mein Herz zum Flattern brachte.

Wie gut, dass ich mir mein Styling schon überlegt hatte. Da meine Gedanken rasten, wäre ich heute nicht imstande gewesen, dazu eine vernünftige Entscheidung zu treffen.

Ich stellte mich unter die Dusche und versuchte abzuschalten. Diese kurze Entspannungspause hatte ich dringend nötig, denn das unerwartete Gefühlschaos zerrte an meinen Nerven. Die lagen ja sowieso schon total blank, nicht zuletzt wegen Georgs mieser Nummer, die mir seit Julians erster Nachricht wieder im Kopf herumgeisterte, obwohl ich geglaubt hatte, den zweitschlimmsten Moment in meinem Leben überwunden zu haben.

Ich würde wohl bis an mein Lebensende nicht vergessen, was ich damals zu sehen bekam, als ich Sabine Lautners Link anklickte und so die Wahrheit über Georg erfahren durfte … oder musste. Diese mir unbekannte Frau zeigte mir ein Foto, auf dem sie vom glücklich lächelnden Georg – meinem damaligen Freund! – im Arm gehalten wurde. Hinter ihnen ein trautes Einfamilienhaus. Vor ihnen zwei Teenager und ein Hund – ihr gemeinsames Haus, ihre gemeinsamen Kinder.

Natürlich wollte ich ihr nicht sofort glauben, immerhin hätte sie eine Verrückte sein können, die es auf „meinen" Georg abgesehen hatte und auf diese Art und Weise einen Keil zwischen uns treiben wollte. Doch, als ich ihre Freundschaftsanfrage auf Facebook bestätigte und mich durch ihre privaten Fotoalben klickte, wurde mir klar, dass es keine retuschierten Fotos waren und ich die Idiotin, die einem Lügner auf den Leim gegangen war. Zu meinem Glück hatte ich damals nach einem kurzen Hilfeanruf Isa an meiner Seite, denn ich hätte nicht gewusst, wie ich diesen Moment alleine durchstehen hätte können.

Georg hatte es doch tatsächlich geschafft, mich ein ganzes Jahr erfolgreich anzulügen, mir weiszumachen, er wäre Pilot und hätte deshalb immer nur wenige Tage Zeit für mich. Dass er ein Doppelleben führte, während seine Familie im knapp zweihundert Kilometer entfernten Wien auf ihn wartete – auf die Idee wäre ich nie gekommen. Im Gegenteil, ich war verliebt, der Sex war heiß, und ich Dummkopf hoffte zum Jahrestag an Silvester auf eine Verlobung.

Ein kleiner Trost für mich war die Tatsache, dass Georg nicht nur mich, sondern auch seine Familie erfolgreich hinters Licht geführt hatte. Seine Frau hatte wohl lange Zeit nur vermuten können, dass eine andere im Spiel war. Und dann half ihr der Zufall. Nur durch das Foto, das von Georg und mir an dem Abend auf dem Ball gemacht worden war, und der Möglichkeiten von Facebook wurde ihre Befürchtung bestätigt. Heute war ich ihr dankbar dafür, denn wer weiß, wohin mich Georgs Lügengeschichten noch gebracht hätten. Besser ein Ende mit Schrecken, als ein Schrecken ohne Ende, wie es so schön heißt.

Ich föhnte meine Haare, und, während das Glätteisen aufheizte, suchte ich Musik, die mir helfen würde, meine Stimmung zu verbessern. Das Handtuch um den Körper gewickelt, flitzte ich schnell ins Wohnzimmer, schaltete meine Anlage ein und tanzte laut singend wieder ins Bad zurück. Meine Laune besserte sich schlagartig und ich sah dem Treffen wieder optimistischer entgegen.

Was ich im Spiegel sah, gefiel mir: Schnittlauchlocken, wie meine Mutter die geglätteten Haare bezeichnen würde, Make-up, lässiges Outfit. Einen silbernen High Heel am linken Fuß, den rechten meiner schwarzen Ballerinas am anderen Fuß hatte ich nun die Qual der Wahl. Ich hob mein rechtes Bein an und drehte mich leicht, sodass ich mich mit dem glänzenden Designerschuh betrachten konnte, den ich mir letzten Sommer von meinem Urlaubsgeld geleistet hatte. Das Gleiche tat ich dann mit dem anderen Fuß, doch die Länge meiner Beine kam in den hohen Schuhen einfach besser zur Geltung. Außerdem soll der Hintern knackiger wirken, wenn man auf hohen Absätzen läuft, und wer will das nicht von seiner Kehrseite behaupten? Ich schlüpfte also noch in den zweiten silbernen Schuh, vollführte eine elegante Drehung und lächelte meinem Spiegelbild zu.

So konnte ich die Wohnung verlassen, denn ich fühlte ich mich tausendprozentig wohl. Völlig egal, wenn sich ein Mann einbildete, ich hätte mich für ihn aufgebrezelt, letztendlich tat ich das doch jedes Mal nur für mich und mein Selbstwertgefühl.

Und jetzt werde ich dem Kerl beweisen, was für eine tolle Frau ich bin!

Kapitel 3

Oh mein Gott!

Die Sonne hatte noch immer keinen Weg durch die Wolken gefunden. Draußen war es kühl, aber windstill, und die Gäste nutzten trotz des trüben Wetters den Gastgarten an der Vorderseite des Cafés. Doch auch der Innenbereich war gut besucht.

Sobald ich das modern eingerichtete Café betrat, schlug mir sein typisch herrlicher Geruch entgegen: frisch gemahlene Bohnen und die Süße der Kuchen und Torten, vermischt mit den leichten Parfums der Gäste.

Ich ging direkt auf die Bar zu. Ich mochte dieses Café, das dunkle Holz der Tische im Kontrast zu den hellen Ledersesseln. Die cremefarbenen Wände waren mit Wandmalereien in Form von Kaffeebohnen und den Namen der Kaffeesorten aus aller Welt verziert. Schien die Sonne, war der Raum erhellt, denn zur Straßenseite waren durchgehend deckenhohe Glasfenster. Doch heute warfen die goldenen Lüster ein warmes Licht auf den Gastraum.

Ich setzte mich auf einen der Barhocker und beobachtete Marco, wie er spielerisch die riesige Espressomaschine bediente und nebenbei noch Torten und Fruchtsäfte für seine Gäste anrichtete. Dass ihm seine Arbeit Spaß machte, war nicht zu übersehen, und den kleinen Augenflirt mit einer hübschen Brünetten, die an einem der runden Tische in der Nähe der Bar saß, ließ er sich nicht entgehen.

Dann entdeckte er mich, winkte mir zu und war in der nächsten Sekunde schon bei mir, um mir ein Küsschen links und rechts auf meine Wangen zu geben.

„Hallo, schöne Frau, was kann ich dir denn Gutes tun?“

Lachend konterte ich: „Also gegen eine entspannende Nackenmassage hätte ich nichts einzuwenden, aber vorerst gebe ich mich auch mit deinem erstklassigen Cappuccino und einer großen Erdbeer-Creme-Schnitte zufrieden."

„Cappuccino und Schnitte bekommst du sofort, die Nackenmassage, sobald die Kollegin von ihrer Pause zurück ist – und das muss jeden Moment so weit sein", versprach er mir.

Und er hielt Wort. Als seine stellvertretende Geschäftsführerin übernahm, schaufelte ich genüsslich die Kalorien in mich hinein und genoss nebenbei die versprochene Massage.

„Dann schieß mal los, was hast du auf dem Herzen?" Im Schnelldurchlauf brachte ich ihn auf den neuesten Stand, wobei ich den Vorfall mit Julian in der Vergangenheit nur kurz anschnitt und mir jedes Detail verkniff, da es mir äußerst peinlich war, darüber mit Marco zu sprechen.

„Ich bleibe in deiner Nähe", versprach er mir. „Falls du Hilfe benötigst, brauchst du mir nur zu winken, dann bin ich schon bei dir. Aber denkst du wirklich, dass er dich herlockt, um dich in irgendeiner Art und Weise zu belästigen?"

„Ich weiß nicht so genau, aber das wär schon sehr erbärmlich … Ich hab nur so gar keine Vorstellung, was er wirklich will. Ich meine, die Sache ist schon ewig her. Ich hatte das alles schon komplett vergessen, um nicht zu sagen … verdrängt."

Ich überlegte laut weiter: „Eigentlich könnte ihm egal sein, was mit mir ist und wie ich zu ihm stehe. Hätte er es damals wiedergutmachen wollen, wäre es verständlich gewesen, aber … fünfzehn Jahre später? Das ist doch sehr seltsam, oder?"

Marco stimmte mir mit einem Kopfnicken zu.

„Gut, in einer Viertelstunde weiß ich mehr. Dann erzähl mal, wie macht sich deine neue Kellnerin?", wechselte ich das Thema, in der Hoffnung, mit der kleinen Ablenkung meine Nervosität etwas zu dämpfen.

Nun war es für mich Zeit, in Position zu gehen. Marco war wieder an die Arbeit gegangen. Meine Uhr zeigte fünf vor drei; Julian blieben somit noch fünf Minuten, um aufzutauchen. Okay, vielleicht würde ich ihm zehn geben.

Mein Mineralwasser stellte ich auf dem Tisch in der Nische ab, und ich setzte mich auf die schmale Bank. Ein Vorteil dieses Platzes war: Ich hatte dank der durchgehenden Glasfront einen Überblick über das komplette Lokal inklusive des großen Gastgartens davor.

Unruhig drehte ich das kühle Glas zwischen meinen Fingern und scannte nach einem kurzen Rundblick durch das Lokal den Außenbereich. Jede männliche Person, die ungefähr im passenden Alter war, verglich ich im Kopf mit dem Foto aus der Jugendzeit. Doch keiner sah ihm nur annähernd ähnlich. Abgesehen davon gingen alle entweder weiter, trafen sich mit Freunden im Café oder waren in Begleitung. Und dass er sich nicht alleine herwagen würde, traute ich ihm dann doch nicht zu.

In regelmäßigen Abständen – also so ungefähr alle dreißig Sekunden – warf ich einen Blick auf meine Uhr. Dass sich dadurch die Wartezeit wie Kaugummi zog, war mir zwar klar, nur schaffte ich es nicht, die Zeiger aus den Augen zu lassen.

Inzwischen war es zwei Minuten vor drei, und ich hatte begonnen, ungeduldig mit den Fingern am Tisch zu trommeln, als ich auf der Straße einen Mann sah. Was heißt da, einen Mann – einen Halbgott! Er bewegte sich elegant auf das Café zu. Kurz musste ich blinzeln, um mich davon zu überzeugen, dass mir meine Augen keinen Streich spielten. Mir kam es vor, als ob sogar die Erde in ihrer Drehung für einen Moment innehielt, um *das Naturschauspiel* zu beobachten.

Er trug schwarze, teuer aussehende Schuhe und ausgewaschene Jeans. Als ich meinen Blick noch weiter nach oben wandern ließ, musste ich beim Anblick des flachen Bauches und des kräftigen Oberkörpers schlucken. Die Muskeln zeichneten sich durch sein weißes Shirt ab, seine Schultern waren breit und genau richtig zum Anlehnen.

Ich beschloss für mich, diesen Mann nicht aus den Augen zu lassen. Ich würde die Unterhaltung mit Julian schnell hinter mich bringen und dann sämtliche Flirtregister ziehen, denn so einen Traum von Mann durfte ich mir nicht durch die Finger gleiten lassen!

Lässig betrat er das Lokal und musterte langsam die Gäste. Sein Blick blieb an mir hängen, und mein Herz rutschte in meine

Hose, bevor es wieder nach oben schoss und hart und schnell pochte, so, als wollte es aus meiner Brust springen. Das konnte doch nicht sein!

Ich begann, an meinen Gedanken von eben zu zweifeln. Denn ein entscheidendes Detail war mir bisher entgangen – *seine Lippen.* Und: wie seine Zunge diese Lippen benetzte, indem sie ganz langsam, ohne sichtbaren Druck, leicht die Lippen streifte, fast wie ein Streicheln.

Mir stockte der Atem. Das war kein Fremder, das da war Julian!

Oh Gott …

Ich starrte noch immer auf seine perfekt geschwungenen Lippen und verspürte plötzlich den drängenden Wunsch, sie auf meinen spüren zu wollen. Ich wollte an ihnen saugen, daran knabbern, sie küssen … Das war purer Sex! Kein Porno konnte annähernd so erregen wie diese eine kleine, so unglaublich sinnliche Bewegung.

Und JA, ich hatte diese Bewegung schon zig Male gesehen, doch noch nie hatte sie mich so aufgewühlt wie heute. Natürlich hatten mich diese Lippen und diese Zunge schon als Teenager fasziniert, aber ich konnte mich nicht daran erinnern, jemals so eine körperliche Reaktion auf sie gespürt, geschweige denn sie je so bewusst wahrgenommen zu haben.

Gehts noch peinlicher, ich starre ihn an – mit offenem Mund!

Als ich meinen Blick endlich von den Lippen lösen konnte, schaffte ich es auch, meinen Unterkiefer wieder zuzuklappen. Ich musste erst mal schlucken, bevor ich mir sein restliches Gesicht genauer ansehen konnte. Und tatsächlich, unter dem Dreitagebart erkannte ich seine Züge. Kantiges Kinn, schwarzbraune Haare, die verstrubbelt in alle Richtungen wegstanden, von denen einige längere Strähnen in seine Augen fielen – in seine strahlenden indigoblauen Augen.

Oh mein Gott, was passierte da gerade mit mir? Verlegen schaute ich mich um, um zu sehen, ob noch jemand wie ich sabbernd diesen Traummann musterte. Doch die anderen Gäste waren in ihre Gespräche vertieft und hatten seinen Starauftritt verpasst.

Ich fixierte Julian wieder. Er stand immer noch einige Meter von mir entfernt, abwartend an die Bar gelehnt, und beobachtete mich und meine Reaktionen. Als mir das bewusst wurde, schoss mir die Röte ins Gesicht, und – auch wenn ich mich selbst nicht sah –, spürte ich, dass ich mindestens die Farbe einer Tomate erreicht hatte.

Na prima, das war's also mit meinem glanzvollen Auftritt. Ich fühlte mich wieder wie damals – ein vierzehnjähriges schüchternes Mäuschen –, und diese Erkenntnis holte mich schlagartig auf den Boden der Realität zurück.

Mir fiel wieder ein, warum ich eigentlich hier war, und vor allem: wen ich da so hungrig anstarrte. Und da war sie wieder: die gute alte Wut im Bauch, der jahrelang angestaute Hass auf ihn und auf sein Verhalten. Gut so. Besser, ich war aufgebracht und saß nicht mehr vor ihm wie ein schmachtender Teenie!

Ich straffte meinen Rücken und nahm mir vor, ihm fest in die Augen zu sehen, um ihm meine Entschlossenheit und mein Selbstvertrauen zu demonstrieren.

Julian bemerkte anscheinend die Veränderung, denn er zog die Augenbrauen hoch und legte seinen Kopf leicht schief, als überlegte er, was er von dem eben Gesehenen halten sollte. Dann grinste er, und um seine Augen bildeten sich süße, kleine Fältchen. Und dann kam er auf mich zu.

Mein Herz setzte aus, als er mir gegenüber auf die Bank rutschte, und mit einer unglaublich tiefen, rauchigen, fast schon sexy klingenden Stimme ein „Hallo, Jana“ hauchte.

Verdammt, ich darf mich nicht von ihm aus der Ruhe bringen lassen! Ich schloss die Augen, atmete tief durch, und rief mir wieder den jugendlichen Idioten alias Julian ins Gedächtnis. Nur, weil er jetzt noch besser aussah als damals, hieß das nicht, dass sich auch sein Charakter gebessert hatte.

„Hallo, Julian.“ Ich versuchte, so viel Wut und Ablehnung wie nur irgendwie möglich in meine Worte zu legen.

Die Bedienung kam an unseren Tisch, und Julian bestellte ein Glas Eistee. Die Unterbrechung passte mir so gar nicht, denn sie schwächte meine wütenden Worte, die ich mir zurechtgelegt hatte, wieder ab.

Ihm war das wohl bewusst, denn sein Grinsen wurde noch breiter, und ich wünschte mich zurück in meine Wohnung, weg von ihm, weg von diesen Augen, die mich unverschämt musterten und ein – angesichts der Situation völlig unpassendes – Kribbeln in meinem Unterleib auslösten. Ich konzentrierte mich auf die Wut, die knapp darüber in der Magengegend brodelte, und blaffte ihn an: „Also, was willst du mir sagen?"

Sein lautes Lachen warf mich komplett aus der Bahn, und ich wusste, ich hatte verloren. Ich wusste, ich hatte keine Chance mehr, ihm zu zeigen, dass ich eine toughe Frau war. Ich starrte unentwegt abwechselnd auf seine Lippen und in seine Augen und konzentrierte mich mit voller Kraft auf seine Worte und darauf, ihn nicht noch einmal sabbernd und mit offenem Mund anzustarren.

„Also, Jana, ich werd nicht lange um den heißen Brei herumreden. Ich freu mich, dass du hergekommen bist. Dass ich mich bei dir entschuldigen möchte, hab ich dir ja bereits gesagt."

Automatisch nickte ich zu seinen Worten.

„Ich meine das ernst, auch wenn es jetzt, nach fünfzehn Jahren, vielleicht lächerlich wirkt. Damals wär besser gewesen, ich weiß, aber ich war jung und dumm."

Mein Nicken wurde kräftiger, doch Julian schien es zu ignorieren.

„Das klingt zwar jetzt nach einer dummen Ausrede ... aber so war ich damals. Ich dachte, ich wäre der King, und alle würden mich anhimmeln und vergöttern. Es hat lange gedauert, bis ich gemerkt hab, dass es anders war. Ich musste mich ändern, auch wenn das nicht einfach für mich war."

Ich zog eine Augenbraue nach oben und sprühte eine Ladung Sarkasmus über den Tisch. „Ach? Und du denkst, das hast du inzwischen geschafft?"

Einen Augenblick dachte ich, er würde aufstehen und wieder gehen, doch dann nickte er, sein Blick glitt in die Ferne, und er sprach weiter.

„Ich wechselte mit fünfzehn auf eine andere Schule. Dort kannte mich niemand. Ich konnte also der Julian sein, der ich auch wirklich sein wollte – ohne Vorgeschichte. Und, ob du es glaubst oder nicht ..."

Eher nicht, aber egal.

„... ich hab den Neuanfang geschafft."

War das der Moment, in dem ich applaudieren sollte? *Pah!*

„Alle, die ich früher verletzt hatte … ich wollte es zunächst vergessen. Doch irgendwann merkte ich, dass ich nicht vergessen konnte – was ich anderen … was ich dir angetan habe. Ich … ich musste den Scherbenhaufen aufräumen. Oder zumindest, mich entschuldigen. Bei jedem Einzelnen. Bei dir … Jana!?"

Er lehnte sich über den schmalen Tisch, sah mir dabei tief in die Augen, und einen Moment lang wusste ich weder, wo ich hinsehen sollte, noch, wie ich auf der schmalen Bank ruhig sitzen bleiben konnte. Sein Duft wehte über den Tisch, und ich nahm den Geruch von Holz und Moschus wahr, vermischt mit etwas Süßem … Mandarine? Benommen versuchte ich, mich zu konzentrieren, seinen Worten zu folgen.

Die Kellnerin servierte ihm sein kühles Getränk und verschaffte mir eine kurze Regenerationsphase.

„Hör zu, Jana, es tut mir ehrlich leid, dass ich mich damals wie ein Arsch verhalten habe."

Da haben wir ja das Geständnis. „Ein Arsch, genau! Selbsterkenntnis ist der beste Weg zur Besserung!", konnte ich mir nicht verkneifen.

„Und es tut mir leid, dass ich dir damals zuerst Hoffnungen gemacht hab und dich anschließend fallen ließ. Abgesehen davon … war es unverzeihlich, dass ich dich vor unseren Freunden begrapscht habe."

„Tja, das hilft mir heute herzlich wenig, Julian!" Wütend funkelte ich ihn an.

„Das … Ich weiß."

Er stockte, und trank einen Schluck, bevor er fortfuhr. „Ich kann es leider nicht ungeschehen machen. Ich kann mich nur bei dir entschuldigen. Und, Jana, …" Bei diesen Worten griff er nach meinen Händen, und ich erstarrte augenblicklich. „… es tut mir aus ganzem Herzen leid. Bitte, verzeih mir!"

Seine Haut prickelte auf meiner, und ich war einfach nur … sprachlos. Überrumpelt. Dabei hatte ich mir saftige Kommentare zurechtgelegt, die mir jetzt blöderweise nicht mehr einfallen wollten. Was sollte man da noch erwidern, außer: „Ich verzeihe dir."

Menno, hatte ich das eben tatsächlich laut ausgesprochen?

Julian atmete hörbar aus und schloss dabei kurz die Augen. So, wie es aussah, waren diese Worte also tatsächlich nicht nur in meinem Kopf, sondern auch in vernehmlicher Lautstärke über meine Lippen gekommen, denn mit einem erleichterten Lächeln sagte er: „Ich danke dir, Jana. Du hast ja keine Ahnung, wie erleichtert ich bin, dass du meine Entschuldigung angenommen hast."

Prima. Peinlich berührt entzog ich ihm meine Hände und nippte an meinem Wasser, als da endlich eine meiner zuvor zurechtgelegten Fragen wieder aus einem der hintersten Winkel meiner Gehirnwindungen hervortrat.

„Wieso hast du dich zu so einem Arschloch entwickelt? Du warst doch, als ich dich kennenlernte, ein echt ..." *Was sage ich jetzt, um das Wort „süß" zu vermeiden?* „... netter Junge!" *Puh, gerade noch mal die Kurve gekratzt.*

Mit dieser Frage dürfte Julian nicht gerechnet haben, denn sein Blick schweifte erneut einen kleinen Augenblick in die Ferne, so, als erinnere er sich an etwas. Dann musterte er mich mit zusammengekniffenen Augen.

„Es passieren Dinge, die Menschen verändern. So ist es nun mal."

Sein unpersönlicher Ton verriet mir, dass weitere Fragen in diese Richtung sinnlos wären. Verlegen wich ich seinem Blick aus und überlegte fieberhaft, was geschehen sein konnte, doch mir fiel nichts ein, was sein Verhalten rechtfertigen würde. Wirklich darüber nachdenken konnte ich jedoch nicht, denn Julian wechselte das Thema und gleichzeitig seine Stimmung.

„Nun erzähl mal, Jana, was ist aus dir geworden? Was machst du beruflich? Wohnst du noch in Linz?"

Ich war irritiert, denn mit so einer Unterhaltung hatte ich überhaupt nicht gerechnet. Julian lehnte sich sichtlich entspannt zurück und musterte mich abwartend. Ich stammelte kurz etwas Unverständliches und begann dann, brav auf jede einzelne seiner Fragen zu antworten. Ich erzählte ihm von meiner Arbeit im Verlag, von meiner Arbeitskollegin und besten Freundin Isa, unserem gemeinsamen Hobby. Auf die Frage, warum ich dieses Café gewählt hatte, deutete ich auf Marco und klärte Julian über unsere Freundschaft auf. Da mein Facebook-Profil sich sowieso las wie ein offenes Buch, brauchte ich ja jetzt nicht anfangen, mit Informationen zu geizen.

„Da fällt mir ein …“ Gut, dass mein Hirn doch noch funktionierte, sonst hätte ich fast vergessen, dass ich noch etwas von ihm wissen wollte. „… du hast in deiner Nachricht geschrieben, du hättest mich *endlich* gefunden. Wie hast du das gemeint? Seit wann suchst du denn nach mir?“ Und nein, ich schaffte es natürlich nicht, diese Fragen zu stellen, ohne dass ich wieder rot anlief.

Wenn ich jedoch dachte, die roten Wangen wären mein größtes Problem … Ich schaffte es nicht wegzusehen, und, auch wenn ich die Bewegung nur aus dem Augenwinkel wahrnahm, so verwirrte mich sein vorsichtiges Lippenlecken so sehr, dass ich froh war, meine Frage *davor* gestellt zu haben, denn spätestens jetzt hätte ich sie vergessen.

Ihn hingegen hatte offensichtlich nichts aus der Ruhe gebracht, denn er antwortete mit fester Stimme, ohne Wangenrötung und ohne meinem Blick auszuweichen. „Es ist schon einige Zeit her, dass ich beschlossen hab, mit meiner Vergangenheit aufzuräumen. Zu den meisten von damals war der Kontakt schnell wiederhergestellt, doch bei dir … das war ziemlich schwierig, dich ausfindig zu machen.“

„Tatsächlich?“ Ich hatte mich noch nie damit beschäftigt, ob und wie man mich finden kann. Gut, meine Telefonnummer stand nicht im Telefonbuch, und auf der Website des Verlages war kein Foto von mir abgebildet.

Julian nickte und trank einen Schluck Eistee. „Ja, das war eine kleine … Herausforderung für mich.“

Er zwinkerte mir zu. „Keiner von den anderen hat noch Kontakt zu dir. Niemand konnte mir sagen, wo du damals gewohnt hast, geschweige denn, wo du heute zu Hause bist. Ich stellte mich bereits darauf ein, dass ich dich nie finden würde, weil du den Nachnamen deines Ehemanns angenommen hast.“

Moment … war das jetzt eine versteckte Frage über meinen Beziehungsstatus? Ich konnte das Grinsen nicht unterdrücken und war ein kleines bisschen … stolz. *Dieser* Mann wollte wissen, ob ich vergeben war! *Dann testen wir mal seine Reaktion.*

„Nein, ich bin … Single."

Als ich das magische Wort ausgesprochen hatte, wich sichtlich etwas Anspannung aus seinem Gesicht, und sein Lächeln reichte bis zu den Augen. *Ha! Ich hab's gewusst!*

Dann ermahnte ich mich gedanklich und rief mir in Erinnerung, wen ich hier vor mir hatte. Eigentlich ging ihn mein Privatleben gar nichts an. Wer weiß, wofür er die Info jetzt missbrauchte? So nett er auch versuchte, bei mir anzukommen, ich konnte ihm einfach nicht vertrauen.

Julian trank von seinem Glas, bevor er fortfuhr. Ich verfolgte sehnsüchtig die Bewegung seiner Zunge, die anschließend seine Lippen leckte.

„Naja, jedenfalls … Du glaubst gar nicht, wie viele Jana Sommer es auf Facebook gibt. Ich war heilfroh, als ich deine Antwort im Postfach hatte …!"

Er sah mir direkt in die Augen und nahm mir mit seinem warmen Lächeln endgültig den Atem. Was sollte ich darauf erwidern? Verlegen drehte ich mein Glas zwischen den Handflächen, wischte das Kondenswasser an seiner Außenseite ab.

„Dann … sag ich Danke fürs Suchen und … fürs Entschuldigen. Mit so viel Ehrlichkeit hab ich nicht gerechnet." Ich nahm all meinen Mut zusammen und sah ihm wieder in die Augen. Er lächelte, und mein Herz hüpfte begeistert.

„Jana, *ich* sag Danke. Fürs Annehmen meiner Entschuldigung und vor allem … dass du überhaupt gekommen bist. Ich war mir bis zum Schluss unsicher, ob ich dich heute sehen würde. Deshalb freu ich mich jetzt umso mehr, mit dir hier zu sitzen."

Oh, ich freue mich auch …

NEIN! Ich freute mich natürlich nicht … verdammt! Was war denn mit mir los? Ich mochte ihn doch eigentlich gar nicht. Ich war wütend auf ihn, sehr wütend, um genau zu sein. Da lockte er mich in das Café, um mich vollzusülzen und mich um seinen Finger zu wickeln. *Nein, nein, mein Lieber, so funktioniert das nicht!*

Ich rief mir also seine inakzeptable Aktion im Jugendzentrum in Erinnerung, kniff meine Augen zusammen, und, ehe ich mir auf die Zunge beißen konnte, sprudelten die Worte aus mir heraus:

„So, so, und jetzt denkst du, wir sind Freunde? Wenn du das glaubst, hast du dich gehörig geschnitten. Du hast gesagt, was du sagen wolltest. Okay, find ich super, dass du nach so vielen Jahren endlich drauf kommst, dass du damals einen Fehler gemacht hast. Zwar reichlich spät, aber besser spät als nie, heißt es, oder?"

Ich schnaubte verächtlich, lehnte mich zurück und verschränkte meine Arme. Das war ja gar nicht mal so schlecht. Fast ein bisschen zu wüst, aber hey, da sprudelte gerade jahrelang aufgestaute Wut aus mir heraus.

„Tja, ich weiß … es ist wohl etwas spät für meine Entschuldigung. Nur damals, da fehlte mir der Mut, auf dich zuzugehen und es wiedergutzumachen. Abgesehen davon hast du mich ja gekonnt ignoriert …"

Natürlich, Mister „Ich-reiß-die-Klappe-am-lautesten-auf" hatte Angst gehabt, etwas zu sagen. Dass ich nicht lache!

Ich unterdrückte ein Augenrollen … zum Glück, denn …

„… Und trotzdem ließ es mir bis heute keine Ruhe." Er atmete tief aus und lehnte sich ebenfalls zurück. Dann leerte er seinen Eistee in einem Zug, und wir sahen uns schweigend an. „Eigentlich hoffte ich … dass wir wieder Freunde werden könnten. Ich, für meinen Teil, würde es schön finden."

Er würde es schön finden … Seine Worte rannen mir wie Schokolade runter, und dabei wollte ich wütend bleiben. Verflucht, dieses Hin und Her meiner Gefühle machte mich fertig! Er leckte sich wieder über die Lippen – *das* fand ich auch schön!

„Naja … wir werden sehen …"

Und wieder sein entwaffnendes Lächeln. „Bist du immer so bissig?"

„Nur bei denen, die es verdient haben."

„Autsch! Na, dann muss ich mich wohl mächtig ins Zeug legen."

Jetzt kam ich nicht umhin zu grinsen. „Oh ja …"

Sein lautes Lachen machte mich erneut ganz hibbelig. *Prima.*

Julian streckte sich.

Ich sabberte.

„Zwar würd ich mich gerne noch länger mit dir unterhalten, Jana, aber ich muss jetzt leider los, Neele abholen." *Oh nein!*

„Neele?“ *Klang meine Stimme zittrig?*

„Meine große Liebe. Warte, ich zeig dir ein Foto von meiner Süßen“, antwortete Julian mit einem Augenzwinkern. Dann fasste er sich an die Rückseite seiner Hose und zog seine Geldtasche hervor. Hatte er etwa eine Freundin? War er verheiratet? Oh Gott, er wird doch nicht schon Vater sein? Vor Spannung hielt ich den Atem an, bis er sie aufklappte und mir ein Foto von sich und einem weißen Fellhaufen vor die Nase hielt.

„Neele ist meine weiße Schäferhündin. Ich hatte sie übers Wochenende bei meiner Schwester.“

Puh – Schreck lass nach!

Julian winkte die Bedienung zu unserem Tisch und verlangte die Rechnung. Natürlich ließ er es sich nicht nehmen, meine Getränke und den Kuchen mitzubezahlen. „Musst du auch schon los? Soll ich dich noch bis zu deinem Auto begleiten?“

Ehe ich meine Gehirnwindungen unter Kontrolle hatte, hörte ich mich antworten: „Gern … ich muss ohnehin nach Hause. Ich hab noch einiges zu erledigen.“ Innerlich verdrehte ich die Augen über meine vorlaute Klappe.

Als wir das Café verließen, wirbelte der Wind durch meine Haare. Ich raffte sie zusammen und hielt sie fest. Es braute sich wohl ein Sturm zusammen, denn dunkle Wolken bedeckten inzwischen den Himmel. Der Gastgarten war fast leer, es waren anscheinend alle nach drinnen geflüchtet oder hatten das Café verlassen. Mir war das während unserer Unterhaltung gar nicht aufgefallen.

Wir gingen nebeneinander an den Geschäften vorbei, in die nächste Seitenstraße, wo ich meinen kleinen schwarzen Flitzer geparkt hatte. Vor meinem Auto blieb ich stehen und drehte mich Julian entgegen. „Da wären wir.“

„Jana … ich … schön, dass du heute für mich Zeit hattest.“ Sein Blick war wieder einmal viel zu intensiv. Dann nahm er meine Hand, drückte sie und gab mir links und rechts ein Küsschen.

Mein Herz setzte für einen Moment aus. Er roch so unbeschreiblich gut! Erst, als er wieder etwas Abstand zwischen uns gebracht hatte und mich anlächelte, löste ich mich langsam aus meiner Starre. „Ja", war alles, was ich hervorbrachte.

„Bis bald, Jana."

Zwinkernd drehte er sich um und ging in die Richtung, aus der wir gekommen waren. Ich blieb stehen und schaute ihm nach. In dieser Jeans wirkte sein Hintern äußerst knackig. Ich biss mir auf meine Unterlippe. Und natürlich – genau in diesem Moment, als man mir wahrscheinlich meine Erregung von Weitem ansah, drehte er sich um und winkte mir noch einmal frech zu.

Verdammt, verdammt! Verdammt! Schnell stieg ich in mein Auto und schnallte mich an. Alleine zu Hause würde ich es jetzt unmöglich aushalten. Also wühlte ich in meiner Tasche nach dem Telefon.

Kurz darauf stand mir Isa im Jogginganzug gegenüber, ihre Haare zu einem Zopf zusammengebunden, und ließ mich in ihre Wohnung. Sie ging voraus zum Kühlschrank, warf mir eine Flasche stilles Mineralwasser zu und nahm sich selbst auch eine.

„Na, du siehst aber erledigt aus. Warst du gestern noch fort?" Ich ließ mich auf einen der beiden dunkelrosaroten Ohrensessel fallen, die gegenüber vom Fernseher standen, und legte meine Beine auf den Hocker davor. Isa nahm in dem zweiten Platz und stellte ihr Wasser auf den Tisch dazwischen.

„Hey, ich kann doch nicht an einem Samstagabend als Single alleine daheim versauern", konterte meine Freundin mit einem Augenzwinkern.

„Und? Hab ich was verpasst?" Mit „was" meinte ich definitiv: männlich, sexy, Single.

„Nö, aber Spaß hatten wir trotzdem. Ich konnte meine Cousine überreden, mich zu begleiten, und wir hatten eine nette Unterhaltung mit zwei Busfahrern."

Ich prustete laut los. „Wie jetzt? Im Bus?"

„Nein, im Lokal. Die hatten ihren freien Tag und wollten ordentlich auf den Putz hauen."

„Und waren sie dabei erfolgreich?"

„Ich denke, ihr Plan für den Abend sah anders aus." Sie zwinkerte mir zu. „Aber wir haben uns echt nett unterhalten." Sie nippte an ihrer Flasche. „Genug von mir – wie war's bei dir?"

„Katastrophal!"

„Wie jetzt?"

„Ich hab mich bis auf die Knochen blamiert und mich verhalten wie ein sabbernder Teenie, der seinem Star gegenübersteht."

„Jana, ich versteh nur Bahnhof."

Bis ins kleinste Detail erzählte ich ihr von meinem peinlichen Nachmittag und wartete dann auf ihr Statement.

„Also jetzt noch mal im Klartext: Du hasst ihn, aber er ist äußerst attraktiv, und du hast dich … in ihn verknallt?"

„Oh Mann … nein! Also … nein, ich hab mich doch nicht in ihn verknallt. Aber du müsstest ihn sehen. Der sieht aus … wie ein Model! Der Mann ist so heiß – ich kann mich nicht erinnern, je einen so attraktiven Mann gesehen zu haben."

„Hast du ein Foto von ihm gemacht?"

„Bist du vollkommen übergeschnappt?" Ich tippte mir an meine Schläfe. „Wie hätte ich das denn anstellen sollen? ‚Würdest du bitte kurz für ein Foto lächeln, ich will dich meiner Freundin zeigen?' Ich denke, ich hab mich genug blamiert, da konnt ich es mir getrost sparen, ihn mit dem Smartphone abzulichten."

„Naja, vielleicht hättest du es irgendwie unauffällig …"

„Nein, hätt ich nicht! Wie denn? Wann denn? Er saß mir direkt gegenüber und sah mich die ganze Zeit mit seinen irrsinnig blauen Augen an. Er blickte mir … wie sagt man so schön … bis in die Seele. Ich bin mir sicher, hätt ich nur daran gedacht, ihn heimlich zu fotografieren, er hätte es in *meinen* Augen gelesen."

Isa schnaubte, dann lachte sie laut los. Verwirrt sah ich sie an und wartete, bis sie sich einigermaßen beruhigt hatte. „Würdest du vielleicht so nett sein und mir sagen, weshalb du mich ausgelacht hast?"

„Jana, Süße, ich lache dich nicht aus. Und ich denke sehr wohl, dass du total in ihn verknallt bist. ‚Er sah mir bis in die Seele.'", äffte sie mich nach.

„Na, du bist mir ja ne schöne Hilfe. Da komm ich zu dir, weil ich hören wollte, dass ich mich *nicht blamiert* hab, und dass er nach wie vor ein Idiot ist. Und dann fällst du mir so in den Rücken." Doch jetzt konnte auch ich ein Schmunzeln nicht zurückhalten.

„Also, ich bin ja gespannt, was das mit euch beiden noch wird," lächelte meine Freundin zurück.

Mit *uns beiden* wird es garantiert nichts, damit das mal klar ist! Denn ich werde nicht zulassen, dass mich schon wieder ein Mann verarscht, wie Georg es das letzte Jahr getan hat. Und ich werde schon gar nicht zulassen, dass mich Julian ein zweites Mal fallen lässt wie eine heiße Kartoffel. Punkt!

Kapitel 4

Der Kraftprotz und mein K. o.

Der Montagvormittag verlief so stressig wie jede Woche, und darüber war ich ganz froh. So war ich mit meinen Gedanken von Julian abgelenkt und konzentrierte mich voll und ganz auf meine Arbeit.

Der Verlag, für den Isa und ich arbeiteten, veröffentlichte Hochglanzmagazine, für die ich, gemeinsam mit vier anderen Grafikern, für das Layout zuständig war. Isa saß in der Redaktion und schrieb die Lifestyle- und Modeartikel. Mein Büro war das letzte am Ende eines langen Ganges, und, da ich neben dem Setzen der Seiten auch noch für die Seiteneinteilung, die Anzeigenverwaltung und einige andere organisatorische Dinge verantwortlich war, musste ich es nicht mit meinen Grafikkollegen teilen. Welch herrliche Privilegien!

Gegen elf Uhr saß ich gerade über der Doppelseite zu einem neuen Feng-Shui-Berater in der Stadt und schwankte noch zwischen zwei Farben für die Überschrift, als sich Isa über meine Schulter beugte und sich am Teller, der vor mir stand, bediente.

„Ich wuschte, du hascht noch Schokolade übrig", erklärte sie ihren Überfall.

„Ist es schon wieder so weit? Brauchst du was zur Beruhigung?"

Unser Chef war ein ziemlicher Hitzkopf, und nicht selten kam es vor, dass ihm etwas gegen den Strich ging – manchmal nur eine Kleinigkeit. Der Erstbeste, der ihm über den Weg lief, wenn er schlechte Laune hatte, bekam diese dann ab. Und da Isas Büro direkt an seines angrenzte, traf es regelmäßig meine Freundin.

„Nein, ich hab nur so einen Heißhunger. Hast du schon Pläne für die Mittagspause?", fragte sie, während sie sich Schokokrümel von ihren Fingerspitzen schleckte.

„Mit dir essen gehen?"

„Chinesisch?"

„Da bin ich dabei. Treffen wir uns unten im Foyer um zwölf."

„Geht klar." Und weg war sie wieder.

Der China-Palast lag direkt gegenüber von unserem Büro, und deshalb verbrachten wir dort regelmäßig unsere Mittagspausen. Wir nahmen an unserem Stammtisch Platz und gaben unsere Getränkebestellung auf, bevor wir uns aufs All-you-can-eat-Mittagsbüffet stürzten.

Sobald wir vor bunt gemischten Tellern voll mit klebrigen Soßen, verschiedenen Fleisch- und Gemüsesorten sowie einem Extrateller mit Mini-Frühlingsrollen saßen, nahm Isa unser gestriges Gespräch noch einmal auf.

„Weißt du, als du weg warst, habe ich noch lange darüber nachgedacht, was du über Julian erzählt hast."

Innerlich stöhnte ich auf, da ich gehofft hatte, wir würden uns einem anderen Thema widmen, von mir aus noch einmal den Busfahrern. Doch ich hätte wissen müssen, weshalb sie mich von den Kollegen weglockte, die die Mittagspause wie wir meistens auch in der Kantine verbrachten.

„So? Und was hast du rausgefunden?" Ich schaufelte mir Reis mit Hühnchen süßsauer in den Mund und wartete auf ihre Erklärung.

„Dass du ihn dir besser warmhalten solltest."

„Und wieso sollte ich das deiner Meinung nach?"

„Naja, wenn der Typ wirklich sooo heiß ist, wie du sagst … Wer weiß, was sich da noch entwickelt. Und seien wir mal ehrlich: Wie viele Männer, die wir kennenlernen, sind *wirklich* heiß?"

Damit hatte sie natürlich nicht unrecht, doch andererseits: „Stimmt schon, aber einen heißen Typen hat frau nie für sich alleine. Die wissen alle, wie sie aufs andere Geschlecht wirken, und lassen nichts anbrennen. Du kennst das doch, Isa!? Hast du einen attraktiven Mann als Freund, teilst du ihn ziemlich sicher mit einer anderen. Wenn nicht mit mehreren!"

„Wer redet denn von einer Beziehung?“, schmunzelte sie. War ja wieder mal klar, dass meine beste Freundin nur an das Eine dachte. Isa wäre die perfekte Frau für einen solchen Mann – mit ihrem äußerst ausgeprägten Sexualtrieb.

„Ich will ihn weder in meinem Leben noch in meinem Bett haben!“

„Du lügst!“ Isas Grinsen ging von einem Ohr zum anderen. Ich konnte nicht anders und grinste zurück.

„Weißt du“, lenkte ich vom Thema ab, „seine Entschuldigung hat sich wirklich so angehört, als würde er sie ernst meinen. Ich denke, er hat sich ernsthaft Gedanken darüber gemacht, was er mir sagt und wie er es sagt. Es hat sich nicht wie … auswendig gelernt angehört, und trotzdem war es kein leeres Geschwafel. Es hat mich wirklich überzeugt: Es tut ihm leid, wie er sich verhalten hat.“

„Vielleicht hat er sich ja wirklich positiv verändert. Kann ja bei Männern auch mal vorkommen.“

„Er hat sich mit Sicherheit verändert, seit ich ihn das letzte Mal gesehen hab. Das hab ich auch, das ist nun mal so. Es liegen immerhin fünfzehn Jahre dazwischen. Da macht man so seine Erfahrungen, die einen prägen … und verändern. Du weißt schon, der erste Job, die erste eigene Wohnung … die ersten sexuellen Erfahrungen.“

„So wie deine, meinst du?“, konnte sich Isa nicht verkneifen, was ich mit rausgestreckter Zunge und bösem Blick quittierte. So wie meine, da hatte sie recht. Und ich wurde wieder mal gezwungen, an das Erlebnis zu denken, das ich am liebsten aus meinen Gedanken verdrängen wollte.

Isa hatte einen wunden Punkt bei mir getroffen. Und obwohl ich mir sicher war, dass sie wusste, wie ungern ich daran dachte, wie mich Julian auf dem Sommerfest vor unseren Freunden begrapscht und beleidigt hatte, stocherte sie die ganze restliche Zeit im Restaurant in diesen alten Wunden.

Nach der Mittagspause war ich froh, mich wieder in meine Arbeit stürzen zu können und brütete über dem Layout der Doppelseite über die neuesten Schuhtrends. Gerade, als ich sämtliche störende Gedanken vertrieben hatte und mich wieder voll auf die Gestaltung konzentrierte, vibrierte mein Smartphone. Zuerst wollte ich es ignorieren, doch, als ich sah, dass es meine Mutter war, ging ich ran. Sie würde ja doch nicht locker lassen.

Nach einer kurzen Begrüßung legte sie los: „Vielleicht bilde ich es mir ja ein, aber als du gestern bei mir warst, warst du irgendwie eigenartig. Es ist doch alles in Ordnung bei dir, oder? Liegt dir was auf dem Herzen, Mäuschen? Du warst so … bedrückt und mit dem Kopf wo anders."

Das war so typisch für meine Mom, die ständig ihre mütterlichen Sensoren ausgefahren hatte. Ich konnte vor ihr selten was geheim halten, und deshalb hatte ich mich schon immer gefragt, wieso sie vor fünfzehn Jahren nichts bemerkt hatte. Wobei ich als Teenager sehr impulsiv war, und ich wahrscheinlich täglich, wenn nicht stündlich, meine Laune wechselte. Aber vielleicht hatte meine Mom gerade deshalb nichts bemerkt und es einfach nur für eine meiner pubertären Regungen gehalten.

Leicht möglich, dass sie damals etwas ahnte, auch wenn sie mir gegenüber nichts erwähnt hatte. Ich hätte mir als Jugendliche eher die Zunge abgebissen, als *irgendjemandem* davon zu erzählen – so peinlich war mir das Ganze!

Ich lehnte mich in meinen Bürostuhl zurück und entschloss mich spontan dazu, ihr in groben Zügen von damals zu erzählen.

„Mama, kannst du dich noch erinnern, als ich mit vierzehn nicht mehr ins Jugendzentrum gehen wollte?" Ich konnte förmlich hören, wie ihre Gedankenräder klickten und klackten, als sie überlegte, was das nun mit dem gestrigen Besuch bei ihr zu tun hatte.

„Ja … Du sagtest, dir wären die ‚Kinder' dort zu unreif … oder so ähnlich. Und du willst dich nicht länger mit den Idioten von dort abgeben."

„Genau. Nur … ganz so war es nicht. Oder eigentlich schon, nur war das nicht der Hauptgrund."

„So?"

Ich räusperte mich, da ich befürchtete, dass mir jeden Moment meine Stimme wegbrach. „Kannst du dich noch an Julian König erinnern?"

Das Schmunzeln war auch übers Telefon zu hören, als sie mir antwortete: „Natürlich. Du hast ihn erst ein gutes Jahr angehimmelt, dann war er plötzlich uninteressant geworden. Ich dachte mir damals, dass du vielleicht einen neuen Schwarm hattest."

„Ähm ... da hast du recht. Nicht mit dem neuen Schwarm ... sondern mit dem Rest. Er hatte sich zu einem kompletten Arschloch entwickelt, stänkerte nur noch rum, machte sich auf Kosten anderer lustig. Nur wenige waren seine ‚Freunde', wobei die ihm halt auch mehr oder weniger deshalb nachrannten, weil sie so vor seinen Sticheleien sicher waren." Ich merkte, wie mein Hals trocken wurde, und trank einen Schluck Kaffee.

„Jedenfalls kam es zu einem ... Vorfall, von dem ich dir damals nichts erzählt habe ... Deshalb wollte ich nicht mehr hin."

„Na, da bin ich jetzt aber gespannt."

„Also, damals am Sommerfest fanden einige Spiele statt. Wir spielten Verstecken. Ich konnte kein passendes Versteck finden, und so schlüpfte ich noch schnell in einen Schrank. Zu meinem Pech war Julian schon dort drin. Und ... nun ... dann riss Daniel die Tür auf. Und weißt du, was Julian dann gemacht hat? Er betatschte meine Brüste und meinte zu den anderen, dass *das* ein ordentlicher Vorbau sei. Die anderen lachten natürlich, und ich ... ich hätte mich am liebsten in Luft aufgelöst."

„Jana ... wieso hast du mir das nicht schon viel früher erzählt?" Meine Mom klang sichtlich besorgt.

„Mir war das damals einfach viel zu peinlich. Und mir wäre es noch viel peinlicher gewesen, wenn du etwas gegen Julian unternommen hättest. Aber um wieder zum Thema zurückzukommen: Als ich bei dir war, suchte ich ein Foto von ihm. Er hat nämlich wieder Kontakt zu mir aufgenommen, und ich wollte mir sein Gesicht noch einmal genauestens in Erinnerung rufen."

„Du willst dich doch nicht mit ihm treffen, oder?" Besorgnis schwang in ihrer Stimme mit.

„Das ist ... naja ... zu spät?"

„Was soll das heißen – zu spät? Sag nicht, du hast dich bereits mit ihm getroffen?"

„Doch, das hab ich. Und, Mama, du brauchst dir keine Sorgen zu machen, mir gehts gut. Wir waren im *Café au Lait,* und er hat sich bei mir für sein Verhalten von damals entschuldigt. Das war's dann aber auch schon."

Ich versuchte, meine Mom so gut wie möglich zu beruhigen. Das Letzte, was ich wollte, war, dass sie sich jetzt unnötig um eine Sache sorgte, die längst zur Vergangenheit gehörte.

Meine Mutter atmete tief ein, ich konnte die mütterliche Urangst ums eigene Kind förmlich durchs Telefon spüren, und mein Herz wurde schwer bei dem Gedanken, dass sie sich jetzt womöglich Vorwürfe machte, weil sie damals nicht für ihre Tochter da sein konnte. Das schlechte Gewissen schwappte über mir zusammen, und ein dicker Kloß bildete sich in meinem Hals.

„Jana, du bist alt genug, um zu wissen, was du tust. Ich möchte nur, dass du dabei eins nicht vergisst: Ich bin immer für dich da, und egal, was passiert, du kannst immer mit deinen Sorgen zu mir kommen."

Ich brachte nur ein leises „Danke, Mom. Ich muss jetzt wieder an die Arbeit" über meine Lippen. Schnell legte ich auf, bevor meine Mutter auf das Zittern in meiner Stimme reagieren konnte. Eine Weile saß ich noch da und dachte über ihre Worte nach. Vielleicht hätte ich mich ihr damals wirklich anvertrauen sollen. Sie hätte mich zumindest im Arm halten können, mit mir über meine Enttäuschung und meine Ängste gesprochen.

Die Zeit ließ sich nicht zurückdrehen, aber ich war überzeugt, ich hatte die Situation damals – obwohl ich sie alleine bewältigen musste – ganz gut gemeistert.

Die Arbeit nahm mich auch am folgenden Tag voll ein, und ich hatte nur wenig ruhige Momente, in denen ich achtgab, nicht an Julian zu denken. Er hatte bei Weitem nicht den Status, sich in meinem Kopf ausbreiten zu dürfen, wann immer er wollte. Sobald mir bewusst wurde, dass er und unsere Unterhaltung im Café in meinem Kopf herumgeisterten, lenkte ich meine Gedanken bewusst in eine andere Richtung – und meistens gelang mir das auch ganz gut.

Die Planung für die Augustausgabe stand bevor, und ich hatte alle Hände voll zu tun, sämtliche Anzeigen vermischt mit redaktionellen Beiträgen geschickt aufzuteilen und die Seiteneinteilung entsprechend den Wünschen der Kunden und meines Chefs zu gestalten. Diese Phase war meiner Meinung nach die anstrengendste des gesamten Produktionsablaufes, denn wenn jeder Artikel, jede Werbung erst einmal platziert war, ging es endlich an die schöne kreative Arbeit. Das Gestalten der einzelnen Seiten war meine Leidenschaft, ich liebte das Arrangieren der Bilder und Texte zu einem ästhetischen Gesamtbild. Ich konnte mir nicht vorstellen, je eine andere Arbeit zu machen.

Als ich abends das Büro verließ, brummte mein Kopf, und ich war total erledigt. Eigentlich war mir nach einer heißen Dusche und „Fernsehschlafen", doch andererseits hatte ich am Morgen in weiser Voraussicht meine Sporttasche ins Auto gepackt. Ich wusste, wenn ich erst nach Hause fahren müsste, um sie zu holen, würde ich den Sport ausfallen lassen. Der innere Schweinehund war heute ziemlich hartnäckig. Doch dann fiel mir ein, dass mir Marco sicher etwas über seinen Eindruck von Julian mitteilen wollte. Und das wollte ich mir natürlich nicht entgehen lassen.

Isa war bereits seit einer halben Stunde im Studio und joggte auf dem Laufband. Marco sah ich nirgends, also schleppte ich mich müde in die Umkleide und hoffte auf einen Energiekick, sobald ich selbst auf dem Laufband war.

Ich gesellte mich zu meiner Freundin, neben der eben eines der Geräte frei wurde, und winkte ihr lächelnd zu. Zum Aufwärmen und Puls hochfahren ging ich die ersten paar Minuten bei hoher Geschwindigkeit, ehe ich diese steigerte und in einen gemütlichen Laufschritt wechselte. Übertreiben wollte ich es heute nicht, und bereits nach einer knappen Viertelstunde wurde mir bewusst, dass ich es an diesem Abend nicht lange aushalten würde. Seitenstechen machte sich bemerkbar, und mein Körper zeigte mir deutlich, dass ihm die Idee mit dem gemütlichen Abend vor dem Fernseher bei Weitem besser gefallen hätte.

„Also … ich denke … für heute sollte ich es besser bleiben lassen", japste ich weitere fünf Minuten später mit zusammengebissenen Zähnen in Isas Richtung.

Diese zog die Augenbrauen hoch, und Besorgnis schwang in ihrer Stimme mit: „Alles in Ordnung bei dir? Du siehst gar nicht gut aus. Vielleicht solltest du dich setzen? Dein Kopf ist knallrot, und du schnaufst wie kurz vorm Abnibbeln."

Sie war charmant wie immer, und, hätte ich die Kraft aufgebracht, hätte ich geschmunzelt, doch momentan konzentrierte ich mich nur darauf, nicht ohnmächtig vom Laufband zu kippen. Schwarze Sternchen tanzten vor meinen Augen, als ich das Band zum Stillstand brachte und ich mich mit angewinkelten Beinen flach auf den Rücken legte. Meine Augen hielt ich geschlossen und versuchte, meinen Atem wieder unter Kontrolle zu bringen.

„Darf ich mich dazu legen?" Die Stimme war unverkennbar die von Marco, und grinsend gab ich ihm ein leises „Na klar" zur Antwort. Als ich meine Augen aufschlug, blickte ich direkt in seine: haselnussbraun, eingesäumt von dichten Augenbrauen. Kräftige Arme packten mich und zogen mich hoch in die Vertikale. Kurz legte sich wieder ein dunkler Schleier über mein Sichtfeld, doch so schnell, wie er kam, verschwand er wieder. Marco ließ mich nicht los und führte mich, gefolgt von Isa, zu den Sofas beim Eingangsbereich. Der Bedienung an der Bar rief er zu, sie möge uns ein großes Glas Multivitaminsaft bringen.

„Leg dich wieder nieder, Jana, und lagere deine Beine hoch, am besten hier rauf", deutete Marco auf die Armlehne der Couch.

Wenn ich nicht schon einen knallroten Kopf gehabt hätte, wäre er es spätestens jetzt geworden, denn mir war die Situation äußerst unangenehm. Einige der Fitnessstudiogäste folgten uns mit interessierten Blicken, und ich hasste nichts mehr, als im Mittelpunkt zu stehen. Noch dazu, wenn mich eine so peinliche Situation dazu brachte.

„Mir gehts schon wieder gut, wirklich." Ich hoffte, ihn mit meinem energischen Kopfnicken zu überzeugen. Die Bedienung stellte den Saft mit einem bemitleidenden Blick vor mir auf dem Tisch ab. Na prima, jetzt war ich schon so lange Mitglied in dem Studio, doch so etwas war mir noch nie zuvor passiert. Jeder hier kannte mich als eine, die regelmäßig Sport trieb, und da kippte ich einmal aus den Latschen, schon hatte ich den Mitleidsstempel auf dem Kopf. *Hallo, mir gehts gut, ich bin nur überarbeitet!*

Marco und Isa saßen mir gegenüber, und auch die beiden schenkten mir einen Blick, als würden sie mich heute nicht mehr ohne Begleitschutz nach Hause lassen, aus lauter Sorge, ich würde noch einmal ohnmächtig werden.

„Schaut mich nicht so an, mir gehts wirklich wieder besser. Ich bin einfach nur komplett ausgelaugt. Ich hätte es mir heute Abend besser daheim auf dem Sofa bequem machen sollen. Stattdessen sitze ich jetzt hier auf diesem. Ist zwar auch ganz gemütlich, aber war nicht ganz mein Plan für heute."

„Mensch, Jana, du hast mir einen mächtigen Schreck eingejagt." Isa war tatsächlich ziemlich blass, der Schock stand ihr ins Gesicht geschrieben.

„Tut mir leid, war nicht meine Absicht. Das nächste Mal werd' ich dich vorwarnen." Als sie mir ihre Zunge entgegenstreckte, wusste ich, dass sie sich wieder etwas gesammelt hatte. „Na komm, geh wieder trainieren. Ich werd' mich umziehen und nach Hause fahren."

„Bist du sicher? Sonst begleite ich dich …"

„Kommt überhaupt nicht infrage. Mach du nur dein Training fertig, und wir sehn uns morgen in alter Frische!" Ich griff nach dem Saft.

„Ich werde bei ihr bleiben", versprach Marco Isa, die nun endlich beruhigt war. Nach einem Küsschen von ihr auf meine Stirn wirbelte sie davon in Richtung Ausdauerbereich.

„Marco, das ist wirklich lieb von dir, aber mir gehts …"

„Papperlapapp", fiel er mir ins Wort. „Ich will nichts dergleichen hören. Ich fahre dich mit deinem Auto nach Hause und nehme mir ein Taxi zurück zum Studio." Sein Tonfall ließ keinen Widerspruch zu, was wegen seines Dauerlächelns irgendwie strange wirkte.

Außer einem „Danke" konnte ich da nichts mehr hinzufügen. Ich leerte das Glas und ging mich umziehen. Duschen würde ich zu Hause, damit Marco nicht unnötig lange warten musste.

Auch wenn die Tage schon frühlingshaft warm waren, so merkte man, sobald die Sonne am Horizont verschwunden war, dass es noch nicht Sommer war. Die kühle Luft, die uns entgegenschlug, als wir das Gebäude verließen, verursachte mir eine Gänsehaut. Ich versuchte, meine Oberarme durch Reiben zu wärmen, doch wirklich erfolgreich war ich damit nicht.

Mein Auto stand fast am anderen Ende des großen Parkplatzes, und Marco nahm den Autoschlüssel entgegen, als wir bei meinem

Flitzer ankamen. Ich fühlte mich wie eine alte Oma, die auf Hilfe angewiesen war. Und doch war ich gerührt von der Unterstützung, die mir meine Freunde anboten, ohne zu überlegen.

Als Marco den Motor startete, schenkte er mir ein aufmunterndes Lächeln. „Erzähl, wie verlief das Treffen mit … Julian?"

„Genau, Julian." Alleine die Erwähnung seines Namens beschleunigte meinen Herzschlag so wie zuvor auf dem Laufband, und ich war sehr erleichtert, dass Marco am Steuer saß. „Ah, ja … es hat schon alles gepasst. Er hat sich entschuldigt bei mir, und das war's."

„Das war's?"

„Ja."

„Jaaa?"

„Ja!" *Was sollte das?*

„Also auf mich wirkte das aber anders."

Ich brauchte ihn nicht anzuschauen, um zu merken, dass er breit grinste. Machte er sich gerade lustig über mich?

„Was willst du mir damit sagen, Marco?"

„Also nach dem, was du erzählt hast, habe ich ja damit gerechnet, dass da ein Mann in mein Lokal kommt, der schon von Weitem gefährlich aussieht, und du ihm verbal die Gurgel umdrehen würdest. Aber dann … als ich dich beobachtet habe … Nichts davon! Im Gegenteil – mir kam es so vor, als ob du dich ihm gleich an den Hals wirfst und ihn anflehst, es dir hier und jetzt zu …"

Mit offenem Mund lauschte ich, und, als ich mich halbwegs gefangen hatte, boxte ich ihm fest gegen den Oberarm.

„Aua! Ich machte mir schon Sorgen um den Ruf meines Cafés!"

„Marco, das denkst du doch nicht wirklich? Ich hasse den Typen schon seit Jahren, und daran hat sich auch nichts geändert!"

„So, so …"

Aaaaargh! Also, falls Marcos Plan lautete, meinen Blutdruck wieder in die Höhe zu treiben, so war er damit garantiert auf dem richtigen Weg. Verärgert verschränkte ich meine Arme vor der Brust und starrte zum Fenster hinaus. Egal, was ich jetzt sagen würde, er würde mir entweder das Wort im Mund umdrehen oder mir nicht glauben.

Doch am meisten ärgerte ich mich über mich selbst. Auch wenn wahrscheinlich keinem Gast im Lokal meine seltsame Reaktion aufgefallen war, so war sie zumindest Marco nicht entgangen. Dass er mich nicht aus den Augen lassen würde, hatte ich in dem Moment komplett vergessen, als Julian das Lokal betrat.

„Ich werd' es ihm nicht verraten, da musst du dir keine Sorgen machen. Abgesehen davon ist es ihm wahrscheinlich nicht entgangen, dass du ihn angehimmelt hast wie ein Teenager seinen Star."

„Vielen Dank auch", murmelte ich missmutig.

Marco holte tief Luft, als ob er mir noch etwas erzählen wollte, doch er biss sich auf seine Unterlippe und schwieg. Abwartend musterte ich ihn und zog meine linke Augenbraue nach oben. „Hm?"

„Nichts, nichts ..."

„Oh doch, irgendwas verschweigst du mir. Los! Raus mit der Sprache."

Gerade lenkte er mein Auto auf den Mieterparkplatz vor meiner Wohnung. Ich schnallte mich ab und drehte mich in seine Richtung. Garantiert würde ich nicht aussteigen, bevor er mir nicht alles erzählt hatte. Langsam zog er den Schlüssel ab und löste ebenfalls seinen Sicherheitsgurt. Dann drehte er sich mir zu und sah mir lange abschätzend in die Augen, bevor er endlich auspackte: „Gestern war dieser Julian wieder im Café."

Ich muss wohl recht lustig aus der Wäsche geguckt haben, denn Marco lachte lauthals los, als ich den Mund vor lauter Staunen kaum zubrachte. „Was wollte er denn dort?"

„Grundsätzlich: frühstücken. Es ist immerhin ein öffentlich zugängliches Gebäude, und ich freue mich über jeden meiner Gäste."

Klar, natürlich hat Julian das Recht, überall dort hinzugehen, wo er wollte, doch es war *mein* Stammcafé.

„Er war aber nicht alleine, er kam in weiblicher Begleitung", erzählte Marco weiter, während wieder mal die altbekannte Wut in meinem Bauch aufloderte. So schnell gehts, und die Idee, mich mit ihm an einem Ort zu treffen, an dem ich mich wohl und sicher fühlte, wurde zur größten Schnapsidee des Jahrhunderts.

„Was? Wie kann er es wagen, in *mein* Lieblingscafé mit seiner Freundin … seinem Betthäschen … oder was auch immer zu gehen? Wie soll ich jetzt jemals wieder einen Fuß in dein Lokal setzen, wenn ich weiß, dass er dort jederzeit mit seinen Eroberungen aufkreuzen könnte?“

Nicht genug, dass ich keine Lust darauf hatte, einen auf „beste Freunde“ mit ihm zu machen, jetzt durfte ich ihm auch noch beim Abschleppen von irgendwelchen Weibern zusehen.

Marco beobachtete meinen Wutausbruch mit einem immer breiter werdenden Grinsen – schön langsam brachte mich das auch noch auf die Palme.

„Kein bisschen in ihn verknallt, oder … wie war das? Jana, beruhige dich wieder, er war mit seiner Schwester Lena zum Frühstücken bei mir.“

Moment mal – mit seiner Schwester? Na warte, Marco, das werd’ ich dir heimzahlen. Mich so hereinzulegen! Und natürlich superpeinlich, meine Reaktion – ich könnt mich in den Arsch beißen. Um jetzt bloß nicht noch einmal das Falsche zu antworten, blieb ich zur Sicherheit bei einem gleichgültig klingenden „Aha …“

„Ja. Und … nun, für morgen Abend habe ich mich mit Lena verabredet. Ich denke, du solltest es wissen. Ich möchte nicht, dass du es von jemand anderem erfährst.“

Wie bitte? Das wurde ja immer besser. Langsam aber sicher hatte ich das Gefühl, bei „Versteckte Kamera“ oder so die Hauptrolle ergattert zu haben. Doch ein Blick in die Augen meines Chauffeurs sagte mir, dass er die Wahrheit sprach.

„Du und Lena also. Gut, … dann … also dann wünsch ich euch morgen einen schönen Abend …“ Meine Enttäuschung konnte ich nicht verbergen.

„Komm schon, Jana, spiel jetzt nicht die beleidigte Leberwurst. Lena ist attraktiv, humorvoll … eine interessante Frau, die ich gerne besser kennenlernen möchte. Ich hab sie gestern das erste Mal gesehen, und bereits da ist sie mir aufgefallen. Heute ist sie noch einmal ins Café gekommen, und wir haben uns echt nett unterhalten.“ Ein so herzliches Lächeln erschien auf Marcos Gesicht, dass ich ihm fast nicht mehr böse sein konnte.

„Sie sagte zu mir, sie hätte noch einmal herkommen und mich ansprechen müssen. Sie hätte das drängende Gefühl gehabt, ansonsten etwas zu verpassen. Mir ging es genauso, nur hatte ich gestern Morgen leider einen Termin, und, als ich zurückkam, waren die beiden schon wieder weg. Ich freue mich so auf unser Date morgen Abend. Jana, komm schon, … du bist meine Freundin, also freu dich auch für mich."

Da konnte ich ihm nicht widersprechen, ich wünschte mir immerhin nur das Beste für ihn. Mein zaghaftes Nicken ließ meinen Freund fortfahren: „Ganz abgesehen davon ist Julian sicher kein schlechter Mensch. Er hat sich bei dir entschuldigt, und für einen Mann ist das meiner Meinung nach schon eine beachtliche Leistung. Ich kenne nicht viele, die über ihren eigenen Schatten springen und zu ihren Fehlern stehen würden. *Und* anschließend noch um Verzeihung winseln. Gib ihm eine Chance, er hätte deine Freundschaft wirklich verdient."

„Vielleicht hast du recht. Tut mir leid, Marco, natürlich freue ich mich für dich, wenn du glücklich bist. Und was Julian angeht … ich werd' darüber nachdenken. Lass uns nach oben in die Wohnung gehen, du kannst dir dann ein Taxi rufen. Ich hab auch ein Glas Cola für dich. Und bis das Taxi da ist, kannst du mir alles von Lena erzählen. Ich muss nämlich dringend aufs Klo – der Multivitaminsaft will anscheinend wieder raus."

Marco lachte schallend. Als er mir den Schlüssel zurückgab, während wir auf meine Wohnung zugingen, blieb er kurzerhand stehen und drückte mich fest an sich. Diese Geste konnte ich nur mit aller Kraft erwidern, denn Freunde wie Marco waren unbezahlbar.

Kapitel 5

Too hot!

Hatte ich schon erwähnt, dass ich meine Arbeit liebe? Und wer seinen Job liebt, für den sind Überstunden kein Thema. Soll heißen, dass ich die beiden folgenden Tage bis weit nach acht Uhr abends im Büro saß, Inserate auf ihre Druckfähigkeit überprüfte und anschließend platzierte, für die redaktionellen Beiträge Fotos auswählte sowie sämtliche Bilder zu den einzelnen Berichten ins passende Format konvertierte und auf den Server für uns Grafiker zum Weiterverarbeiten stellte. Dass die Zeit dabei wie im Flug verging und es schon zu dämmern begann, als ich an beiden Tagen die Firma verließ, störte mich wenig. Am Donnerstag war ich mit meinen Gedanken sowieso bereits einen Tag weiter.

Aber alles der Reihe nach.

Ich begutachtete gerade eine Doppelseite inklusive Inserat, als mein Smartphone ein leises „Pling" von sich gab. Da hatte ich wohl vergessen, den Ton auf stumm zu schalten. Als ich nach ihm griff, fing mein Herz wieder wie wild zu klopfen an – bestand da irgendeine Verbindung von meinem Smartphone zu meinem Innersten? Langsam, aber sicher wurde mir das Ganze nämlich unheimlich. Als ich die Facebook-Nachricht öffnete, lenkte mich das Auge eines Mannes mit unglaublich blauer Iris ab, das links vom Text im Profilfoto erkennbar war. Fast hätte ich vergessen, dass ich eigentlich die Nachricht lesen sollte.

Julian König:
Hallo, liebe Jana!

Wie geht es Dir? Klingt jetzt vielleicht kitschig, aber weißt Du, dass ich seit unserem Treffen immer an Dich denken muss? Du schwirrst ständig in meinem Kopf herum. Was ich damit sagen will: Ich möchte Dich unbedingt wiedersehen. Am liebsten wäre mir ja heute, aber ich bin diese Woche beruflich ziemlich eingespannt. Wie sieht es denn bei Dir morgen gegen 15:00 Uhr aus? Wir könnten mit Neele eine Runde im Park spazieren gehen und dabei etwas plaudern.
Ich würde mich wirklich riesig freuen, sag mir am besten per Telefon oder SMS Bescheid, hier meine Nummer …

Ich starrte auf seine Handynummer. Und las dann seine Nachricht ein zweites Mal. Irgendwann sollte ich mir das wieder abgewöhnen, seine Messages wieder und wieder zu lesen. Aber andererseits war ich mir nicht sicher, ob ich nicht etwas überlesen hatte, versteckt zwischen den Zeilen: irgendeinen kleinen Hinweis, dass er mich wieder mal verarschte, mich in eine Falle lockte und sich über meine Naivität lustig machte. Mein Misstrauen war schließlich begründet.

Seine Nummer speicherte ich zur Sicherheit ab. Dann – und das war eines der Dinge, die ich eigentlich im Büro zu vermeiden versuchte – loggte ich mich bei Facebook ein. Sein neues Profilfoto machte mich neugierig, und ich wollte es auf meinem 27-Zoll-Monitor in voller Größe genießen. Und ich schwöre – es war der helle Wahnsinn.

Ich starrte in dieses Indigoblau, versank in den faszinierendsten dreißig Zentimetern im Durchmesser und hing meinen Tagträumen nach. Ich sah ihn wieder im *Café au Lait* mir gegenüber, roch plötzlich seinen besonderen Duft, als ob er mein Büro betreten hätte, und sah seine verführerischen Lippen, über die er sanft mit seiner Zunge strich, die ich nur zu gerne mit meiner geneckt hätte …

„Wow!“

Ich zuckte zusammen und drehte mich um. Isa stand hinter mir und starrte auf den Ozean in Julians Iris. Schnell schloss ich die Riesenansicht und verschob das Programm zur Sicherheit in den Hintergrund.

„Brauchst du was von mir?“, fragte ich hastig, um vom Thema abzulenken. Jedoch erfolglos.

„Klar, mach das noch einmal auf, das muss ich mir noch einmal ansehen. War das Julians Auge?“

Verdammt, sie ist gut! „Mhm …“

„Das Blau ist ja echt eine bodenlose Frechheit! Du hast wirklich nicht übertrieben bei deiner Beschreibung.“

Gut, so schnell würde sie weder das Thema noch mein Büro verlassen, also gab ich mich geschlagen und wechselte wieder zur Seite im Internet. Ich hatte ja selbst noch keine Zeit gehabt, mir sein geändertes Profil näher anzusehen. Also tat ich das mit Isa gemeinsam; so sparte ich mir wenigstens, ihr davon erzählen zu müssen.

Als ich auf seinen Namen klickte und sich sein Profil vor mir öffnete, verschluckte ich mich fast am lauwarmen Kaffee. Julian hatte nicht nur sein Profilfoto ausgetauscht, er hatte auch vier neue Fotos von sich hochgeladen.

„*Das* ist er?“ Isa schnappte sich einen Sessel und setzte sich rasch neben mich.

„Ja, das ist Julian.“ Ich klickte auf das erste Foto, das sich vergrößerte und sofort den ganzen Bildschirm ausfüllte.

„Heilige Scheiße …! Der ist nicht heiß, der ist der reinste Wahnsinn! Wo findet man solche Männer? Hat der nicht zufällig einen Bruder?“

„Nein, hat er nicht“, grinste ich. „Eine Schwester hat er noch, aber die hat Marco bereits in Beschlag genommen. Und … von Julian lässt du hübsch deine Finger, haben wir uns verstanden?“

„Oho – wer wird denn da zickig? Keine Angst, ich lass ihn dir natürlich, vorausgesetzt du willst ihn …?“

„Was soll diese Frage? Ich weiß nicht, ob ich ihn will. Eigentlich nicht … ich hab keine Ahnung, wie er zu mir steht, ob er nicht doch irgendwelche Spielchen spielt. Und du weißt genau, dass ich von solchen Männern die Nase gestrichen voll habe. Aber das heißt für dich noch lange nicht, dass du dich ihm an den Hals werfen sollst.“

„Schon gut, mach dir nicht ins Höschen, Jana. Und ja, von Marco und Lena hab ich schon gehört, er hat es mir am Dienstag im Studio erzählt, als er wieder zurück war. Ich war mir nur nicht sicher, ob du es auch weißt, deshalb hab ich dir gegenüber noch nichts erwähnt."

Einen Konter sparte ich mir an dieser Stelle. Isa hatte zum Thema Beziehung und Männer eine eigenwillige Einstellung – die sich für sie mit Georg und mir wieder einmal bestätigt hatte.

Gemeinsam begafften wir also Julians Fotos, während ich eines nach dem anderen durchklickte. Bei einem Porträtfoto, aus dem er offensichtlich sein „Auge" fürs Profilbild entnommen hatte, blieb mein Blick an seinen Lippen hängen. Ein leichtes Beben durchlief meinen Körper, und impulsiv leckte ich mir über meine.

Das nächste Bild zeigte ihn beim Klettern an einer steilen Felswand, und seine Dreiviertelhose und das ärmellose Shirt zeigten mehr als genug von seinem sehnigen, festen Körper. Ich war unfähig, meinen Blick von seinen muskulösen Armen zu wenden, und erst Isas Seufzen, aus dem meiner Meinung nach viel zu viel Sehnsucht rauszuhören war, ließ mich aus meiner Starre erwachen. Schnell blätterte ich weiter.

Beim dritten Foto lehnte er lässig mit einer Flasche Cola an einem schwarzen Auto, die Haare waren wild zerzaust vom Wind, und die untergehende Sonne spiegelte sich in seiner Sonnenbrille. Er trug ein weißes, kurzärmeliges Polo-Shirt, die oberen Knöpfe waren geöffnet. Seine braunen Lederboots hatte er unter seiner schwarzen Jeans versteckt. Und obwohl es nur ein Foto war, konnte ich förmlich sein Lachen hören. Am liebsten hätte ich mich in dem Moment an ihn geschmiegt.

Verwirrt schüttelte ich den Kopf, um meine Gefühle wieder unter Kontrolle zu bringen, und rief mir seine arrogante Art als Teenager vor Augen. Als Selbstschutz sozusagen. So ließ es sich schon besser mit dem Fotoalbum umgehen. Wer weiß, worüber oder über wen er auf dem Foto lachte …? Wahrscheinlich machte er sich gerade wieder über jemanden lustig. Gut, diese Vorstellung passte besser zu dem Bild, das ich von Julian hatte, und zähneknirschend klickte ich weiter.

Dass mich ein Foto erwarten würde, in dem er in Badeshorts am Strand zu sehen war – darauf war ich nicht vorbereitet. Mein Blick glitt fasziniert an seinem v-förmigen Oberkörper entlang und folgte den feinen Härchen, die in seiner Hose verschwanden. Die Krönung des Ganzen war allerdings die Tatsache, dass er in seiner Hand ein Eis hielt, an dem er genüsslich leckte. Nur mühsam konnte ich mir ein leises Stöhnen verkneifen. Um zu vermeiden, dass ich wieder ins Schmachten kam, schloss ich die Fotogalerie und wechselte in mein Layoutprogramm.

„Kann ich …", ich musste mich räuspern, um wieder eine kräftige Stimme zu haben, „… kann ich was für dich tun, Isa?"

„Ooooh ja!" Ihr erregter Blick ließ mich laut auflachen.

„Für *das* bin ich definitiv die falsche Person. Also sag schon, weswegen du in mein Büro gekommen bist?"

Müde schaltete ich vier Stunden später den Computer aus. Zum Glück hatte ich Isa bei ihrem Blitzbesuch nach der Foto-Show so ablenken können, dass wir nicht mehr auf Julian zu sprechen kamen. So konnte ich ihr nicht mehr von seiner Facebook-Nachricht erzählen, aber das war vorerst vielleicht auch besser so. Ich wollte mir erst selbst meine Gedanken darüber machen. In Ruhe und unbeeinflusst von meiner Freundin.

Auf dem Weg nach Hause überlegte ich, was – und vor allem – ob ich Julian zurückschreiben sollte. Wenn ich an die Fotos dachte und an die Person, die mir am Sonntag im Café gegenübergesessen hatte, so war ich mir zu tausend Prozent sicher, dass er ein erneutes Treffen wert war. Doch irgendwie ließ mich die Vergangenheit nicht in Ruhe, vielleicht auch deshalb, weil ich sie mir immer wieder bewusst ins Gedächtnis rief, um meine Gefühle zu kontrollieren.

Ich dachte wieder daran, was mir meine Mutter geraten hatte, als ich das erste Mal verliebt war: *„Liebe mit dem Herzen, aber vergiss nicht deinen Verstand, denn er soll dich leiten."* Sehr toll, wo war der geblieben, als ich Georg begegnete? Und wie sollte ich jetzt handeln, wo meine Gefühle wieder Achterbahn fuhren und ständig mein Kopf dazwischenfunkte? Es war auf die eine und auf die andere Art nicht einfach, eine Entscheidung zu treffen. Denn ein Hieb mitten ins Herz konnte jederzeit kommen – ab dem Moment, wo ich wieder wen hineinlassen würde.

Um mich etwas zu entspannen und meinen Kopf freizubekommen, schaltete ich meine Stereoanlage ein, und ließ mich durch ruhige Musik beschallen. Ich setzte mich mit meinem Laptop an die Küchentheke, überflog noch einmal seine Nachricht und griff anschließend nach meinem Handy. Dann tippte ich eine SMS:

Jana Sommer:
Hallo, Julian!
Morgen 15:00 Uhr passt mir ganz gut. Wo wollen wir uns treffen? Auf Neele bin ich natürlich schon gespannt, und – ob Du es glaubst oder nicht – ich freue mich auch auf Dich. Jetzt bilde Dir bloß nichts darauf ein! :-P
Liebe Grüße, Jana

Mit rasendem Herzen drückte ich auf „Senden“ und schaffte es nicht, das Telefon aus der Hand zu legen. Ich tigerte quer durch meine Wohnung und hoffte auf eine Antwort von ihm. Für mich keine leichte Aufgabe. Um mich abzulenken, klickte ich mich noch einmal durch seine neuen Fotos auf seinem Profil. Gerade, als ich wieder in Julians Indigoblau versank, vibrierte mein Smartphone und riss mich schlagartig aus meinen Tagträumen.

Julian König:
Ich gehe regelmäßig im Wasserwald spazieren – was hältst Du also davon, wenn wir uns beim Parkplatz an der Salzburger Straße treffen? Neele freut sich auch schon auf Dich, sie hüpft wild auf und ab. Ich auch – und jetzt bilde Dir bloß nichts darauf ein ;-)

Bei dem Bild in meinem Kopf – Julian und Neele, wie sie wild im Kreis springen – musste ich laut lachen. Und ob ich mir was drauf einbildete! Eine Frau wie ich durfte sehr wohl stolz darauf sein, wenn sich ein Schönling wie Julian auf ein Treffen mit ihr freute. Schlechter Charakter hin oder her. Und ob der wirklich noch so übel war … da war ich mir gar nicht mehr so sicher. Seit unserem Wiedersehen hatte er mir immerhin keinen Grund gegeben, an dieser Befürchtung noch länger festzuhalten. Und dennoch … Vorsicht ist die Mutter der Porzellankiste. Nichtsdestotrotz tippte ich sofort meine Antwort.

Jana Sommer:
Ich werde dort sein. Pünktlich! ;-) Also dann bis morgen …

Keine Minute später …

Julian König:
Ich ebenfalls. Bis morgen, gute Nacht und träum süß!

Ich erlaubte mir einen kleinen Moment der Schwäche und drückte mein Smartphone mit einem tiefen Seufzer und seligem Grinsen an meine Brust. Und Julians Worte nahm ich mir tatsächlich zu Herzen.

Der nächste Arbeitstag zog sich ungewöhnlich in die Länge. Ich ging Isa so weit wie möglich aus dem Weg, um ihren Fragen zu entgehen und ihr nichts von dem Spaziergang erzählen zu müssen. Ich spürte keinerlei Lust auf ein Verhör durch sie. Das hatte bis nach dem Treffen im Park Zeit – dann würde sich ein Bericht auch lohnen.

Wie immer stapelte sich die Arbeit auf meinem Schreibtisch, und ich hatte vor, so viel wie möglich aufzuarbeiten. Kurz nach zwei Uhr packte ich jedoch zusammen, um nicht selbst zu spät beim Park zu sein. Das wäre dann doch etwas blamabel und mit Sicherheit ein Punkt, mit dem er mich aufziehen würde.

Als ich frisch geduscht, umgezogen und mit aufgefrischtem Make-up acht Minuten vor drei in meinem Auto beim Parkeingang wartete, lagen meine Nerven blank. Es war heiß, viel zu heiß für einen Frühlingstag, und keine Minute später stieg ich wohl oder übel aus meinem Gefährt, um dann wie bestellt und nicht abgeholt daneben zu stehen und zu warten.

Ich fischte nach meinem Smartphone in der Tasche. Ich wollte nicht so wirken, als würde ich verzweifelt auf jemanden warten. Kaum hatte ich es in der Hand, bekam ich eine SMS.

Julian König:
Wow! Fesch!

Jana Sommer:
Beobachtest du mich? Das ist unheimlich. Wo bist du?

Julian König:
Dreh dich um!

Ich sah mich um, und tatsächlich: In einiger Entfernung lehnte er an einem Baum, in einer Hand sein Telefon, in der anderen die Leine, die Neele um den Hals trug. Wieder einmal wurden meine Wangen heiß, was mich unheimlich ärgerte. Während er attraktiv und lässig wirkte wie beim letzten Mal, sah ich wieder aus wie ein Hummer nach dem Bad im Kochtopf.

Als ich nur mehr einige Schritte von den beiden entfernt war, kam mir Neele entgegen. Ich mochte Hunde eigentlich nicht besonders. Es war nicht wirklich Ablehnung – ich hatte einfach nur einen Riesenrespekt vor den Tieren. Besonders bei Hunden in dieser Größe. Neele war eine stattliche Schäferhündin *(oder sind die alle so groß, und mir war es noch nie aufgefallen?)*. Regungslos vor Unsicherheit ließ ich mich von ihr beschnuppern, während Julian das Schauspiel lächelnd beobachtete.

„Keine Angst, sie ist ganz zutraulich. Schau, sie beschnüffelt deine Hand, sie prägt sich deinen Geruch ein."

„Machst du das auch? Oder teilt ihr nur, was das Herumspringen angeht, eure Freizeitaktivitäten?"

Julians herzliches Lachen ließ eine Gänsehaut über meinen Rücken rieseln. „Nein, bisher habe ich ihr das mit dem Beschnüffeln noch nicht nachgemacht. Wobei das bei dir glatt eine Überlegung wert wäre. Du riechst nämlich verdammt gut."

„Na, das hoffe ich doch." *Super, da hab ich mich ja wieder in eine unangenehme Situation hineinmanövriert.*

Zu meiner Erleichterung lenkte Julian das Thema in eine andere Richtung. „Komm, lass uns ein Stückchen gehen. Im Schatten zwischen den Bäumen ist es angenehm."

Langsam schlenderten wir an den großen Wiesen vorbei und

bogen in den Wald ein, in den ein breiter Weg zum Bummeln führte. Die Sonne brannte herab wie im Hochsommer, aber hier war es tatsächlich nicht so heiß, und ein leichtes Lüftchen machte die Temperaturen erträglicher. Neele trottete gemächlich vor uns her und schnüffelte mal links, mal rechts zwischen den Blättern und Gräsern. Julian ließ die Leine nach, sodass die Hündin genügend Bewegungsfreiraum hatte.

Ich musterte ihn aus dem Augenwinkel.

„Was machst du eigentlich beruflich, Julian?“, begann ich zaghaft die Unterhaltung. Ich dachte angestrengt nach, auf welche Schule er damals wechselte. Er hatte beim letzten Mal eine neue Schule erwähnt, doch welche es war, wusste ich nicht.

Julians Antwort jedoch war so ganz anders, als erwartet. Eigentlich dachte ich immer, er würde etwas Technisches machen. Oder etwas Handwerkliches. „Ich arbeite als Kinder- und Jugendpsychologe.“

Mir klappte die Kinnlade nach unten, und ich starrte ihn ungläubig an. Mit allem hatte ich gerechnet, aber nicht mit einem sozialen Beruf. Schon gar nicht, dass er mit Kindern und Jugendlichen zu tun hatte.

„Echt wahr?“

„Echt wahr!“

„Und was … wie …?“

„Ich arbeite speziell mit Fällen, bei denen es zu Alkohol- und Drogenmissbrauch kommt. Häusliche Gewalt und Verlustbewältigung, besonders nach Tod und Scheidung, fallen ebenfalls in mein Fachgebiet.“ Stolz schwang in seiner Stimme mit.

„Wow. Ich bin schwer beeindruckt, Julian!“

Er grinste schief und fuhr sich mit einer Hand durch die Haare. „Nun ja …“

Lief er etwa gerade rot an? *Süß!*

„Ich liebe meine Arbeit, auch wenn sie mich oft an meine Grenzen bringt. Es ist schlimm, wie es in manchen Kids heutzutage aussieht. Mit welchen Problemen junge Menschen zu kämpfen haben … das geht mir sehr nahe.“ Sein Blick trübte sich etwas und schweifte in die Ferne, als ob er an einem anderen Ort wäre. „Wenn ich ihnen zuhöre und ihnen das Gefühl geben kann, dass sie ernst genommen werden, macht mich das glücklich. Ich kann mir nicht vorstellen, etwas anderes zu machen."

Da hatten wir wohl was gemeinsam.

„Das hört sich schön an. Ich könnt mir nicht vorstellen, einen sozialen Beruf zu haben. Ich denke, ich hätt nicht den Mut, anderen Menschen meine Hilfe anzubieten, aus Angst, ihre Probleme zu vergrößern und nicht kleiner zu machen."

Der Weg, den wir entlang gingen, schien eine endlose Gerade zu sein. Julian machte zwei schnelle Schritte voraus, drehte sich plötzlich um und ging nun im Rückwärtsgang, mit den Händen in den Hosentaschen, vor mir her. Er sah mir in die Augen, als er weitererzählte, und ich hing fasziniert an seinen Lippen.

„Die Angst habe ich auch hin und wieder. Doch wenn ich sehe, wie dankbar sie sind, macht es das wieder wett. Es gibt mir Kraft. Dann weiß ich, ich mache es gut. Manchmal genügt es schon, dass du ihnen zuhörst und sie ernst nimmst mit ihren Problemen. Viele Kinder und Jugendliche kommen aus einem Umfeld, das du dir nicht vorstellen kannst, und sie sind meist auf sich alleine gestellt. Die Eltern kümmern sich lieber um sich selbst und ihre Suchtmittel. Die Kinder sind für sie nur ein lästiges Anhängsel."

„So was ist schrecklich – das kann ich mir kaum vorstellen." Diese Beschreibung stimmte mich traurig, und ich bewunderte ihn für die Stärke, die er für den Beruf aufbrachte. „Meine Mutter hatte zwar auch wenig Zeit für mich, doch unsere gemeinsame nutzten wir dafür umso intensiver."

Julian musterte mich mit durchdringendem Blick. Zu gern hätte ich jetzt gewusst, was er dachte. Dann drehte er sich erneut um die eigene Achse und ging wieder neben mir. „Was ist?", fragte ich verunsichert.

„Nichts … ich … so, wie das klingt, hattest du eine schöne Kindheit."

„Du etwa nicht?" Gleich darauf biss ich mir auf die Zunge. Sein Blick sprach eigentlich Bände, doch ich konnte ja mal wieder nicht meine Klappe halten.

Seine Antwort war knapp und kam gepresst über die Lippen. „Meine Eltern mussten viel arbeiten."

Schnell versuchte ich, das Thema wieder auf sicheres Terrain zu lenken. „Was machst du in der Zeit, wo du arbeitest, mit Neele? Begleitet sie dich ins Büro?" Als hätte sie gemerkt, dass ich von ihr sprach, drehte sich die Hündin zu mir um und sah mich mit einem treuherzigen Blick an.

Julian ging sofort mit einem Lächeln auf meine Frage ein. „Ja, Neele ist immer dabei. Viele meiner Patienten sprechen besonders auf sie an und öffnen sich mir erst, wenn sie eine Beziehung zu dem Hund aufgebaut haben."

Puh, gerade noch mal so die Kurve gekriegt.

Ich beobachtete den Hund, wie er gerade einer Fährte zu folgen schien. „Sie scheint sehr friedlich zu sein …"

„Ja, das ist sie allerdings. Sie ist ein tolles Mädchen. Ein Leben ohne sie kann ich mir nicht mehr vorstellen."

„Wie alt ist sie?"

„Im Herbst wird sie fünf."

„Und wie bist du zu dem Job gekommen? Hast du das studiert? Ich hätte erwartet, dass du einen technischen Beruf hast …", löcherte ich ihn.

„Du hast recht, Jana. Ich war wirklich zuerst auf der technischen Hochschule für Maschinenbau, doch je länger ich dort war, desto mehr wurde mir klar, dass das nicht mein Ding ist."

Nach allem, was er mir vorhin erzählt hatte, glaubte ich ihm aufs Wort. „Und wie bist du dann auf Kinder- und Jugendpsychologie gekommen?"

„Ein Freund meinte, ich sollte es mit Psychologie probieren. Seit dem ersten Tag auf der Uni wusste ich, dass das für mich das Richtige ist."

Wir begannen, uns Geschichtchen aus unserem Berufsalltag zu erzählen, und ich war verblüfft darüber, dass Julian sich offensichtlich für meine Arbeit interessierte. Wenn ich so darüber nachdachte, konnte ich mich nicht daran erinnern, wann sich zuletzt ein Mann in dieser Weise für mich und mein Leben begeistert hatte. Klar hatte Georg gewusst, was ich arbeitete, jedoch wollte er keine Einzelheiten wissen, geschweige denn, dass er sich jemals erkundigt hatte, wie mein Arbeitstag verlaufen war. Wahrscheinlich wollte er auf diese Art verhindern, dass ich selbst über seinen Job Fragen stellte, die er mir im Zweifelsfall nicht einmal hätte beantworten können.

Julian und ich legten eine kurze Pause ein und ließen uns auf einer großen Wiese ins Gras fallen, wo wir uns die Sonne ins Gesicht scheinen ließen und Neele beim Bienenfangen zusahen.

„Spielst du eigentlich noch Fußball?"

Julian legte sich zurück und stützte sich mit den Ellenbogen auf. Er schloss die Augen und hielt sein Gesicht der Sonne entgegen. Seine Haut schimmerte golden, und ich musste mich zusammenreißen, um ihm nicht über seine Wange zu streicheln.

„Nein … schon lange nicht mehr. Ich bin inzwischen auf den Berg gekommen." Er öffnete seine Augen und zwinkerte mir zu. Sofort hatte ich wieder das Foto mit seinem kraftvollen Körper vor Augen, wie er an der Felswand hochkletterte. Ich musste schlucken, woraufhin Julians Grinsen nur noch breiter wurde. Dieser Mistkerl wusste ganz genau, woran ich dachte! Schmunzelnd und mit hitzigen Wangen legte ich mich neben ihn ins Gras und sah den Wolken zu. Julian tat es mir gleich.

„Schau mal, dort oben, die Wolke … die sieht aus wie Neele." Julian streckte seinen kräftigen Arm aus, und ich folgte seinem Blick.

„Tatsächlich!" Ich musste schmunzeln. „Das erinnert mich gerade an die Zeit im ‚Boot', als wir im Sommer immer unter dem alten Nussbaum lagen und Wolkentiere beobachtet haben."

„Mhm … Das war eine schöne Zeit, damals … im Gras … neben dir."

Damals wie heute klopfte mir mein Herz bis zum Hals.

„Weißt du, … das hab ich bisher noch niemandem erzählt, aber … wenn ich die Wolken beobachte, muss ich immer an einen verrückten Traum aus meiner Kindheit denken."

War das jetzt sein Ablenkungsmanöver, damit ich nicht nachhakte? Ich musste grinsen.

„Und der wäre?"

„Du darfst aber nicht lachen, versprochen? Und auch nicht weitererzählen. Niemandem!" Er schielte zu mir herüber und wartete meine Antwort ab.

Ich versuchte, ein ernstes Gesicht zu machen und nickte artig. „Versprochen! Indianer-Ehrenwort."

Er grinste geheimnisvoll, dann schaute er wieder hinauf in den Himmel und begann zu erzählen. „Also gut … Ich träumte, ich stehe auf einem Hügel auf einer großen Wiese, ähnlich wie diese hier. Es ist finstere Nacht. Der Himmel ist bewölkt, und man kann die Sterne nicht sehen. Ich will aber unbedingt den Sternenhimmel beobachten. Immerhin habe ich mich so sehr darauf gefreut."

Ich drehte mich zur Seite und richtete mich etwas auf, um Julian bei seiner Schilderung zu beobachten. Ich war gespannt auf den Einblick in sein Unterbewusstsein.

„Jedenfalls bin ich so wütend, dass ich nach oben greife und die Wolken vom Himmel reiße." Er machte die Geste mit beiden Händen nach. „Was da zum Vorschein kommt, ist das unglaublichste Sternenbild, dass du dir vorstellen kannst. Zusätzlich zu den abertausenden funkelnden Pünktchen am schwarzen Nachthimmel kann ich die Planeten unseres Sonnensystems sehen. Sie sind so groß und so nah … und ihre Farben so unglaublich intensiv …"

Seine Arme zogen große Kreise, um mir die Ausmaße zu verdeutlichen. „Ich muss die Hände ausstrecken, weil ich sie unbedingt berühren will. Sie kommen immer näher, direkt auf mich zu, und ich hoffe so sehr, dass einer so nahe kommen wird, dass ich auf ihn hinüberspringen kann."

Ich wollte es wirklich verhindern, aber … ich prustete laut los.

„Hey … das ist gemein! Du sollst doch nicht lachen!", beschwerte er sich mit gespielt beleidigter Stimme. Er gab mir einen Schubs, und ich fiel zurück auf den Rücken.

„Tut … mir leid …", japste ich und hielt meinen Bauch. „Aber das klingt … als ob du gekifft hättest."

„Du spinnst ja! Ich war acht, als ich den Traum hatte!" Julian setzte sich wieder aufrecht neben mich. Er verschränkte die Arme und schob seine Unterlippe vor, wie ein beleidigter kleiner Junge. „Nach dieser Nacht wollte ich unbedingt Astronaut werden."

Es tat mir ja schrecklich leid, dass ich mein Versprechen nicht halten konnte, aber seine Geschichte war einfach nur komisch. Und seine bildhafte Erzählung dazu gab mir den Rest.

„Also gut! Dann erzähl mir mal einen deiner Träume, Mädel", forderte er mich mit angriffslustigem Blick heraus. So schnell erstickte er mein Lachen im Keim. Denn ich hatte wieder das verrückte Bild von dem Traum vor einigen Nächten vor Augen, in dem er mich in der Teenagerversion auf einem Pferd mit dem Lasso jagte.

Als hätte mich eine Biene gestochen, sprang ich auf und ging wieder auf den Weg zurück. „Ich kann mich an meine Träume nie erinnern ..."

Mann, war ich eine schlechte Lügnerin!

„Klar ...!" Julian klang belustigt. Aber zum Glück verschonte er mich, und kurz darauf waren die beiden wieder neben mir.

Nie hätte ich erwartet, dass ich mich so unglaublich wohl in Julians Gegenwart fühlen könnte. Nachdem wir wahrscheinlich jeden der Spazierwege mehrere Male entlang gegangen waren, setzten wir uns auf eine Bank in die Sonne, die bereits etwas an Kraft verloren hatte und so tief stand, dass sie lange Schatten der Baumwipfel auf die Wiesen warf. Neele machte es sich zu unseren Füßen bequem.

Kurz zuvor hatten wir festgestellt, dass unsere Wohnungen nur knappe fünf Minuten mit dem Auto auseinanderlagen. Dieses Wissen war eigenartig für mich, denn ich hätte ihm jederzeit und überall schon über den Weg laufen können. Im Supermarkt, auf der Bank, beim Bäcker um die Ecke. Er wäre mir garantiert aufgefallen, da ich auch jetzt meinen Blick kaum von ihm wenden konnte und ich voll Stolz die interessierten Blicke der Passanten verfolgte.

Lässig saß er neben mir und hatte die Ellenbogen auf seinen Knien abgestützt. Zwischen seinen Fingern zwirbelte er einen langen Grashalm, als er ein heikles Thema ansprach. „Weißt du, Jana, ich fand es echt schade, dass du aus der Jugendgruppe ausgetreten bist. Ich weiß, das war wegen mir, und es tat mir so leid, jeden Tag – das kannst du mir glauben."

Schweigend ließ ich seine Worte sacken. Einerseits gaben sie mir ein schönes Gefühl – und doch fragte ich mich, was er damit erreichen wollte.

„Es war danach einfach nicht mehr dasselbe. Nachdem du weg warst, ging ich zuerst nur noch aus Gewohnheit hin. Doch nach ein paar Wochen reichte es mir, und ich trat ebenfalls aus."

Mit zusammengekniffenen Augenbrauen überlegte ich, ob mir jemand von den anderen von seinem Austritt erzählt hatte. Doch ich blockte jedes Gespräch, das mit „Julian“ begann, sofort ab, und innerhalb kürzester Zeit sprach keiner mehr in meiner Gegenwart über ihn. Langsam aber sicher brach auch der Kontakt ab, als ich nicht mehr mit im „Boot“ war. Und als ich dann auf die Schule für Grafik und Design wechselte, baute ich mir einen neuen Freundeskreis auf, und der alte geriet schnell in Vergessenheit.

„Du hast das ‚Boot' wegen mir verlassen?“

Als Antwort zuckte er nur mit den Schultern, warf den Grashalm auf den Boden, griff nach Neeles Leine und stand auf. „Komm, wir sollten jetzt gehen, es ist schon spät.“

Verwirrt folgte ich ihm zum Parkplatz und versuchte, meine Enttäuschung zu verbergen. Ich war mir keiner Schuld bewusst, und doch wurde ich das Gefühl nicht los, dass ich die Stimmung zerstört hatte. Nicht ein einziges Mal drehte er sich zu mir um, und sein Verhalten kränkte mich. Wieder einmal.

Sein Auto parkte ganz in der Nähe von meinem, und Julian öffnete die Heckklappe seines schwarzen Kombis, um Neele in die Transportbox springen zu lassen. Dann kam er auf mich zu. Unschlüssig, was ich sagen sollte, drehte ich meinen Schlüsselbund zwischen den Fingern und starrte dabei meine Hände an – unfähig, ihn anzusehen.

Erst ganz knapp vor mir blieb er stehen. Ich atmete seinen berauschenden Duft ein, und am liebsten hätte ich mich in seine Arme geworfen, um ihn ganz in mich aufsaugen zu können. Mir fiel wieder unser kleines Geplänkel zu Beginn unseres heutigen Treffens ein. Bei der Vorstellung, *ich* wäre jetzt diejenige, die *ihn* beschnüffelte, musste ich leise kichern.

„Was ist?“, wollte Julian wissen.

Doch ich konnte nicht aufhören und schüttelte nur den Kopf. Da legte er seinen Zeigefinger an mein Kinn und hob meinen Kopf, sodass ich gezwungen war, ihm in die Augen zu sehen. Und – wie jedes Mal zuvor – konnte ich mich ihnen auch jetzt nicht entziehen. So standen wir da, eine Minute? Eine Stunde? Ich hatte keine Ahnung, ich war wie … hypnotisiert.

Auch Julian blickte mich ununterbrochen an, konnte sich wohl nicht vom Farbenspiel meiner Iris losreißen. Sein Finger knisterte geradezu an meiner Haut und schickte Stromstöße durch meinen Körper.

Dann senkte er seinen Blick und heftete ihn auf meine Lippen. Ich konnte nicht anders und folgte seinem Beispiel. Ich war gefesselt von seinem weichen, leicht geöffneten Mund.

Er kam immer näher, mein Herz klopfte so laut, dass ich das Pochen in meinen Ohren hören konnte. Sein Finger an meinem Kinn wanderte weiter in Richtung Nacken, den er mit seiner ganzen Hand umschloss und zärtlich zu kraulen begann. Mein Atem ging schneller, und ich konnte seine Lippen schon fast auf meinen spüren. Mit letzter Anstrengung riss ich mich los aus dem Strudel, der mich gefangen hielt, und wich hastig einen Schritt zurück. Ich spürte das heiße Blech meines Autos an meinem Hintern und wusste, dass ich keine Ausweichmöglichkeit mehr hatte. Das warme Gefühl, das eben noch meinen Körper durchströmte, verwandelte sich dadurch abrupt in Panik.

Noch bevor ich meine Gedanken ordnen konnte, hörte ich mich hysterisch zischen: „Sag mal, bist du jetzt vollkommen übergeschnappt? Du denkst wohl, ein bisschen romantisches Spazieren im Park und ein netter Kuss zum Abschied würden reichen, um mich ins Bett zu kriegen? Da hast du dich aber gewaltig geschnitten, mein Freund!“

Bitterböse funkelte ich ihn an, griff nach hinten, um meine Wagentür zu öffnen, und flüchtete in die brütende Hitze meines Autos. Ich startete den Motor und hoffte, beim Zurücksetzen nicht über seine Füße zu fahren. Doch andererseits wäre er selbst schuld, wenn er nicht auswich.

Schade … Dabei hatte das Treffen so vielversprechend begonnen!

Erst, als ich vor meiner Wohnung den Motor ausstellte, kam ich wieder etwas zur Besinnung. Geschockt von dem Beinahe-Kuss und verärgert über meine Panikreaktion ließ ich meinen Kopf aufs Lenkrad sinken.

Kapitel 6

Achterbahn

Nun war es so weit: Ich durfte Isa auf den neuesten Stand in puncto Julian bringen. Fleißig gingen wir am Samstagvormittag unserem Sport nach und stemmten im Fitnessstudio Gewichte.

Sie staunte nicht schlecht, als ich ihr von seiner SMS erzählte. Kurz war sie etwas eingeschnappt, weil ich es ihr gestern bei unserem Plausch im Büro vorenthalten hatte. Doch zum Glück war sie nicht nachtragend. Zumindest nicht bei mir.

Was Isa jedoch nicht verstand, war meine Reaktion auf seinen Kuss. Gut, die war mir selbst unverständlich, eine Panikattacke oder so, jedenfalls hätte ich mich dafür in den Arsch beißen können, weil ich die vielleicht einzige Chance verpasst hatte, ihn zu küssen.

„Oh, Jana, Mensch! Ich an deiner Stelle hätte ihn gepackt und geküsst, als ob ich ohne diesen Kuss verhungern müsste. So einem Sahneschnittchen wie Julian begegnet man nicht allzu oft im Leben. Du hättest die Gelegenheit beim Schopf packen sollen. Ihn von der Bettkante zu stoßen … das könnte ein fataler Fehler gewesen sein!"

„Isa, du übertreibst schon wieder. Erstens hab ich ihn nicht von meiner Bettkante gestoßen, sondern ihn nur nicht geküsst …"

„… Das macht nichts, das kommt aufs Selbe raus!"

Ich schnaubte und verdrehte meine Augen. „… und zweitens: Muss ich dich daran erinnern, wie er mich damals im ‚Boot' verarscht hat?"

„Ach komm, Jana, das ist schon so lange her. Vergiss das endlich! Die Geschichte spielte im letzten Jahrtausend, meinst du nicht, dass es endlich Zeit wird, darunter einen Schlussstrich zu ziehen?"

Isa legte ihre Hanteln zur Seite und wischte sich die Hände an ihrem Shirt trocken. „Er hat sich bei dir *entschuldigt!* Hast du eine Ahnung, wie viele Männer sich bei mir schon für ihre Fehler entschuldigt haben? So was kommt so selten vor, dass es unter Märchen und Sagen fällt."

Mir platzte der Kragen.

„Vielen Dank auch! Ich dachte, du bist meine Freundin und verstehst mich. Ich bin nun mal nicht so wie du. Ich steig nicht mit jedem ins Bett, nur weil er mir gefällt. Für mich müssen Gefühle vorhanden sein – von beiden Seiten. Denkst du, ich hab Bock drauf, wieder für einen Lügner das Betthäschen zu sein? Bei Georg wusste ich es nicht besser, ich hab ihm geglaubt und darauf vertraut, dass er mir die Wahrheit sagt. Blindes Vertrauen nennt man so was wohl. Ich war so … so … leichtgläubig!"

Wütend über meine eigene Dummheit legte ich die Gewichte ziemlich laut aus der Hand. Zum Glück bemerkte es niemand.

„Bei Julian weiß ich, was ich selbst erlebt habe … mit ihm … und … dass er damals ein Arschloch war. Heißt es nicht: einmal Arschloch – immer Arschloch? Ich weiß nicht, was ich jetzt von ihm denken soll." Unruhig tigerte ich zwischen Hantelbank und dem großen Wandspiegel hin und her.

„Es wäre schön, wenn ich ihm glauben könnte, doch … inzwischen bin ich da wohl ein gebranntes Kind. Isa, kannst du dich nicht mehr daran erinnern, was du mir vor gut zwei Jahren gesagt hast? ‚Irgendwann wird dich auch jemand so sehr verletzen, dass du mich verstehen wirst.'"

Meine Freundin blickte mich betroffen an.

„Isa, ich *wurde* so sehr verletzt, sogar schon zweimal in meinem Leben. Weißt du, ich versteh dich wirklich, dass du keinen Mann mehr so nah an dich ran lässt, keine Gefühle entstehen lässt, seitdem dir Jürgen das Herz herausgerissen hat. Du steigst mit ihnen in die Kiste und beendest das Ganze, bevor es ernst wird. Fällt dir was auf? … Ich lasse auch keinen mehr an mich ran! Aber ich schlafe auch nicht mit ihnen, nur um meinen sexuellen Frust abzubauen."

Um meinen Adrenalinspiegel etwas nach unten zu fahren, trank ich einen Schluck Wasser. Dann wandte ich mich wieder Isa zu.

„Für mich gehören Sex und Liebe untrennbar zusammen – deshalb gibt es für mich auch keinen Sex mit Julian. Er scheint jetzt ganz nett zu sein, aber ich liebe ihn nicht. Und ich kann mir momentan auch nicht vorstellen, dass sich meine Gefühle für ihn ändern werden, weil … weil ich offenbar so was wie … einen Schutzmechanismus habe, der jedes Mal meinen Verstand einschaltet, sobald mein Herz zu schnell zu schlagen beginnt. Schön für dich, dass du Gefühle außen vor lassen kannst, doch für mich kann ich mir das beim besten Willen nicht vorstellen."

Nach diesem impulsiven Redeschwall musste ich tief Luft holen. Isa stand vor mir, ihre Hanteln lagen immer noch auf der Fitnessbank, auf der ich eigentlich Sit-ups machen wollte. Erschöpft setzte ich mich. Nachdenklich sah sie mich an. Ich wusste nicht, was ich noch hinzufügen sollte, und hoffte auf eine Reaktion von ihr, da ich schon befürchtete, einen Keil zwischen uns getrieben zu haben.

Dass wir nicht derselben Meinung waren, kam eigentlich so gut wie nie vor. Immer dachten wir das Gleiche oder hatten zumindest vollstes Verständnis für die Sichtweise der anderen. Jetzt hatten wir wohl unsere Premiere, und auch Isa schien diese Veränderung zu merken. Ich beobachtete die wechselnden Emotionen in ihrem Gesicht und blickte dann ratlos auf meine Schuhe.

„Tut mir leid, ich hab wohl etwas überreagiert. Du weißt, ich mein das nicht böse, Isa."

Sie setzte sich neben mich und nahm meine Hände in die ihren. Ich sah sie an und bemerkte, dass mein Monolog sie offensichtlich sehr mitgenommen hatte.

„Nein, mir tut es leid. War blöd von mir. Du steckst gerade in einer … Achterbahn der Gefühle, und alles, was ich tue, ist, dir zu raten, mit ihm zu schlafen. Das hilft dir nicht weiter, es ändert das Durcheinander in dir nicht. Ich kann nicht von dir verlangen, meine Taktik zu übernehmen, nur, weil es bei mir super funktioniert – was es im Übrigen nicht wirklich tut. Auch ich spiele mir hier was vor, aber ich weiß es und kann so halbwegs damit leben."

Ihr Geständnis und ihre Ehrlichkeit zu dem Thema berührten und schockierten mich zugleich. Ich war immer überzeugt gewesen, dass sie tatsächlich so cool zu Sex und Beziehungen eingestellt war. Mir wurde bewusst, wie sehr ich die letzten Monate – wenn nicht Jahre – mit mir selbst beschäftigt gewesen war und gar nicht bemerkt hatte, wie es tatsächlich in meiner Freundin aussah.

Das schlechte Gewissen sprudelte hoch und sorgte für eine belegte Stimme, als ich versuchte, das so weit wie möglich gutzumachen. Ich drückte ihre Hände ganz fest.

„Ich bin eine schlechte Freundin. Erst schwebe ich blind vor Liebe auf der rosa Wolke dahin, dann jammere ich dir vor, wie schlecht es mir mit den Männern geht – mit Georg, mit Julian – und überseh dabei komplett, dass du unglücklich bist. Ich dachte immer, du bist glücklich. Ich wär nie darauf gekommen, dass du auch wieder einmal verliebt sein möchtest. Isa, bitte, komm zu mir, wenn du darüber reden möchtest. Ich werd‘ dir auf jeden Fall zuhören, und meine Probleme haben dann nichts dabei verloren."

„Ich bin so unendlich froh, dich als Freundin zu haben, weißt du das?"

Hatte ich da etwa eine Träne bei ihr gesehen? Wieder eine Premiere in den acht Jahren Freundschaft. Isa schloss mich fest in ihre Arme und ließ mich lange nicht los.

„Seid ihr dann mal fertig? Andere sind hier, um zu trainieren. Zum Kuscheln nehmt euch ein Zimmer im Hotel gegenüber. Falls es dann zur Sache geht, sagt aber Bescheid – dann komm ich zusehen."

Verwirrt schauten wir zu dem Kraftprotz mit Glatze neben uns hoch, der uns frech angrinste und zuzwinkerte. Da blieb mir erst einmal die Spucke weg – doch Isa wäre nicht Isa, hätte sie keinen Spruch auf Lager.

„Nur zusehen? Wenn, dann brauchen wir tatkräftige Männer, aber ..." Sie musterte ihn grinsend von oben bis unten, „... wenn ich mir dich so ansehe, bist du mit uns beiden reichlich überfordert."

Und um dem Typ noch mehr Futter für seine schmutzigen Fantasien zu geben, gingen wir Hand in Hand auf die Umkleide zu – tja, das würde ihm den Tag versüßen. Uns im Übrigen auch, denn kaum fiel die Tür ins Schloss, konnten wir uns nicht mehr halten vor lauter Lachen.

„Hast du sein Gesicht gesehen, als wir hereingingen?“, japste Isa unter Tränen.

„Nein, sag nicht, du hast dich noch einmal umgedreht?“

„Doch, ich musste ihm ja noch zuzwinkern!“

„Menno, das hätt’ ich wirklich gern gesehen, dem ist bestimmt die Kinnlade runtergeklappt.“

„Davon kannst du ausgehen! Was hältst du davon, wenn wir zur Feier des Tages nachsehen, wo Marco heute wieder steckt? Ich hätte Lust auf Brunchen im *Café au Lait.*“

Bei dem Gedanken an Essen begann mein Magen zu knurren. „Nachdem unser Training eher bescheiden war, können wir auch gleich so richtig sündigen. Brunch klingt da genau richtig!“

Das Café war wie immer gut besucht, als wir es uns im Gastgarten unter einem großen weißen Sonnenschirm bequem machten. Das Wetter war sowieso nicht für stundenlanges Abrackern im Fitnessstudio geeignet, und an Tagen wie diesen fragte mich mein innerer Schweinehund, wieso ich mir das überhaupt antat. Nicht, dass ich ein Sportmuffel war, ganz im Gegenteil, ich konnte mir ein Leben ohne regelmäßige Bewegung als Ausgleich zu meinem Bürojob gar nicht vorstellen. Doch ich sollte wohl eindeutig öfter die Führung unserer kleinen Sportgruppe übernehmen und auf körperliche Ertüchtigung unter freiem Himmel plädieren. Dieses Wetter schrie förmlich danach!

Die Kellnerin kam an unseren Tisch, kaum dass wir Platz genommen hatten. Wir gaben unsere Bestellung auf – die Brunchplatte für zwei mit Waffeln, Bagels, Thunfischaufstrich, Salate mit Avocado und Spargel, Croissants mit Schokofülle und Brownies – und je einen Cappuccino mit einem großen Glas Wasser.

Als sie mit dem voll beladenen Tablett retour kam, lief mir beim Anblick der vielen Köstlichkeiten das Wasser im Munde zusammen, und mein Magen knurrte so laut, dass ich mir sicher war, dass es auch die beiden älteren Damen am Nebentisch gehört haben mussten.

Isa bedankte sich bei der Bedienung und fragte nach Marco.

„Also heute Vormittag war er noch nicht hier. Wie jeden Samstag eben. Ich dachte, er ist mit euch im Studio. Mehr weiß ich nicht.“ Und so verließ sie uns auch schon wieder, da zwei Tische weiter nach der Rechnung verlangt wurde.

„Also langsam aber sicher wird Marco nachlässig. So kennen wir ihn gar nicht“, musste auch ich feststellen.

„Wenn man vom Teufel spricht …“

„Wie …?“ Ich folgte Isas Blick und verschluckte mich fast an meinem Bagel. Von der gegenüberliegenden Straßenseite kam Marco in Begleitung einer dunkelhaarigen Schönheit auf uns zu. Noch hatte er uns nicht entdeckt. Er flüsterte der Frau an seiner Seite etwas ins Ohr, nahm ihre Hand und lachte laut auf, als sie ihm antwortete.

Isa winkte Marco zu uns an den Tisch, und er begrüßte uns mit den obligatorischen Küsschen auf die Wangen. Seine Begleitung lächelte uns zu und nickte freundlich.

„Hallo, meine beiden Schönheiten! Darf ich euch Lena vorstellen? Lena, das sind Jana und Isabella, zwei gute Freundinnen von mir.“ Sie reichte uns mit einem freundlichen „Hallo“ die Hand.

„Zwei gute Freundinnen, die dich wieder beim Training vermisst haben! Du weißt schon, dass wir uns Sorgen um dich machen, wenn du ohne vorheriges schriftliches Ansuchen schwänzt?“, scherzte ich.

Ich nutzte den Augenblick und musterte Julians Schwester genauer. Da waren sie, die beiden Ähnlichkeiten, die mir sofort aufgefallen waren: ihre schwarzbraunen Haare und ihre blauen Augen. Zwar leuchteten ihre nicht ganz so wie Julians, aber die Verwandtschaft ließ sich trotzdem nicht abstreiten.

„Es tut mir unendlich leid, aber ich hatte heute ausnahmsweise was Besseres vor“, erklärte Marco mit einem Augenzwinkern in Lenas Richtung.

„Okay, bitte keine schmutzigen Details“, bremste Isa ihn, „wir essen noch.“

„Möchtet ihr uns Gesellschaft leisten?“, versuchte ich, von ihrem peinlichen Spruch abzulenken. Im nächsten Augenblick ärgerte ich mich aber schon darüber. Denn, auch wenn Lena einen netten ersten Eindruck machte, so erinnerte sie mich doch zu sehr an Julian, und der lag mir momentan schwer im Magen. Abgesehen davon wusste ich ja nicht, wie das Verhältnis unter den Geschwistern war und wie viel er ihr von meinem bühnenreifen Abgang vom Vortag erzählt hatte. Doch meine Sorge war unbegründet.

„Danke, nett von euch, aber ich möchte Lena noch etwas im Büro zeigen. Lasst euch das Essen noch schmecken. Das geht heute auf mich, als kleiner Trost, weil ihr heute im Studio auf mich verzichten musstet. Also dann, bis spätestens Dienstag, meine Damen. Versprochen!"

„Tschüss, bis bald mal", verabschiedete sich auch Lena, erneut mit kräftigem Händedruck. Das machte sie gleich noch sympathischer, denn es gab doch nichts Schrecklicheres, als das Gefühl beim Händeschütteln, einen Waschlappen zu drücken.

„Viel Spaß noch", rief Isa ihnen hinterher.

„Du bist wirklich unmöglich. Er ist der Chef hier, du kannst ihm doch nicht Sex in seinem Büro unterstellen!", flüsterte ich, als die beiden außer Hörweite waren.

„Was will er ihr sonst in seinem Büro zeigen, wenn nicht seinen Willi?"

„Isa!"

„Na was? Willst du nachsehen?"

„Nein danke, ich leide nicht wie du unter angeborenem Voyeurismus."

„Wieso so prüde heute?"

„Ich bin nicht prüde. Ich will nur nicht Marco und Lena beim Sex beobachten."

„Ha! Also stimmst du mir zu!"

„Ach … was weiß denn ich, was die beiden da drin treiben. Und ehrlich gesagt, ist es mir auch egal."

Isa musterte mich mit zusammengekniffenen Augen. „Jana? Was ist los? Irgendwas ist doch noch …"

Ich seufzte tief und nahm einen großen Schluck vom eiskalten Wasser. Die Eiswürfel schlugen munter an den Rand, als ich das Glas wieder auf den Tisch stellte und mich in den weichen Loungesessel zurücklehnte.

„Sie sieht Julian sehr ähnlich, findest du nicht auch?"

„Lena? Nun ja, sie ist immerhin seine Schwester. Und das stört dich?"

„Stören … nein. Es hat mich nur eben wieder an ihn erinnert. Denkst du, ich hab gestern alles verbockt, als ich mich zum Idioten gemacht habe?"

„Ich weiß nicht", überlegte Isa laut, „ich kenne ihn ja nicht. Aber, wenn er nach all dem Aufwand, den er betrieben hat, um dich wiederzufinden, jetzt nichts mehr von dir wissen will, macht er sich selbst zum Idioten. Du hast ganz natürlich reagiert, wenn man bedenkt, was du im letzten halben Jahr alles durchgemacht hast. Dass er davon nichts weiß, ist vielleicht ein Nachteil."

Isa biss in ein Schokocroissant und ließ sich ebenfalls zurücksinken. Nachdenklich wischte sie sich Nougatfülle und Gebäckkrümel mit dem Zeigefinger aus den Mundwinkeln.

„Wenn ich du wäre, würde ich mal abwarten, ob er sich wieder meldet. Immerhin ist er ungefragt in deinen … Sicherheitsbereich vorgedrungen. Er muss also den ersten Schritt auf dich zu machen."

„Mhm, du könntest recht haben. Vielleicht sollte ich wirklich erst mal ein paar Tage abwarten und Gras über die Sache wachsen lassen", stimmte ich ihr zu.

Müde und mit einem leichten Sonnenbrand kam ich an diesem Abend in meine Wohnung zurück. Ich hatte nach dem Brunch meine Badetasche gepackt und es mir mit meinem E-Book-Reader – schlauerweise ohne Sonnencreme *(es ist ja noch nicht Sommer – Haha!)* – am Baggersee gemütlich gemacht. Zwar lag ich größtenteils im Schatten eines großen Baumes, doch offensichtlich war die Sonne kräftiger, als ich angenommen hatte.

Gerade wühlte ich im Gemüsefach nach den beiden blauen Coolpads, die ich mir auf meine glühenden Schultern legen wollte, als ich mein Handy in der Badetasche piepsen hörte. Ich zog die Pads unter den Gurken und Radieschen hervor und marschierte zurück ins Wohnzimmer. Ich wühlte nach dem Smartphone in meiner Tasche, die noch unausgeräumt neben der Couch stand, und lehnte mich in die weichen Polster. Erst als die Pads auf meine Haut trafen und ich kurz aufstöhnte, öffnete ich die Nachrichtenbox.

Julian König:
Sorry! Ich hab's wieder mal verbockt.

Selbsterkenntnis ist der erste Weg zur Besserung. Tja, was sollte ich da jetzt antworten? Auch wenn mir seine Nachricht ein Lächeln auf die Lippen zauberte und in meinem Bauch Schmetterlinge zu flattern begannen – so einfach ließ ich ihn nicht damit davonkommen.

Jana Sommer:
Das hast Du.

Julian König:
Wie gehts jetzt weiter?

Gute Frage. Sollte ich ihn noch länger leiden lassen? Irgendwie tat er mir ja auch leid. Denn wie Isa heute Vormittag bereits festgestellt hatte, wusste Julian ja nichts von meiner Vorgeschichte mit Georg. Außerdem kam mir meine Reaktion nach dem Spaziergang mehr und mehr kindisch vor. Er hatte mich immerhin nur küssen und nicht vor allen Leuten auf dem Parkplatz flachlegen wollen. Schnell schob ich den Gedanken an Sex mit ihm wieder in die hintersten Winkel meines schrägen Gehirns, denn die Hitze, die ich eben noch mit den Coolpads zu bändigen versuchte, strömte plötzlich durch meinen ganzen Körper. Vielleicht sollte ich nicht meine Schultern, sondern meine Stirn kühlen …

Jana Sommer:
Weiß nicht. Was schlägst Du vor?

Julian König:
Was hältst du von einer Essenseinladung als Wiedergutmachung – morgen Mittag? Ich hol Dich ab, wenn Du nichts dagegen hast.

Darüber musste ich gründlich nachdenken. War morgen Mittag nicht doch etwas verfrüht? Wäre es nicht besser, wenn wir noch ein, zwei Nächte darüber schlafen würden? Und wollte ich mich wirklich abholen lassen? Normalerweise bestand ich auf meine Unabhängigkeit und fuhr zu Dates lieber selbst mit dem Auto. So hätte ich zumindest die Möglichkeit, jederzeit auch wieder heimzufahren, wenn es schlecht verlief.

Andererseits, was sollte schon schief gehen. *Er wird mich sicher nicht in einen Wald entführen, um mich dort zu zerstückeln.* Er war einfach nur ein Mann mit schlechtem Gewissen, der eigenartigerweise alles tat, um mich von seiner guten Seite zu überzeugen. Abgesehen davon war es ein Mittag- und kein Abendessen und fiel somit nicht unter Date, sondern war ein Treffen unter Freunden. Und im Grunde genommen hatte er ja auch nichts „Schlechtes“ gemacht. Er wollte mich einfach nur küssen … Verdammt, hätte ich ihn nur nicht zurückgewiesen! Frustriert stöhnte ich auf.

Jana Sommer:
Okay.

Julian König:
Ist das ein Ja? Morgen Mittag, und ich darf Dich abholen?

Ich atmete tief ein und schloss die Augen, ehe ich meine Antwort tippte:

Jana Sommer:
Ja. Und ja.

Julian König:
Ich werde ganz anständig sein, ich versprech's Dir. ;-) Ich hol Dich um Punkt zwölf von Dir daheim ab. Deine genaue Adresse brauche ich noch.

Welche ich ihm dann noch schickte. Um meine Aufregung im Zaum zu halten und mich abzulenken, holte ich mir Wasser, schaltete das Radio ein und setzte mich kurzerhand an den Esstisch, auf dem noch immer die Box mit meinen Tagebüchern stand. Bisher hatte ich noch nicht Zeit gefunden, in ihnen zu lesen.

Ich suchte nach dem ersten Buch, das ich mit circa zwölf Jahren zu schreiben begonnen hatte, und zog eines mit graugrünem Stoffeinband heraus. Das Schloss war schnell geknackt und mir fiel wieder ein, dass ich mich schon immer maßlos über die schlechte Qualität der Verschlüsse geärgert hatte. Ich schlug die erste Seite auf, nahm einen Schluck Wasser und begann zu lesen.

Zuerst überflog ich mehr, doch dann tauchte ich immer tiefer in meine Geschichten ein, musste über meine Ausdrucksweise als Jugendliche schmunzeln. Ich ließ mich mitreißen in eine Welt, die lange vergangen war – in das Leben der jungen Jana Sommer.

Ein Tagebuch nach dem anderen nahm ich zur Hand, durchlebte ein zweites Mal in dieser Woche die erste Begegnung mit Julian. Am Rande auch die mit seiner Schwester Lena. Ich las über die Zeit mit meinen früheren Freundinnen Carola und Doris im „Boot", und unsere Schwärmereien brachten mich zum schmunzeln. Ich runzelte meine Stirn über die pubertären Zickereien und konnte heute das Handeln meiner Mutter nachvollziehen, während ich mich damals von ihr unverstanden fühlte.

Während ich eine Tiefkühl-Pizza verdrückte und dazu eine Cola trank, schmökerte ich in meinem detailgetreuen Bericht über das Take That-Konzert. Ich war mit einer Schulkollegin dort, deren Eltern sich die Karte für ihre Tochter problemlos leisten konnten und sich auch bereit erklärten, uns zum Konzert ins knapp zweihundert Kilometer entfernte Wien zu fahren. Für meine Mutter war das die Grundvoraussetzung, damit sie mich zum Konzert ließ.

Wir waren beide riesige Take That-Fans, unsere Zimmer waren zugepflastert mit unzähligen Postern der Boyband, und unser CD-Player spielte ihre Musik in Dauerschleife. Als damals im Radio bekannt gegeben wurde, dass sie auf ihrer Tournee auch in Wien haltmachen würden, flehte ich meine Mom an, mir eine Karte zu kaufen. Finanziell war das damals für meine Mutter ein Luxus sondergleichen. Ich versprach ihr, alles wieder zurückzuzahlen, und ich hielt auch mein Versprechen.

Frau Behring, die alte Dame einen Stock über unserer Wohnung, ging nur noch selten außer Haus, da die vielen Stufen in den dritten Stock für sie kaum mehr zu bewältigen waren. Ihre einzige Tochter kam nur wenig zu Besuch, und so bot ich mich an, zweimal in der Woche für sie einkaufen zu gehen. Sie belohnte mich jedes Mal mit einem Zwanzig-Schilling-Schein, was heute nicht einmal ein Euro fünfzig ist. Gut, es war nicht viel, was ich verdiente, doch das Geld läpperte sich zusammen, und irgendwann hatte ich meine Schulden bei meiner Mutter beglichen. Und die liebe Frau Behring war mir unendlich dankbar für meine Hilfe.

Als ich mir als Dessert noch einen Schokoriegel genehmigte, fiel mir wieder die Unterhaltung mit Julian im Park ein, als wir über seinen Beruf sprachen. Von wegen, soziale Hilfe wäre nicht mein Fall – ich hab es damals richtig gern getan! Ich musste lächeln, doch dieses wurde gleich von einem Gähnen verdrängt. Ein Blick auf die Uhr ließ mich aufspringen. Schnell machte ich mich fertig fürs Bett, nahm aber die noch ungelesenen Lebensabschnitte meiner Teenagerzeit mit ins Schlafzimmer und konnte es nicht lassen, dort weiterzulesen, wo ich unterbrochen hatte.

Als ich dreizehn war, fehlte Julian einige Wochen im „Boot“. Meine Freundinnen und ich, allesamt heimliche Verehrerinnen, hatten schon Angst, er würde gar nicht mehr auftauchen. Auch Lena war von einem Tag auf den anderen weg, und die wildesten Gerüchte machten die Runde.

7. November 1997
Liebes Tagebuch!
Jetzt sind Julian und seine Schwester schon über eine Woche nicht mehr im „Boot“ gewesen. Keiner von uns weiß, was der Grund dafür ist.
Doris hat behauptet, sein Vater ist von seiner Firma nach Vietnam versetzt worden und sie sind mitgegangen. Was Daniel für schräge Ideen hatte, will ich Dir gar nicht erst sagen!
Ich will mir gar nicht vorstellen, dass ich ihn womöglich nie mehr wiedersehe ... Er hätte sich doch verabschiedet, wenn sie wieder weggezogen wären, oder? Oh Mann, ich vermisse ihn so sehr! Ich vermisse es, ihm beim Fußballspielen zuzusehen. Ich vermisse seine blauen Augen, mit denen er mir zuzwinkert, wenn er ein

Tor geschossen hat. Bitte, bitte, lieber Gott, mach, dass er bald wieder zurückkommt!

17. November 1997
Liebes Tagebuch!
Er ist wieder da! Aber irgendwie auch nicht. Keine Ahnung, was mit ihm geschehen ist, aber das *ist nicht mehr* mein *Julian. Er schreit alle an, ist total aggressiv zu jedem. Heute hat er sogar Carola umgestoßen, nur weil sie an ihm vorbei gehen wollte und ihn unabsichtlich gestreift hat! Später dann hat er sich mit Daniel geprügelt, weil er beim Mensch-Ärgere-dich-nicht verloren hat. Kannst Du Dir das vorstellen? Ich auch nicht … Ich bin total schockiert, so was hätte ich Julian nicht zugetraut.*
Seine Schwester ist auch wieder da, aber sie sitzt nur alleine in einer Ecke oder bei einem unserer Betreuer und redet kaum. Echt, die beiden sind total verändert.
Das soll mal einer verstehen! Ich hoffe echt, dass die beiden wieder normal werden.

Sie wurden es aber nicht mehr. Lena zog sich immer weiter zurück, kapselte sich wie eine Schnecke ein und wurde zum Einzelgänger. Julian hingegen blieb laut und aggressiv und drängte sich wie ein aufgeplusterter Hahn in den Mittelpunkt. Dazu waren ihm alle Mittel recht, und innerhalb kürzester Zeit mieden wir Mädels ihn. Auch die meisten Jungs gingen ihm aus dem Weg, nur einige scharten sich um ihn, was aber wahrscheinlich nur Selbstschutz war, denn keiner wollte von ihm gemobbt werden.

19. März 1998
Liebes Tagebuch!
Vielleicht ist Julian doch noch der Alte. Irgendwo in ihm drinnen. Klingt komisch, ist auch so. Jetzt fragst Du Dich sicher, wie ich auf die Idee komme, was?
Also heute hab ich ihn heimlich beobachtet: Ich hab mich in die Leseecke zurückgezogen und nur so getan, als würde ich ein Buch lesen. Und da ist mir was aufgefallen: nämlich, wie er zu

Lena ist ... Ich glaube, er dachte, er wäre unbeobachtet in dem Moment. Jedenfalls hat er sich zu seiner Schwester auf den Boden gekniet, die in ihrer Zeichenmappe gekritzelt hat. Und weißt Du was? Er war total lieb zu ihr! Ich dachte erst, ich seh nicht richtig – aber er hat sie ganz lieb angesehen! Dann hat er ihre Wange gestreichelt und ihr was ins Ohr geflüstert, woraufhin sie ihn kurz angelächelt hat. Lena hat gelächelt! Also ... die beiden sind echt komisch. Wir wissen immer noch nicht, was vorgefallen ist. Es traut sich aber auch niemand, ihn oder Lena zu fragen.
Naja ... jedenfalls wollte ich es Dich wissen lassen ...
Ich sag Dir natürlich sofort Bescheid, sobald ich wieder was Neues dazu weiß.

Ich erinnerte mich, diese Augenblicke, in denen ich dachte, es schlummere noch *mein* Julian unter der Oberfläche, waren selten. Und manchmal war ich mir nicht sicher, ob ich mir nur einbildete, dass er vorgab, jemand anderer zu sein, als er eigentlich war.

Doch dann kam der Tag, der für mich alles veränderte. Es war kurz vor meinem vierzehnten Geburtstag. Wir hatten unser alljährliches Sommerfest im „Boot" gefeiert. Es schüttete in Strömen, und so waren wir auf Indoor-Spiele beschränkt. Wir alberten herum und waren äußerst gut gelaunt, auch weil die Sommerferien kurz vor der Tür standen.

Als Nächstes stand Versteckenspielen auf dem Programm. Wir Älteren waren zuerst nicht besonders begeistert, doch als wir erfuhren, dass die Küken noch in eine Runde „Uno" vertieft waren und nicht unterbrechen wollten, hatten wir dann doch Lust aufs Spiel – so konnten wir zumindest den Schwierigkeitsgrad erhöhen.

Ich wollte ein besonders raffiniertes Versteck suchen, eines, in dem ich bestimmt lange nicht gefunden werden würde. Mir lief die Zeit davon, und ich wusste, wenn ich jetzt nicht schnell einen Unterschlupf entdeckte, war es für mich zu spät. Ich schlich durch die Lagerräume, weiter in den hinteren Bereich, wo die Büros und Aufenthaltsräume der Betreuer waren.

Mein Blick fiel auf einen breiten Spind – das perfekte Versteck. Schnell sah ich mich noch einmal um, ob mich niemand beobachtete, während ich hinter meinem Rücken die Tür öffnete und rückwärts in den Schrank stieg. Die Tür hatte ich noch nicht ganz zugezogen, als ich spürte, dass ich nicht alleine war. Mein Herz klopfte hart gegen meinen Hals, und die Härchen auf meinen Unterarmen stellten sich auf, als das Adrenalin durch meinen Körper rauschte.

Der Duft war für mich unverkennbar, und, auch wenn es schon länger her war, dass ich ihm so nahe gewesen war, wusste ich eindeutig, wer nicht einmal eine Handbreit hinter mir stand. So roch nur er … Julian. Ich konnte seinen Atem an meinem Nacken und am Ohrläppchen spüren, als er ein „Hier ist schon besetzt" flüsterte. Sofort versteifte ich mich. Seine Nähe raubte mir den Verstand, und ich atmete seinen Duft ein, als würde ich ihn zum Überleben brauchen. Ich hätte aber auch gar keine andere Wahl gehabt, denn der gesamte Spind war voll davon.

Ich brachte kein Wort hervor und drehte stattdessen meinen Kopf leicht in seine Richtung. Meine Lippen waren plötzlich ganz nahe an seinen, und unsere Nasenspitzen berührten sich fast, so knapp stand er hinter mir.

Durch das schwache Licht, das durch den schmalen Spalt der Tür herein fiel, konnte ich ihn kaum sehen, erkannte aber, dass er mich nach wie vor musterte. Ohne Vorwarnung tastete Julian nach meiner Hand, streichelte zärtlich über meine Finger und spielte mit ihnen, hielt sie fest – zum Glück, denn ich hatte plötzlich das Gefühl, als würde ich schweben.

In dem schwachen Licht konnte ich ahnen, dass er seinen Kopf neigte. Ich war komplett perplex – wollte er mich jetzt tatsächlich küssen? Ich hatte keine Ahnung, woher ich meinen Mut nahm, aber ich drehte mich ihm ein klein wenig entgegen, zumindest soweit es der Spind zuließ. Und tatsächlich: Seine Lippen streiften meine Wangen. Die Spur, die sie zogen, hinterließ ein heißes Prickeln auf meiner Haut. Mein Herz sprang fast aus dem Brustkorb, und die Schmetterlinge in meinem Bauch waren auch nicht ohne.

Ich konnte mich nicht erinnern, in meinem kurzen Leben je etwas so Wunderschönes empfunden zu haben! Plötzlich wollte ich unbedingt seine Lippen spüren, ich war so gespannt auf ihren Geschmack. Ob sie sich tatsächlich so zart und weich anfühlten, wie sie aussahen?

An seinem raschen Atem merkte ich, dass auch ihn die Situation nicht kalt ließ. Julian hielt noch immer meine Hände, spielte mit ihnen und streichelte meine Finger. Ich bemerkte sein leichtes Zittern, was mich wunderte, denn Nervosität hätte ich bei Julian nicht erwartet – nicht bei mir.

Ich sah über meine Schulter. Meine Augen hatten sich inzwischen an das schwache Licht gewöhnt, und aus dem Augenwinkel konnte ich sein Gesicht erkennen. Er sah mich an, so zärtlich, und seine Augen schienen zu leuchten. So kannte ich ihn nicht. Seine Lippen nahmen ihren Weg wieder auf und setzten ihre Wanderung dort fort, wo sie aufgehört hatten. Es wurde für mich unmöglich, meine Augen offen zu halten. Ich konnte nur hoffen, dass mein Körper jetzt nicht das Kommando aus der Hand geben würde und mich in eine Ohnmacht beförderte. Denn so fühlte es sich gerade in mir an.

Das Blut rauschte laut in meinen Ohren, als wir uns endlich küssten, vorsichtig, zärtlich, liebevoll …

Noch immer stand ich mit dem Rücken zu ihm. In dem Moment hätte ich mich so gerne zu ihm umgedreht, ihn in meinen Armen gehalten und mich an ihn gekuschelt. Doch der enge Spind ließ es nicht zu, und so blieb mir nichts anderes übrig, als mit dem Rücken zu ihm stehen zu bleiben.

Doch – eine Möglichkeit hatte ich: Ich lehnte mich gegen seine Brust, um ihm zumindest etwas näher zu sein. Als hätte Julian nur darauf gewartet, legte er einen Arm um meine Taille und zog mich noch enger an sich. Zärtlich streichelte er über meinen Bauch. Ganz vorsichtig, sodass ich die Berührungen seiner Fingerspitzen kaum wahrnahm, und doch so intensiv.

Ich musste leise seufzen, woraufhin er mich anlächelte. Mit der freien Hand strich er meinen Arm hinauf und ließ seine Finger über mein Schlüsselbein gleiten. Sämtliche Härchen stellten sich bei mir auf, und das Prickeln in meinem Inneren verteilte sich bis in den letzten Winkel meines Körpers. Ich glaube, noch nie in meinem Leben war ich so glücklich wie in dem Moment, als

Julian seine Hand an meine Wange legte, mit dem Daumen über meine Lippen strich und mir tief in die Augen sah. Hin und weg von meinen ungewohnten Gefühlen lächelte ich ihn an und wollte ihn unbedingt noch einmal küssen.

„Hab ich dich!“, hörte ich Daniel rufen, der offensichtlich die Tür aufgerissen hatte, in der Hoffnung, hier jemanden aufzufinden. Grelles Licht blendete mich. Es war plötzlich laut um uns herum, und ich verlor die Orientierung. Gerade war ich noch an einem fernen Ort und teilte das unbeschreibliche Erlebnis meines ersten Kusses mit Julian. Ich schwankte, meine Knie waren butterweich.

Ich blinzelte in die Helligkeit, und ehe mir einfiel, dass ich mit Julian im Spind gelandet war, weil wir Verstecken spielten, spürte ich plötzlich, wie zwei Hände mich an einer Stelle packten, wo diese nicht hingehörten …

In den Blicken von Daniel und dem Rest der Truppe – so, wie es aussah, waren wir die Letzten im Versteck –, entdeckte ich die gleiche Verwirrtheit, die ich in dem Moment empfand.

„Seht ihr, so sehen richtige Möpse aus!“, hörte ich Julian hinter mir rufen, während er eben diese mit seinen Händen nach oben drückte. Dann lachte er kehlig.

Verdammt, wo waren unsere Betreuer?

Die anderen Jungs lösten sich aus ihrer Starre und fielen in sein Gelächter mit ein. Julian schubste mich unsanft aus dem Spind heraus, ich stolperte, immer noch geschockt, in Carolas Arme. Meinen Freundinnen stand in die Gesichter geschrieben, was sie von Julians Aktion hielten. Sie warfen ihm vernichtende Blicke zu, als er Daniel zur Krönung des Ganzen ein High-Five gab.

Doch das alles bekam ich nur mehr am Rande mit. Für mich brach gerade meine kleine schöne Welt zusammen. Der kurze Moment, als ich dachte, mein Traum würde sich doch noch erfüllen, der winzige Augenblick, in dem ich hoffte, ich hätte *meinen* Julian wieder gefunden und wir könnten zusammen sein, zerplatzte wie eine Seifenblase. Und die Realität traf mich wie ein Peitschenschlag ins Gesicht.

Geschockt starrte ich noch immer in Richtung Flur, in dem Julian und die anderen Jungs verschwunden waren. Scham und

Hilflosigkeit krochen in mir hoch. Wie üblich hatte Julian eine Meisterleistung erbracht – mit voller Gewalt hatte er es geschafft, eine Person zu demütigen und zur Lachnummer zu machen. Dass es diesmal mich getroffen hatte, nach allem, was nur wenige Sekunden zuvor im Spind in geheimer Zweisamkeit passiert war, tat doppelt weh. Diese Erkenntnis ließ mich noch einmal das Blut in den Ohren rauschen hören. Aber diesmal war es kein angenehmes Gefühl, das es begleitete.

Mir wurde speiübel, und alles um mich begann, sich zu drehen. Meine Freundinnen redeten auf mich ein, streichelten mir den Rücken, doch ich nahm nichts mehr wahr. Der Boden unter meinen Füßen hatte sich aufgelöst, und ich fiel. Weinend war ich zusammengebrochen.

Kapitel 7

Wer hat an der Uhr gedreht …?

Ich wollte ihn nie wiedersehen, ihm nie wieder in sein Gesicht schauen müssen, in diese Augen, auf diese Lippen … Ich hatte nur gehofft, meine Freundinnen würden mich alleine lassen mit meinem Schmerz. Ihr Mitleid half mir jetzt auch nicht weiter.

Ich weiß nicht, wie lange ich so liegengeblieben war. Mein Herz war schwer wie Stein. Ich weinte leise vor mich hin, hatte irgendwann Zeit und Ort vergessen, aber das alles war jetzt nicht mehr wichtig für mich. Ich konnte immer noch seine Lippen auf den meinen fühlen, hatte seinen Duft in meiner Nase, und am liebsten wollte ich ihn fest an mich drücken – als wäre das alles nie geschehen. Doch ich wusste, dass ich die Realität nicht verdrängen konnte. Und mein Leben musste irgendwie weitergehen.

Fühlte es sich tatsächlich so an, wenn man liebte? Wenn einem das Herz gebrochen wurde? Oder war es „nur" die Freundschaft, die er mit seinem arroganten Verhalten mit Füßen getreten hatte? So oder so … es tat furchtbar weh.

Abgesehen davon fühlte ich mich vor unseren Freunden blamiert. Dieses Gefühl brannte tief in mir, und das Atmen fiel mir schwer. Ich lag auf dem Boden, zusammengerollt, hielt den Kopf mit meinen Armen umschlungen und wiegte mich leise schluchzend, in der Hoffnung, etwas Trost zu finden.

Am liebsten wollte ich so liegen bleiben, für immer und ewig. Doch ein Surren machte mir einen Strich durch die Rechnung. Ich hätte zwar unmöglich die Kraft gehabt, einen Arm zu heben und die lästige Fliege zu verscheuchen. Dennoch war ich ihr irgendwie auch dankbar, denn so wusste ich, dass es ein Leben außerhalb gab, das zu mir durchdrang. So wusste ich, ich war noch am Leben, auch wenn ich mich gerade alles andere als lebendig fühlte.

Das nervende Geräusch hörte nicht auf – das Insekt musste direkt über mir seine Runden ziehen. Eigenartigerweise war außer dem Surren sonst nichts zu hören – was mich verwirrte. Normalerweise herrschte immer ein gewisser Lärmpegel im „Boot". Kinder liefen die Gänge auf und ab, schrien und lachten. Doch jetzt konnte ich nichts dergleichen hören. Wie lange ich wohl schon so da lag? Und wo waren meine Freunde? Holten sie die Betreuer zu Hilfe? Aber … das dauerte doch nicht so lange …? Irgendwie war ich irritiert, dass sie mich in meinem Zustand einfach so hatten liegen lassen …

Mühsam blinzelte ich und versuchte, mich zu orientieren. Die Realität traf mich hammerhart. Ich lag auf dem Boden meines Schlafzimmers, die Decke war noch zur Hälfte auf dem Bett, von dem ich runtergefallen sein musste. Langsam setzte ich mich auf, was gar nicht so einfach war, da mein ganzer Körper schmerzte. Das Tagebuch, welches ich zuletzt gelesen hatte, lag offen und leider etwas zerknittert dort, wo eigentlich das Kissen sein sollte. Sah so aus, als hätte ich das Buch als solches im Schlaf missbraucht.

Ich war wieder im Hier und Jetzt, was mich … irgendwie beruhigte. Andererseits lichtete sich der Nebel in meinem Kopf nur langsam. Unglaublich, dass ich so realistisch geträumt hatte und vor allem, dass sich dabei Zeit und Ort aufgelöst hatten und ich in meine Jugend zurück katapultiert worden war.

Da war plötzlich wieder das Surren, und verwirrt rieb ich meine Augen, als mit einem Mal mein Herz wie wild in mir hämmerte. Ich warf schnell einen Blick auf den Radiowecker auf meinem Nachttisch und sprang wie von der Tarantel gestochen auf. Im Hinauslaufen griff ich noch schnell nach meinem Bademantel, den ich auf einem Haken neben der Tür hängen hatte, und schlüpfte hinein. Es war zehn nach zwölf und das Surren meine Wohnungsglocke – Julian!

Ich murmelte noch ein leises „Verdammte Scheiße", als ich im Vorbeigehen einen Blick in meinen Spiegel erhaschte, doch was sollte ich jetzt noch an meinem Erscheinungsbild ändern? Schnell warf ich noch einen Blick durch den Türspion und legte verzweifelt meine Stirn gegen das kühle Holz, als ich ihn an der gegenüberliegenden Wand lehnen sah. Ich drehte den Schlüssel um und drückte die Klinke nach unten. Langsam zog ich die Tür auf, nur einen Spaltbreit, dass vielleicht zwei Finger durchgepasst hätten – mehr schaffte ich gerade nicht, es wäre mir zu peinlich gewesen.

„Hallo ... Sorry, ich hab verschlafen." Meine Stimme klang kratzig und heiser, als hätte ich die ganze Nacht gefeiert – oder geweint. Sein Antwortlachen trieb mir eine Gänsehaut über den Körper, und in dem Moment hätte ich ihn nur zu gerne hereingelassen – doch in meinem Aufzug ... unmöglich!

Meine Haare standen in alle Richtungen, ich hatte dicke Ringe unter den Augen, und unter dem Bademantel trug ich einen hässlichen, löchrigen Pyjama aus dunkelrosarotem Flanell. Mit Bündchen! Ich sollte das Teil wirklich mal entsorgen, doch jedes Mal, wenn ich meinen Kleiderschrank ausmistete, konnte ich mich doch nicht von dem flauschigen Nachtgewand trennen.

„Ich ... ähm ... kannst du später noch einmal vorbei ..."

„Kommt gar nicht infrage. Ich warte auf dich, bis du fertig bist."

„Das ist keine gute Idee ..."

Ich wartete etwas, lauschte in den Gang hinaus, doch außer dem Motorengeräusch des Aufzugs konnte ich nichts hören. War er etwa doch gegangen? Verunsichert riss ich die Tür auf – und starrte in Julians verwirrtes Gesicht. Er musterte mich von oben bis unten, und, als seine Augen das Dunkelrosa um meine Beine unter dem Bademantel erreicht hatten, fing er breit an zu grinsen.

„Und ich dachte, du hast Männerbesuch und willst mich nur mal eben abwimmeln, um ihn, ohne dass wir uns über den Weg laufen, aus deiner Wohnung schmuggeln zu können."

„Und wenn es so wäre?", maulte ich beleidigt. Okay, mein Erscheinungsbild war nicht gerade das, was man sich nach einer Nacht mit wildem Sex vorstellte, doch dass er dies komplett ausschloss, kränkte mich dann doch. Als Julian auch noch rau zu lachen begann, warf ich ihm einen bösen Blick zu, der hoffentlich das Feuerwerk der Hormone vertuschte, das seine Stimme in mir auslöste.

„Jana, also jetzt mal im Ernst, einen Mann, der dich so zurichtet, … den schmeißt du doch mit Sicherheit hochkant hinaus – der bleibt nicht heil bis Mittag in deinem Bett. Also was ist jetzt, lässt du mich hinein?"

Ich zögerte. Ihn jetzt wieder wegzuschicken, wäre auch nicht unbedingt die feine englische Art gewesen. *Er* konnte ja nichts dafür, dass ich verschlafen hatte. Naja … eigentlich doch … zumindest indirekt. Ich verdrehte die Augen, seufzte tief und öffnete die Tür ganz, um ihn hereinzulassen. Mit hochrotem Kopf zog ich meinen Bademantel noch einmal fest zu, was eigentlich unnötig war, denn der hässliche Pyjama ließ sich nicht verstecken. Von dem verstrubbelten Ding über meinem Hals ganz zu schweigen.

Julian folgte mir in mein Reich, und ich verfluchte mich. Hätte ich es gestern doch geschafft, die Tagebücher wegzulegen, anstatt sie alle zu lesen, dann wäre mir eben ein höchst peinlicher Moment erspart geblieben.

Mit einem Räuspern durchbrach ich die Stille. „Also … es tut mir leid, dass du jetzt warten musst. Mir ist das gerade äußerst unangenehm, aber ich verspreche dir, dass ich gleich wieder bei dir bin. Möchtest du etwas zu trinken, bis ich fertig bin?"

Wehe, wenn der jetzt nicht bald mit dem dämlichen Grinsen aufhört, brummte ich in Gedanken, und ich spürte, wie ich meine Augenbrauen angespannt zusammenkniff.

Er scannte mich noch einmal abschätzend von oben nach unten, wobei er sich das Grinsen immer noch nicht verkneifen konnte. „Nein, danke, bin nicht durstig." Wie zum Beweis leckte er sich mit der Zunge über seine Lippen. Sofort starrte ich gebannt auf seinen Mund.

„Ich hab uns einen Tisch reserviert, aber ich weiß nicht, wie lange die auf uns warten. Soll ich noch mal anrufen, um die Reservierung zu verschieben?"

„Für wie viel Uhr hast du reserviert? Und wo?"

„Für halb eins, im *Pöstlingberg Schlössl,* ich denke, eine Viertelstunde länger müsste uns der Tisch sicher sein."

„Das schaffen wir …", versicherte ich ihm.

Erst drehte ich den Badezimmerschlüssel und anschließend mich selbst um – und blickte dem Schrecken ins Angesicht. Ich hielt beide Hände ans Gesicht und brüllte stumm in mich hinein. Im großen Spiegel über dem Waschbecken mir gegenüber formte sich eine Kopie von Edvard Munchs „Der Schrei".

Keine zehn Minuten fürs Styling, knappe zwanzig weitere für die Fahrt, und wir könnten noch rechtzeitig im Restaurant sein. Um wieder einen klaren Kopf zu bekommen und gegen die geschwollenen Augen anzukommen, wusch ich mir mit eiskaltem Wasser mein Gesicht. Im Schnelldurchlauf putzte ich die Zähne und spülte mit der extrascharfen Mundspülung nach.

Ich zog den Pyjama aus, schlüpfte in den beigefarbenen Rock, der kurz über dem Knie endete, und zog mir das dunkelbraune Bandeau mit den cremefarbenen Stickereien über – zum Glück hatte ich bereits gestern Abend mein Outfit ausgesucht und über den Badewannenrand gelegt. Ich schickte ein telepathisches Dankeschön zu meiner Mom, die mir, seit ich zurückdenken kann, gepredigt hatte, sich die Kleidung am Vortag zurechtzulegen, wenn am nächsten Tag ein wichtiges Ereignis bevorstand. So blieb mir heute der Weg ins Schlafzimmer, und somit erneut an Julian vorbei, erspart.

Irgendwie machte es mich nervös, wenn ich daran dachte, dass er sich in dem Moment auf der anderen Seite der Tür aufhielt – in meiner Wohnung, meinem Heiligtum, wo ich mir nach der Episode mit Georg geschworen hatte, lange keinen Mann mehr hineinzulassen. Dass es jetzt so unerwartet dazu gekommen war, störte mich in seinem Fall eigenartigerweise gar nicht. Gut, abgesehen davon, dass er mich in diesem unmöglichen Aufzug gesehen hatte.

Hektisch fing ich an, meine Haare irgendwie passabel zu bändigen, und kämmte, was das Zeug beziehungsweise die Haarbürste und vor allem meine Haarwurzeln hielten. Meine Gedanken hatten inzwischen dieselbe Geschwindigkeit wie meine Hände erreicht und schossen wie wild durcheinander. Wenn ich daran dachte, wo Julian für uns reserviert hatte, in einem der schicksten und romantischsten Restaurants mit Blick über die ganze Stadt, kribbelte es in meinem Bauch.

Meine Haare hatte ich inzwischen zu einem lockeren Dutt hochgesteckt. Kajal und Mascara, Deo und Parfum folgten, und für die wenigen Minuten „Arbeit“ war ich tatsächlich mit meinem Spiegelbild zufrieden. Ich stieß den Atem heftig aus und öffnete die Tür – zurück in die Höhle des Löwen.

Julian stand im Wohnzimmer und inspizierte mein Bücherregal. Als er mich hörte, wendete er den Kopf in meine Richtung, und an seinem überraschten Blick war zu erkennen, dass er tatsächlich noch nicht mit mir gerechnet hatte. Oder lag es eher daran, dass ich in so kurzer Zeit ein doch äußerst passables Ergebnis zustande gebracht hatte?

Ich genoss seinen Blick, als ich auf ihn zuging, und schnappte nach der Handtasche auf dem Sideboard. „Auf gehts“, ließ ich ihn wissen, und war auch schon vorm Schuhschrank, aus dem ich meine dunkelbraunen Stilettos zog.

Die Autofahrt verlief ruhig, aber es war kein unangenehmes Schweigen. Wir saßen nebeneinander und genossen die Stille, ohne dass wir das Gefühl hatten, etwas sagen zu müssen. Schön, wenn man auch miteinander schweigen konnte.

Ich nutzte den Vorteil des Beifahrers und musterte Julian von der Seite. Nur hin und wieder, wenn wir bei einer Ampel hielten, trafen sich unsere Blicke, woraufhin sich die feinen Härchen auf meinen Armen aufstellten – was nichts mit der Klimaanlage zu tun hatte. Seine dunklen Haare hatte er lässig mit etwas Gel in Form gebracht, und am liebsten hätte ich meine Finger hineingewühlt. An seinem Kinn ließ ein dunkler Schatten den Bart erkennen, der ihn so unglaublich männlich machte. Er trug ein dunkelblaues Poloshirt – seine Augen strahlten dadurch noch intensiver –, und unfairerweise genügte ein Blick von ihm, um meine Gedanken ins Stocken zu bringen.

Die Aussicht von der Restaurantterrasse war atemberaubend. Die Luft war heute so klar, dass man sogar die Berge am Horizont erkennen konnte. Und Linz lag direkt vor uns, geschäftig, bunt und doch so klein und übersichtlich. Ich liebte die Stadt!

Es war lange her, dass ich in dem Restaurant Gast gewesen war. Das letzte Mal, denke ich, zur Hochzeit einer Freundin vor vier Jahren. Heute saßen wir direkt am Geländer der Terrasse, mit genügend Abstand zu anderen Gästen. Doch ich war mir sicher, dass dieser Platz nicht lange so ruhig bleiben würde, denn in regelmäßigen Abständen wurden neue Gäste zu ihren Tischen begleitet.

Wir waren tatsächlich pünktlich hier, exakt um zwölf Uhr dreiundvierzig gingen wir auf die Eingangstreppe zu. Dass wir es rechtzeitig geschafft hatten, ließ mich zufrieden grinsen.

Julian verfolgte interessiert meinen Rundblick und meine Mimik. Noch immer hatten wir nicht miteinander gesprochen, was nach wie vor keinesfalls ein ungutes Gefühl auslöste. Es war inzwischen wie ein Spiel, ähnlich dem, wer zuerst lachen musste. Immer wieder schauten wir uns tief in die Augen. Er zog ebenfalls belustigt seine Mundwinkel nach oben und holte tief Luft, wahrscheinlich um nachzugeben und seine Neugier zu stillen. Ich war mir sicher, dass ihn die Frage, weshalb ich verschlafen hatte, auf der Zunge brannte.

Doch genau in dem Moment tauchte der Kellner an unserem Tisch auf und nahm die Getränkebestellung entgegen. Der Speisenempfehlung lauschte ich nur mit einem Ohr. Meine Gedanken schweiften schon wieder zu den Tagebüchern und somit zu meiner Vergangenheit. Wäre damals alles anders ausgegangen, was wäre aus uns geworden und wo wären wir beide dann heute?

„Erzählst du es mir?“, durchbrach Julian meine Überlegungen. *Kommt er jetzt schon in meinen Kopf hinein? Oder woher konnte er wissen, woran ich gerade gedacht hatte?*

Verlegen und verwirrt starrte ich ihn mit offenem Mund an, unsicher, wie ich jetzt darauf antworten sollte. So gut kannten wir uns dann doch nicht, dass ich ihm vom Knick in meinem Selbstbewusstsein erzählen wollte, den ich seit seiner Aktion am Sommerfest hatte – und davon, dass ich deswegen jahrelang die Schnauze voll gehabt hatte von den Jungs. Dass der zweite Kuss meines Lebens erst vier Jahre später stattgefunden hatte.

„Warum du verschlafen hast, meine ich. Hast du gestern einen drauf gemacht?“

Meeensch …! Das meinte er … Puh! Kurzzeitig war mir schwindelig geworden, als ich dachte, er wäre jetzt auch Gedankenleser.

„Nein, ich …", meine Stimme versagte, ich musste mich räuspern, „… ich hab gestern in alten Büchern gestöbert und konnte nicht mit dem Lesen aufhören."

Details dazu brauchte er nicht zu wissen. Abgesehen davon wäre mir das viel zu peinlich gewesen. Ich hängte das Tagebuchschreiben schon früher nicht an die große Glocke, und heute brauchte es sowieso niemand außer mir (und höchstens meiner Mama) zu wissen. Es hatte für mich irgendwie den dumpfen Beigeschmack von blödem, pubertärem Mädchenkram. Und ich war nie einer dieser typischen Teenager, der sich mit seinen Freundinnen zum Frisurenstyling, Fingernägel lackieren und Kleidung austauschen traf. Das ganze rosarote, klischeehafte Mädchendasein lehnte ich instinktiv ab und setzte bewusst Akzente in die Gegenrichtung.

Nicht, dass ich mich burschikos verhielt, doch ich hatte tatsächlich kein einziges Kleid in meinem Schrank. Meine Lieblingsfarbe war blau, und ich schaute lieber die für Jungs typischen TV-Serien anstatt die, in denen es um Prinzessinnen und Pferde ging. Ich war in der Karatemannschaft und ging nicht wie andere Mädchen zum Ballett.

„Alte Bücher? Das klingt interessant. Hemingway? Shakespeare? Goethe? …" Interessiert neigte er sich mir entgegen.

Shit, wie komm ich da jetzt wieder raus? Ich hasste es, zu lügen.

„Mädchenkram", flüsterte ich und senkte den Blick, damit er mir ja nicht die Wahrheit in den Augen ablesen konnte.

Julian lächelte wieder auf seine ganz besondere Art. „Okay, alles klar, du musst es mir ja nicht erzählen. Zumindest nicht heute."

Er zwinkerte mir zu, und ich fühlte mich in dem Moment zurückversetzt in die Zeit im „Boot", als ich ihm beim Fußball anfeuerte. „Aber irgendwann vielleicht? Ich würd gerne wissen, woran du denkst."

Seine Stimme wurde weich und ernst, und ich sah ihm ins Gesicht. Seine blauen Augen musterten mich eindringlich, und irgendwie wirkte er … verunsichert.

Konnte es sein, dass so ein selbstbewusster Mensch Zweifel daran hatte, wie er bei seinem Gegenüber ankam? Ich konnte mir das gerade gar nicht vorstellen. Er wirkte auf mich, als ob ihn nichts jemals aus der Bahn werfen könnte. Neben ihm fühlte ich mich wie ein kleines, unsicheres, graues Mäuschen, das schüchtern zu ihm aufsah. Warum hatte er nur so einen Einfluss auf mich?

Ich hasste das Gefühl. Ich hasste mich dafür, dass ich so ein Empfinden überhaupt zulassen konnte. Und meine Hormone waren dabei nicht ganz unschuldig, sie ließen mich jedes Mal dahinschmelzen, sobald er in meiner Nähe war.

Mein Plan war doch von Anfang an ein anderer gewesen: Julian treffen – seine Entschuldigung anhören – ihn danach nie wiedersehen. Gut durchdacht, eigentlich perfekt zurechtgelegt – doch unmöglich durchzuführen.

Da war etwas zwischen uns, das die Luft knistern ließ – und wenn noch vor knapp zwei Wochen jemand behauptet hätte, dass die Anziehungskraft zwischen zwei Menschen messbar wäre, ich hätte denjenigen nur milde belächelt. Würde allerdings jetzt jemand einen Messapparat an mich anschließen, das Ergebnis wäre sicherlich beeindruckend.

Wieder einmal störte der Kellner die besondere Stimmung zwischen uns, und wieder einmal musste ich mich zusammenreißen, um ihn nicht böse anzufunkeln. Der arme Mann machte nur seinen Job, und ich war dann doch sehr dankbar, als ich den eiskalten Chardonnay an meine Lippen hob, um einen Schluck zu trinken, nachdem wir uns zugeprostet hatten. Auch Julian nutzte die Unterbrechung, nippte von seinem Zweigelt und sah auf die Stadt hinab. Wenn auch mit einem etwas enttäuschten Gesichtsausdruck – oder projizierte ich jetzt mein Wunschdenken in seinen Blick?

Die Bedienung stellte uns ein Körbchen mit frischem Gebäck und dreierlei Aufstrichen auf den Tisch, und, als wir wieder alleine waren, nutzte ich die Gelegenheit, um von mir und meiner letzten Nacht abzulenken. „Wo ist eigentlich Neele?“

„Die ist heute mit Lena unterwegs.“

Schweigen. *Prima.*

Ich riskierte einen neuen Anlauf. „Sag, hast du eigentlich noch Kontakt zu den Jungs und Mädels vom ‚Boot'?"

Julian überlegte, griff nach einem Brötchen und bestrich es mit dem Thunfischaufstrich. Dann begann er zu erzählen, während auch ich mir ein knuspriges Gebäckstück nahm.

„Du musst wissen, durch meinen Job hab ich nach wie vor Kontakt zu einigen." Er biss beim Brötchen ab, kaute und ließ gedankenverloren seinen Blick schweifen. Ich wartete geduldig, da ich wusste, er würde mir noch mehr dazu verraten.

„Einige unserer Freunde von damals haben bereits Kinder, die ich heute behandle. Das ist nicht gerade einfach für mich, da ich immerhin die Eltern und somit deren Hintergründe kenne."

„Naja, ... die wissen es wahrscheinlich einfach nicht besser, immerhin haben sie es auch nie anders gesehen, würd ich sagen, oder? ...", wagte ich eine leise Erklärung.

„Weißt du, Jana, es ist einfach zu sagen, ja klar, der handelt so, weil er es selber nicht anders kennt. Doch das löst die Probleme der Kinder nicht."

Jetzt kam mir meine Aussage von eben reichlich dämlich vor, und ich wünschte, ich hätte zuerst nachgedacht und dann geantwortet. „Das klingt ... logisch. Und wie gehst du an die Sache heran?"

„Also ... ich will dich jetzt nicht mit meiner Arbeit langweilen ..."

„Das tust du nicht, mich interessiert das wirklich!" Einen Moment lang bildete ich mir ein, einen ungläubigen Blick auf Julians Gesicht auszumachen. Doch dann redete er weiter, als ob nichts gewesen wäre.

„Die Auslöser liegen meist im unmittelbaren Umfeld. Kinder und Jugendliche verarbeiten ihre Erlebnisse auf ihre eigene Art. Sie sind oft aggressiv, intolerant ... depressiv. Und das ist kein normales Verhalten für so junge Menschen, genauso wenig wie der Griff zur Flasche oder zu Drogen."

Irgendwie klang er traurig, und ich hatte das dringende Bedürfnis, seine Hand zu halten. Ich hob meine kurz an, war dann aber zu feig und griff nach meinem Wein. Julian räusperte sich und lehnte sich in seinem Sessel zurück. Ich war verwirrt, denn ich war mir nicht sicher, ob er meinen kläglichen Versuch bemerkt hatte und absichtlich Abstand suchte, oder ob es einfach eine unbewusste Bewegung war. Und eigentlich konnte es mir egal sein, doch es gab es mir einen Stich ins Herz.

„In gewisser Weise hast du recht: Die Kinder machen das nach, was die Erwachsenen ihnen vorleben.“ Er atmete tief ein, dann sah er mich an und neigte sich wieder vor. „Jana, hast du eine Ahnung, was sich damals alles in den Familien unserer Freunde abspielte?“

War das jetzt ein Test? Ich wusste nicht, worauf er hinaus wollte, ich hatte damals wirklich nicht viel von meinen Freunden mitbekommen ... Doch Julian wartete meine Antwort erst gar nicht ab und fuhr fort.

„Vor unseren Augen spielten sich Dinge ab, die ich für meinen Teil damals gar nicht wirklich wissen wollte. Wusstest du zum Beispiel, dass Daniels Eltern beide Alkoholiker sind? Du weißt schon, der mit den rötlichen Haaren. Und jetzt rate einmal, was aus unserem Freund geworden ist ...“

Julian machte eine dramatische Pause, in der ich ihn nur ungläubig anstarren konnte. Gut, dass die meisten unserer damaligen Freunde aus zerrütteten Familienverhältnissen kamen, war uns schon klar gewesen. Aber es wurde so gut wie nie darüber gesprochen, und wenn doch, dann oft nur unter vier Augen mit unseren Betreuern. Wir Kinder und Jugendliche redeten untereinander nur selten darüber. Wir genossen es einfach, im „Boot“ zu sein, weg von den Problemen, die an uns hingen wie ein Klotz am Bein.

Als der Kellner unsere Essensbestellungen aufgenommen hatte, fiel mir wieder das unglaubliche Zusammentreffen mit einer gemeinsamen Freundin aus unserem Jugendzentrum ein.

„Kannst du dich noch an Carola erinnern?“, wollte ich von Julian wissen. Er kratzte sich am Kinn, ehe er nachhakte: „Meinst du die mit den vielen Locken?“

„Genau die.“ Ich nickte. „Also ich war letzten Sommer an einem meiner freien Tage – es war sehr heiß – shoppen. Ich kam aus der Umkleidekabine, da stand sie vor mir. Wir unterhielten uns kurz über alte Zeiten. Ich fand es total nett, nach so langer

Zeit wieder mit ihr zu plaudern. Aber weißt du, was eigenartig war?"

Julian schüttelte den Kopf.

„Zuerst wusste ich auch nicht, was es war," ich machte eine bedeutungsvolle Pause und fegte ein paar Brotkrümel vom Tisch. „... doch dann fiel mir auf, dass sie am wahrscheinlich heißesten Tag des Jahres mit einem langärmeligen Shirt herumlief. Mir lief der Schweiß trotz Neckholder-Shirt in Bächen in den Ausschnitt, und mir war absolut nicht klar, wie sie das aushielt."

„Ein Neckholder-Shirt?"

„Ja, das ist ein Shirt, das ..."

„Ich weiß", unterbrach Julian mich und scannte mich mit einem breiten Grinsen. Ich versuchte, nicht nervös zu werden und unbeirrt weiterzuerzählen. „Ich lüftete den Ausschnitt meines Oberteils ..."

„Tatsächlich?"

Ich lief rot an, räusperte mich und sprach nun etwas lauter weiter. „... um kühlen Atem hinein zu pusten, und sagte beiläufig, dass die Hitze mich total fertigmache. Carola wedelte sich mit einem unsichtbaren Fächer Luft zu und schob sich gedankenverloren die Ärmel nach oben."

Ich wartete eine Reaktion von Julian ab.

„Was hatte sie dort?" Er wusste, worauf ich hinaus wollte.

„Ihre Unterarme waren über und über mit blauen Flecken übersät. Es war vielleicht nicht einmal eine Sekunde, bis ihr bewusst wurde, was sie getan hatte, und sie zog schnell den Stoff wieder über die malträtierte Haut."

Julian zog die Augenbrauen hoch. „Und das war alles? Hat sie nichts dazu gesagt? Oder ... ist sie daraufhin gegangen?"

„Ich glaub, sie merkte, dass mir klar war, was sie mir eben anvertraut hatte. Ich konnte sie überreden, in das nächste Café mit mir zu gehen, in dem wir drinnen Platz nahmen."

„Drinnen? Am heißesten Tag des Jahres?"

Ich zuckte mit den Schultern. „Vermutlich, damit sie keiner sehen konnte, der draußen vorbeiging. Jedenfalls erzählte sie mir dort im Vertrauen, dass ihr Mann sie regelmäßig schlage. Stell dir das mal vor, Julian! Einfach so, als wär das das Normalste auf der Welt."

Ich konnte nicht anders, ich musste auch heute wieder aus lauter Ungläubigkeit den Kopf schütteln. „Sie meinte, das gehöre zu seinen ehelichen Pflichten. Ich war erst einmal sprachlos, kannst du dir vorstellen. Mir ist das unbegreiflich, wie eine moderne Frau sich so etwas gefallen lassen kann."

„Wenn ich so was schon höre ..." Julians Augen verengten sich. Das Thema schien ihm genauso gegen den Strich zu gehen wie mir.

„Wart ab, es kommt noch besser ...!"

„Will ich das jetzt wissen?"

„Mhm." Ich lehnte mich ihm entgegen und nahm wieder seinen verführerischen Duft wahr. „Also ... Ich riet ihr, sofort zur Polizei zu gehen. Aber anstatt dankbar für meine Unterstützung zu sein, sah sie mich bestürzt an. Sie meinte, dass sie keinen Grund dazu habe, kannst du dir das vorstellen?"

„Wie bitte?" Julian war sprachlos, und ich erzählte weiter. „Ja! Sie sagte wortwörtlich zu mir: ‚Er ist mein Mann, und ich hab ihm zu gehorchen. Wenn ich das nicht tue und meine Arbeiten nicht so erledige, wie er es gerne haben möchte, dann muss er mir das immerhin auch irgendwie verdeutlichen.'"

Mir wurde schlecht, als ich die Unterhaltung von damals wiedergab. Ich nahm einen tiefen Atemzug. „Und dann meinte sie noch, sie wäre halt sehr ungeschickt und ihr fiele regelmäßig was aus der Hand. Und wenn ihr Mann abends nach Hause kommen würde und es nicht picobello sauber sei, dann wäre sein Ärger doch verständlich."

Julian rollte seine Augen.

„Immerhin habe er einen anstrengenden Tag hinter sich. Er möchte sich daheim wohlfühlen und sich nicht an einem unsauberen Fußboden stören müssen."

Julian ballte seine Hände zu Fäusten. „Ich hasse diese Machtlosigkeit als Außenstehender. Wieso, verdammt noch mal, lässt sie sich nicht helfen?"

„Keine Ahnung ... Sie meinte, sie würde ihn nie verlassen, denn in ihren Augen wäre sein Verhalten gerechtfertigt. Sie würde ihn lieben und brauchen wie die Luft zum Atmen."

Julian verfolgte meine Erzählung mit denselben Gesichtsregungen, die Carola damals wahrscheinlich an mir beobachten konnte. Die Unterhaltung, die daraus entstand, war eigentlich keine, die man während des Essens führte. Und doch war ich von seinem Fachwissen fasziniert – und das, ohne dass er dabei überheblich wirkte. Trotzdem war ich erleichtert, als Julian das Thema wechselte und von Neele und ihren Eigenheiten zu erzählen begann.

Was soll ich sagen: Ich war begeistert von dem Mann! Sobald er von seiner Hündin sprach, sah ich an seinen Augen, wie sehr er sie liebte. Neele war weit mehr für ihn als nur irgendein Tier. Für mich waren bisher alle Haustiere gleich. Sie machten Mist, nahmen die Zeit ihres Besitzers in Anspruch und kosteten womöglich auch noch ungeheuer viel Geld. Ich hatte nie ein Haustier, für meine Mama wäre das finanziell nie möglich gewesen. Als ich dann in meine eigene Wohnung zog, hatte ich auch nie das Bedürfnis danach. Hätte ich ein Haustier, wäre es wahrscheinlich aus lauter Einsamkeit sofort wieder ausgezogen, und regelmäßige Fütterungszeiten hätte ich auch unmöglich einhalten können. Ich war ja kaum daheim. Meine Arbeit und der Sport standen für mich einfach an oberster Stelle.

Julian hatte es da, wie er mir erzählte, mit seiner Arbeit leichter. Erstaunlicherweise konnte ich seine Liebe zu dem Tier nachempfinden, und, als er von Neele schwärmte, sah ich uns plötzlich verliebt und Hand in Hand im Park spazieren, während die Hündin voller Elan durchs Gras jagte. Irritiert darüber, in welche Richtung sich meine Gedanken bewegten, schüttelte ich den Kopf und schob mir den letzten Bissen des gebratenen Saiblingfilets mit Spargelrisotto in den Mund.

„Was ist? Weswegen schüttelst du den Kopf?“

Verdammt, er hatte das doch tatsächlich mitbekommen! Wie peinlich. Ich konnte ihm doch davon nichts erzählen. Was würde er davon halten?

„Nichts, ich … ich dachte nur gerade an uns und Neele im Park.“ Die romantischen Details dazu verschwieg ich. Keine Ahnung, ob ich vielleicht doch zu viel verraten hatte, oder ob Julian ohne mein Wissen in meinen Kopf vordringen konnte, aber sein weiches Lächeln, das kleine Fältchen um seine Augen zog, ließ einen kleinen Schmetterlingsschwarm in mir aufflattern.

Tatsache war: Ich fühlte mich in Julians Gegenwart immer wohler. Das alte Misstrauen rutschte mehr und mehr in den Hintergrund, und ich lernte eine Seite an ihm kennen, die mir unter die Haut ging und – auch wenn ich es eigentlich nicht wahrhaben wollte – mein Herz berührte.

Er legte sein Besteck auf den Teller, das letzte Stück seines wirklich lecker aussehenden Steaks mit frischem Spargel war kurz zuvor in seinem Mund verschwunden. Langsam kam seine Hand verdächtig nahe auf meine zu, die locker auf dem Tisch lag – bis sich unsere Fingerspitzen berührten. Die elektrischen Schwingungen, die durch die leichte Berührung entstanden, verteilten sich von dort ausgehend über meinen ganzen Körper. Ich konnte nicht anders, ich strahlte ihn an, und er sah mir tief in die Augen, als er leise zu sprechen begann.

„Jana, ich …"

Er fixierte meinen Mund und biss sich auf die Unterlippe. Langsam glitten unsere Finger ineinander, und mein Herzschlag … der hatte sich mittlerweile wohl verdoppelt. Wieder bemerkte ich seine Unsicherheit, die mich einmal mehr verwunderte. Er verstärkte zärtlich den Druck, als unsere Hände miteinander verschränkt waren. Sein Blick wirkte verträumt, sehnsüchtig, als er sich über seine Lippen leckte, als wolle er sie aufwärmen für weitere Zärtlichkeiten.

Die Spannung zwischen uns wurde greifbar. Dass unsere Teller abserviert wurden, bemerkte ich kaum. Ich versank in seinem Blau, das sich vom Himmel an diesem frühsommerlichen Tag kaum unterschied. In dem Moment wusste ich, dass er es ernst meinte mit allem, was er zu mir gesagt hatte. Dass er seine Taten bereute. Dass er die Zeit mit mir genoss. Und ich war unheimlich glücklich.

Nach dem Essen schlenderten wir zur nahe gelegenen Aussichtsplattform, die uns einen noch unbeschreiblicheren Blick über die Stadt bot. Wir betrachteten Linz durch ein Fernrohr, und durch Julians Begeisterung wurde mir klar, dass auch er Linz als seine Heimat liebte.

Ich musterte ihn ungestört, als er den Stadtkern absuchte. Was für ein Mann! Wie unwirklich mir die Situation vorkam, in der ich mich befand. Wie ein Traum, ein Film, und ich fürchtete, jeden Moment könnte das Licht angehen, das mich in die Realität zurückbringen würde.

Wir alberten herum wie zwei verliebte Teenager, und mit schwerem Herzen dachte ich, dass es damals vor fünfzehn Jahren genauso hätte sein können. Immer wieder berührten wir uns wie zufällig, und jedes Mal fühlte es sich an wie ein leichter Stromstoß, der mich hungrig nach mehr machte.

Als wir zurück zu seinem Auto gingen, nahm ich endlich all meinen Mut zusammen. Die Frage lag mir schon mehrere Male auf der Zunge, doch ich hatte zu viel Angst vor seiner Antwort. Dass sie vielleicht nicht so ausfiel, wie ich es mir erhoffte. Ich wollte die Wahrheit eigentlich gar nicht kennen, doch die Ungewissheit ließ mir keine Ruhe.

„Julian, darf ich dich was fragen?"

Wir blieben vor seinem Wagen stehen. Die Sonne, die durch die Blätter fiel, warf tanzende Schatten auf sein Gesicht, als er sich zu mir umdrehte.

„Natürlich." Seine Neugierde war ihm anzusehen, seine Augen strahlten, als ich ganz nah an ihn herantrat. Kurz verlor ich den Faden, dann fiel mir wieder ein, weswegen wir nicht schon längst in seinem Auto saßen. Ich konzentrierte mich, um nicht sofort wieder mit den Gedanken abzuschweifen, doch dann … blieb mein Blick an seinen Lippen hängen. Mein Herz pochte wie wild. Ich war ihm so nahe, wie zuletzt auf dem Parkplatz vorm Park, kurz bevor er mich küssen wollte.

„Wieso hast du damals die Jugendgruppe verlassen?"

Sein Lächeln verschwand, und in seinen Augen konnte ich etwas wie … Schmerz? … erkennen, so kurz nur, dass ich mir nicht sicher war, ob ich mir ihn nur eingebildet hatte. Julian scannte mein Gesicht, ehe seines sich zu einer steinernen Maske verhärtete. Zwischen schmalen Lippen presste er ein „Das möchtest du jetzt gerne wissen, wie?" hervor, in dem … Verachtung mitschwang?

Die Hitze, die vor lauter Nervosität eben noch meinen Körper beherrscht hatte, war der eisigen Kälte gewichen, die er mir mit seinen Worten an den Kopf schleuderte. Seine Augen hatten nichts mehr mit dem warmen Sommerhimmel gemeinsam, sondern erinnerten mich eher an das dunkle Meer in der Antarktis. Julian öffnete mir die Autotür und deutete mir mit einem Kopfnicken einzusteigen.

Sein „Ich denke, ich sollte dich jetzt nach Hause bringen" nahm mir endgültig den Mut, darauf zu reagieren. Nur mühsam brachte ich meine Beine in Bewegung und ließ mich auf den Beifahrersitz fallen. Als er einstieg und den Motor startete, drehte er die Musik bis zum Anschlag auf, worüber ich dann doch sehr froh war, denn mir war die Lust aufs Unterhalten vergangen.

Ich spürte einen dicken Kloß meinen Hals hinaufwandern und konnte nur hoffen, jetzt nicht heulen zu müssen. Nicht nur, dass der unglaublich vertraute Moment innerhalb einer Hundertstelsekunde zerstört wurde, ich sah wieder den Julian von früher vor mir, mit seiner sturen, aggressiven, gehässigen Art. Somit lösten sich alle Zugeständnisse, die ich ihm schon heimlich gemacht hatte, auf wie Rauch im Wind.

Was bildete sich dieser Depp eigentlich ein? Mich so abzufertigen! Andererseits hätte ich einfach meine Klappe halten können. Nein …! Hätte ich nicht! Immerhin hatte ich nichts falsch gemacht. Ich hatte doch nur Interesse gezeigt. Konnte ich doch nicht wissen, dass das eine der Fragen war, die ich ihm nicht hätte stellen sollen … Wieso, verdammt noch mal, musste er immer die schönen Momente kaputt machen?

Ich rückte so weit wie möglich von ihm ab und starrte auf die vorbeiziehenden Häuser. Meine Arme hatte ich vor meiner Brust verschränkt. Während wir bei der Fahrt zum Restaurant schweigend die Nähe zum Anderen genossen hatten, war seine Sprachlosigkeit jetzt wie eine Bestrafung für mich, die die Luft im Innenraum seines Autos weiter abkühlte. Ich kam mir vor wie in einem Eisschrank. Als wir endlich vor meiner Wohnung hielten, war ich froh, aus dem Wagen raus zu kommen und nicht länger auf so engem Raum mit ihm sein zu müssen. Mit seiner Abfuhr hatte er mich zutiefst gekränkt, und mir wurde wieder bewusst, dass ich viel zu leichtgläubig war.

Ich Idiotin, was hatte ich mir nur eingebildet? Dass er sich geändert hätte?! *Schon wieder falle ich auf diesen Typen rein!* Aber ich würde weder neben ihm zu heulen beginnen, noch würde ich ihm eine Szene machen. Diese Genugtuung ließ ich ihm nicht. Mein Abgang sollte würdevoll sein – und stolz. Denn nichts anderes hatte er verdient. Ich würde ihm nicht noch einmal eine Träne schenken.

Schwungvoll öffnete ich die Autotüre, und Julian drehte die Musik etwas leiser. Den Motor ließ er laufen – war das sein Wink mit dem Zaunpfahl, dass ich möglichst rasch ausstieg? Ich zwang mich, ihm in die Augen zu sehen, doch ein Lächeln brachte ich nicht zustande.

„Danke fürs Essen und für den schönen Nachmittag. Auf Wiedersehen, Julian.“ Ich schaffte das, ohne dass meine Stimme wegbrach. Ich war mir nicht sicher, ob ich tatsächlich ein leises „Tschüss“ aus seiner Richtung vernahm, aber es war mir auch egal. Ich musste endlich raus aus dem Wagen. Die Tür schlug ich fester zu, als beabsichtigt, und ging in Richtung Wohnblock. Ich spürte, wie die Tränen in meine Augen schossen und meine Sicht verschwamm.

„Jana!“ *Mist. Verdammt!*

Ich blieb stehen und wischte schnell über meine Wangen. Erst dann drehte ich mich zu Julian um. Der hatte das Fenster herabgelassen und lehnte sich über den Beifahrersitz, um mich zu sehen. Sein Gesicht war … schmerzverzerrt, oder war es … Wut? Ich hatte keinen blassen Schimmer mehr, was die Interpretation seiner Mimik betraf.

„*Du* warst der Grund, Jana. Wegen dir ging ich nicht mehr ins ‚Boot‘. Ab dem Moment, wo du weg warst, gab es für mich nichts mehr, weswegen ich noch dort sein wollte.“

Kapitel 8

Das Geständnis

An diesem Montagnachmittag saß ich unkonzentriert vor meinem Bildschirm und bastelte an einer Modestrecke über mehrere Seiten. Müde rieb ich mir meine Augen und blickte gedankenverloren aus dem Fenster. Der Himmel hatte seine Stimmung der meinen angepasst, es regnete aus dicken grauen Wolken.

Mit einem lauten Seufzer lehnte ich mich in meinen Schreibtischsessel zurück und rieb meinen schmerzenden Nacken. Julian war pures Gift für mich. Oder zumindest für meinen Schlafrhythmus. Gestern hatte ich wieder lange wach gelegen und seine letzten Worte in alle möglichen Richtungen gedreht und gewendet.

„Kaffeepause!“ Die Tür zu meinem Büro flog auf, und Isa fegte mit einem breiten Grinsen herein, in jeder Hand einen Becher dampfende Koffeinbrühe. Gestern hatte ich keine Lust mehr gehabt, sie anzurufen und den Nachmittag mit Julian bis ins kleinste Detail zu zerlegen. Ich ließ sie in dem Glauben, dass wir ein romantisches Mittagessen hatten, und, da ich heute Mittag mit dem Produktionschef und der Redaktionsleiterin essen gewesen war, musste sie förmlich platzen vor Neugier. Kein Wunder, dass sie plötzlich mein Büro stürmte – Wachmacher als Bestechungsmittel. Wobei ich ihr für diesen wirklich dankbar war, denn er war genau das, was ich jetzt am nötigsten brauchte.

Isa drückte mir einen der Becher in die Hand und setzte sich mit ihrem Hintern auf meinen Schreibtisch. Doch als sie mein gequältes Lächeln sah, verschwand ihre gute Laune, und eine Sorgenfalte bildete sich auf ihrer Stirn.

„Hey … Was ist los, Süße? Verlief die Besprechung zu Mittag nicht so, wie erwartet?“

Träge schüttelte ich den Kopf, eigentlich wollte ich nicht darüber reden. „Nein. Eher die von gestern.“

„Julian? Was hat er getan? Sieh mich an!“ Ihre Fürsorge rührte mich.

„Er hat … ich weiß nicht … mich verwirrt. Zuerst war er unglaublich. Dann unerhört. Und dann unheimlich.“

„Jana, ich versteh nur Bahnhof.“

Ich erzählte ihr alles in Kurzfassung – detaillierter als die ultrakurze von eben – und sah sie dann erwartungsvoll an. Vielleicht konnte sie sich ja einen Reim auf ihn machen.

Nachdenklich schwieg meine Freundin und nippte an ihrem Kaffee. „Sag mal, wie er die letzten Sätze genau formuliert hat. Wie war sein Tonfall? Herablassend? Verletzt?“

„Hm …“ Ich zögerte und überlegte. Ich hatte in den letzten Stunden den Moment, bevor er fuhr, wieder und wieder vor meinem inneren Auge ablaufen lassen. Ich brauchte die Augen nicht zu schließen, um zu sehen, wie er mich dabei fixierte. Doch ich war einfach zu verunsichert, was die Deutung seiner Emotionen anging. Denn ich war wohl keine Meisterin darin.

Isa wartete gespannt auf eine Reaktion. „Hörte es sich eher danach an, als ob ihm sein ‚Spielzeug‘ zum Verarschen abhandengekommen ist und ihm nun langweilig ist, oder … klang es eher danach, als ob er seine Liebe verloren hat?“

Das Wort „Liebe“ ließ mich aufhorchen. Hatte er damals tatsächlich die gleichen Gefühle wie ich für ihn empfunden? Ich konnte mir das beim besten Willen nicht vorstellen. Gut, Liebe war vielleicht etwas übertrieben, es war einfach eine Schwärmerei, die sowieso mit der Zeit abflaute, da sich sein Verhalten um hundertachtzig Grad geändert hatte. Andererseits …

„Ich weiß es nicht, Isa.“ Ratlos hob ich meine Schultern. „Sein Tonfall war eigentlich … herablassend. Aber sein Blick … der sagte etwas ganz anderes.“

Es hatte so viel Schmerz darin gelegen, dass ich mich deshalb die halbe Nacht von einer Seite zur anderen gewälzt hatte. Ich kannte diesen Blick, ich hatte ihn schon einmal gesehen.

Es war am 4. Juli 1998 gewesen. Bei meiner Geburtstagsparty im „Boot“, eine knappe Woche nach unserem ersten Kuss. An meinem letzten Tag im Jugendzentrum. Der Tag, an dem ich Julian das letzte Mal gesehen hatte.

Julian hatte darauf geachtet, mir nicht zu nahe zu kommen, und ich hatte versucht, ihn zu ignorieren. Doch hin und wieder schielte ich verstohlen in seine Richtung, und jedes Mal sah ich in dunkles Indigoblau, das mich von der anderen Seite des Raumes gequält gemustert hatte.

Genau diesen Blick hatte er mir gestern vom Auto aus zugeworfen.

Isa schüttelte den Kopf, verdrehte die Augen und murmelte etwas von wegen „Männer ...!“, bevor sie sich vom Tisch erhob und wieder in ihr Büro verschwand.

Sauer blickte ich ihr hinterher. Ich hatte gehofft, dass sie mir bei der Entschlüsselung seiner Worte behilflich sein würde, doch anscheinend lag zu wenig Anreiz darin. Hätte ich ihr von wildem Sex auf der Rückbank erzählt, säße sie wahrscheinlich noch in einer Stunde auf der Tischkante und würde neugierig jedes schmutzige Detail des kleinen Abenteuers wissen wollen.

Ich warf einen Blick auf die Uhr: Schon fast Feierabend, und ich hatte kaum etwas ausgerichtet. Während ich meine Tasse Kaffee in einem Zug leerte, nahm ich mir vor, die restliche Zeit mit voller Konzentration meiner Arbeit nachzugehen.

Ich widmete mich also wieder den neusten Modeherbsttrends in Ocker, Taupe und Rostrot und schaffte es tatsächlich, komplett darin zu versinken. Für genau elf Minuten. Dann vibrierte mein Handy. Ein Blick auf das Display löste ein Knurren in meiner Kehle aus. Julian.

„Wieso? Wieso kannst du mich nicht einfach in Ruhe lassen?“, schnauzte ich mein Telefon an, bevor ich abhob und ein genervtes „Was gibt's?“ hineinbellte.

„Hör mal, Jana, ich muss dringend mir dir reden! Ich hole dich heute nach der Arbeit ab. Passt dir halb sechs?“

Na, jetzt schlägt's aber dreizehn! „Nein, das passt mir ganz und gar nicht! Ich hab heute Abend schon was vor.“

„Okay. Und danach?“

„Hör mal, ich hab keine Ahnung, was du willst." Meine Stimme klang etwas lauter. „Ich stecke gerade in einem wichtigen Projekt, das ich noch heute abschließen möchte, und hab absolut keine Zeit für deine … Spielchen. Was hältst du davon, wenn du mir eine Nachricht schickst, wann es bei dir geht, dann schau ich daheim in meinen Kalender und sag dir anschließend irgendwann Bescheid!?"

Okay, das, woran ich gerade arbeitete, war nicht sooo wichtig, doch das ging ihn gar nichts an. Was ich heute noch vorhatte, musste ich mir auch erst überlegen, aber mir fiel bestimmt gleich etwas ein.

Julian schwieg eine Weile, wahrscheinlich, um über meine Worte nachzudenken, denn dann lenkte er ein: „Gut, ich melde mich bei dir. Dann … noch einen schönen Tag und … tut mir leid, dich bei deinem *wichtigen* Projekt unterbrochen zu haben."

Schwang da etwa Hohn in seiner Stimme mit? Das war ja die Höhe! Hallo, nur weil ich Grafikerin war, war meine Arbeit nicht weniger wert als seine! Wortlos beendete ich das Gespräch und schleuderte das Telefon etwas zu heftig auf den Schreibtisch zurück. Das war's dann wohl mit meiner Konzentration. Ich schrie meine Wut heraus und stampfte wie ein kleines Kind auf den Boden. Wieder ein Vorteil meines eigenen Büros – meine Wutausbrüche brauchte ich nicht vor Kollegen zu rechtfertigen. Ich tigerte auf den wenigen Quadratmetern, die nicht mit Kästen, Schreib- und Besprechungstisch vollgestellt waren, auf und ab. *Kommt gar nicht infrage, dass ich immer sofort hüpfe und Zeit habe, wenn sich der gnädige Herr bei mir meldet. Der soll ruhig merken, dass sich mein Leben nicht immer nur um ihn dreht.* Obwohl … es anscheinend wirklich schon so war. Mist!

Genervt seufzte ich. Ich musste meinen Kopf freibekommen. Ich brauchte eine Ablenkung, die mir dabei half, wieder klare Gedanken zu fassen. *Mama!* Sofort rief ich bei ihr an und lud mich zum Abendessen ein. Dann setzte ich mich wieder an meinen Computer, in der Hoffnung, die verbleibende Stunde noch halbwegs produktiv sein zu können.

Der Abend bei meiner Mutter hatte genau das bewirkt, was ich geplant hatte: Ich hatte mich erfolgreich abgelenkt. Wir lachten und plauderten über ihre anstehenden Urlaubspläne. Martin leistete uns beim Abendessen Gesellschaft. Voll Enthusiasmus schwärmte er von ihrem Wellnesshotel im Schwarzwald, in dem sie kommende Woche ein paar schöne Tage verbringen wollten. Gemeinsam blätterten wir den Hotelprospekt von vorne bis hinten durch und lasen über die angebotenen Wellnessbehandlungen im Spatempel. Auch wenn ich meiner Mutter den Urlaub und vor allem einen so tollen Mann wie Martin von Herzen gönnte, so war ich doch etwas neidisch.

Einen Mann, der einen auf Händen trägt – welche Frau wünscht sich den nicht?

Mit Georg dachte ich, so ein Prachtexemplar gefunden zu haben, doch im Nachhinein betrachtet war er davon meilenweit entfernt.

Wir hatten einen gemeinsamen Kurzurlaub gemacht, in der Toskana. Es war mit ihm zwar ganz nett, doch hatte ich mich oft gelangweilt. Wir hätten uns so viel ansehen können, ich meine, welche Gegend eignet sich besser dafür als die Toskana? Doch stattdessen schliefen wir jeden Tag fast bis Mittag, aßen dann im Hotel. Anschließend saßen wir jeden Tag im gleichen Café auf einen Cappuccino. Abends besuchten wir entweder einen kleinen Weinhändler nicht weit von unserem Hotel (und verkosteten so ziemlich jeden seiner Weine), oder wir landeten sofort in unserem Hotelzimmer, in dem wir es auf jede erdenkliche Art wie die Karnickel trieben.

Über das Sexleben meiner Mutter wollte ich mir eigentlich keine Gedanken machen, doch war ich mir sicher, dass zumindest der Tagesablauf in ihren gemeinsamen Urlauben anders verlief. Martin war eher der spontane, sportliche Typ, der gerne die Gegend mit dem Rad oder zu Fuß erkundete, und meine Mom hatte viel von seinem Bewegungsdrang angenommen. So unternahmen sie regelmäßige Wochenendwanderungen in allen Teilen Österreichs, was ihr sichtlich guttat. Seit sie sich regelmäßig mit Martin traf, blühte sie so richtig auf, und ich freute mich sehr, zu sehen, wie glücklich meine Mama war.

Vor Jahren, als ich noch bei ihr wohnte und zur Schule ging, war es undenkbar für uns, gemeinsam in den Urlaub zu fahren, doch inzwischen hatte sich einiges geändert, und vor fünf Jahren waren wir sogar zusammen auf den Kanaren. Es war Moms erster Flug, und sie hatte unglaubliche Flugangst gehabt.

Beim heutigen Abendessen konnte ich es mir nicht verkneifen, Martin davon zu erzählen. Er zwinkerte ihr zu und hatte mir anschließend erklärt, dass genau das der Grund sei, wieso er Kurzurlaube in Österreich den Fernreisen vorzog. Ich musste schmunzeln, als ich an ihr gerötetes, gespielt empörtes Gesicht dachte, während Martin und ich darüber gescherzt hatten.

Der Regen hatte etwas nachgelassen. Es war gerade erst acht Uhr, doch die dunklen Wolken ließen es viel später wirken, so finster war es. Die Müdigkeit kehrte wieder in meine Knochen zurück. Ich würde mich daheim kurz unter die Dusche stellen und dann ins Bett gehen. Ich war zu müde, um die Stufen zu meiner Wohnung zu nehmen, also fuhr ich mit dem Lift ins zweite Stockwerk. Ganz in Gedanken versunken, bemerkte ich zuerst nicht, dass jemand vor meiner Tür wartete. Vor Schreck zuckte ich zusammen und blieb ruckartig stehen.

Julian! Neele lag zu seinen Füßen und hob nur kurz den Kopf. Julian stand vom Boden auf und steckte seine Hände in die Hosentaschen. Genervt und wütend, denn ich sah meine geplante Abendgestaltung den Bach runter gehen, schnauzte ich ihn an: „Was machst du denn hier?“ Er entpuppte sich mehr und mehr zum Stalker.

Ich sollte ihn gleich wieder nach Hause schicken. Ich will einfach nur meine Ruhe haben. Mein Kopf begann zu pochen, und ich drückte die Fingerspitzen an meine Schläfen. Neele brummte und setzte sich mit gespitzten Ohren auf.

„Jana, bitte, lass mich nur kurz was loswerden, dann bin ich schon wieder weg. Das, was ich dir erklären muss, ist nichts fürs Telefon. Bitte … Und sag nicht, ich soll morgen wiederkommen, ich bin die ganze Woche verplant, und bis Freitag halte ich es nicht aus!“

Sein flehender Blick ließ meine Wut bis zu einem gewissen Grad verrauchen, und mir fiel auf, wie müde er aussah. Dunkle Augenringe verrieten, dass wohl auch er letzte Nacht nicht viel geschlafen hatte.

„Wie lange sitzt du schon vor meiner Tür? Weißt du, dass das sehr eigenartig auf meine Nachbarn wirken muss? Du machst mich zum Gespräch im Haus, das ist äußerst peinlich!"

„Es tut mir leid, ich … nur die junge Frau mit den beiden Kindern gegenüber hat mich gesehen. Sie hat mich freundlich gegrüßt, und ich denke nicht, dass sie …"

„Du weichst mir aus. Seit wann bist du schon da?"

„Das … Eine Weile. Jana, ich möchte dir nur sagen, dass …"

„Julian!"

Ich war gerade so laut, dass ich nicht das gesamte Stockwerk auf uns aufmerksam machte, doch er zuckte zusammen und starrte auf den Boden. Neele musterte mich wachsam, wahrscheinlich war sie bereit, ihrem Herrchen zu Hilfe zu eilen, wenn es nötig wäre.

„Sag schon, seit wann?"

„Kurz nachdem ich dich angerufen habe."

Seine Antwort war so leise, dass ich sie fast nicht verstand. Ungläubig starrte ich ihn an.

„Seit vier Stunden hockst du vor meiner Tür? Du machst mir Angst, weißt du das?"

„Es … Das tut mir leid, Jana. Ich hätt' nicht gedacht, dass du erst so spät nach Hause kommst. Ich dachte, du willst mich nur abwimmeln. Also fuhr ich her und wollte warten, bis du von der Arbeit heimkommst. Hör zu, Jana, es tut mir leid. Ich hab geschworen, dass ich es nicht wieder vermasseln würde … und doch hab ich mit meiner bescheuerten Reaktion auf deine Frage alles kaputt gemacht."

Er kam einen Schritt auf mich zu, sah mir tief in die Augen und gestand: „Jana, weißt du, damals im ‚Boot' … Als du plötzlich weg warst, ging ich nur noch wegen meiner Schwester hin – aus brüderlicher Verpflichtung, wenn du es so nennen willst. Aber eigentlich hatte ich keine Lust mehr darauf."

Er fuhr sich mit beiden Händen durch die Haare, und ich merkte, dass ihm das Gespräch tatsächlich an die Substanz ging.

„Du warst meine Sonne, Jana. Ich ging jedes Mal ins ‚Boot', um *dich* zu sehen. Du allein warst der Grund, wieso ich durchhielt an den Tagen, wo ich eigentlich die Schnauze voll hatte vom Leben."

Seine ernsten Worte ließen mich erschaudern. „Als du dann nicht mehr kamst … hat das mein Leben verändert. Du warst weg, und kurzzeitig verlor ich den Halt. Ich …"

Ich legte meinen Zeigefinger auf Julians Lippen. Ich konnte nicht fassen, was ich eben hörte. Meine ganze Wut auf ihn, mein Unverständnis – sie hatten sich in Rauch aufgelöst. Da ich nicht noch länger mit den beiden vor meiner Wohnung stehen wollte, wo die Nachbarn jederzeit alles mithören konnten, schob ich ihn kurzerhand hinein. Neele trabte hinter uns her und machte es sich sofort auf dem Wohnzimmerteppich bequem.

Julian und ich standen uns gegenüber, so nah, dass vermutlich nicht einmal eine Hand zwischen uns Platz gehabt hätte. Ich atmete schwer, und mein Blick hing an seinem Mund, der leicht geöffnet war. Langsam glitt seine Zunge heraus und streichelte seine Lippen. Ich hätte so unheimlich gerne jetzt auf der Stelle von ihnen gekostet. Langsam schloss ich meine Lider und spürte den Hauch seines Atems auf meinem Gesicht. In meinem Bauch hob ein Schmetterlingsschwarm ab.

Ein leises Magenknurren unterbrach diesen Moment. Ich öffnete meine Augen und sah seine Lippen nur wenige Zentimeter von meinen entfernt. Da war das Geräusch wieder. Julian hatte wohl keine Schmetterlinge in seinem Bauch, sondern einen Löwen.

„Oh Mann, tut mir leid. Du musst schrecklichen Hunger haben, wenn du schon so lange Zeit auf mich wartest. Ich hab Gemüselasagne von meiner Mom mitgebracht." Ich hielt einen kleinen Plastikbehälter in die Höhe. „Wenn du möchtest, kann ich sie dir wärmen, sie ist echt lecker."

Julian biss sich auf seine Unterlippe, atmete tief ein, und mit einem Lächeln brachte er wieder etwas Abstand zwischen uns.

„Das wär toll. Und eine Cola dazu wäre der Hammer."

Knapp fünf Minuten später saßen wir uns am Esstisch gegenüber, und vergnügt sah ich ihm zu, wie er die Lasagne hineinschaufelte. Würde ihn meine Mutter jetzt sehen, sie hätte ihn auf der Stelle in ihr Herz geschlossen – egal, was in der Vergangenheit vorgefallen war. Neele schlabberte gierig Wasser aus meiner Müslischüssel.

„Du hast recht, sie schmeckt fantastisch. Sag deiner Mama vielen Dank von mir, sie hat mich vorm Verhungern gerettet.“ Er zwinkerte mir zu.

Ich musste kichern. „Also ich hätte dir auch etwas kochen können, es hätte dann aber länger gedauert. Mom wäre jedenfalls begeistert von deinem Appetit.“

„Wie geht es ihr eigentlich?“

Julian sah mich interessiert an und wartete auf eine Antwort. Während ich Neele, die müde vor mir saß, streichelte, überlegte ich, ob Julian meine Mutter jemals gesehen hatte, als wir noch Teenager waren. Ich vermutete, dass er sie bei einem der wenigen Male gesehen haben musste, als sie mich vom ‚Boot‘ abholte, wenn sie früher Dienstschluss hatte.

„Ihr gehts gut … Sie ist seit vier Jahren glücklich verliebt – und seitdem blüht sie auf. Und seit ich mein eigenes Geld verdiene, geht es ihr natürlich auch finanziell besser. Weißt du, das war früher unser Hauptproblem. Sie hatte mehrere Jobs, damit wir zurechtkamen.“

„Deshalb warst du im ‚Boot‘“?

„Genau. Und wie sieht's bei deiner Familie aus?“ Ich wollte endlich etwas mehr über ihn erfahren. Ich hoffte nur, dass er mir diesmal nicht wieder auswich. „Bitte, erzähl es mir, Julian.“

Julian stocherte in den letzten Resten der Lasagne herum und zögerte, ehe er leise zu erzählen begann: „Meine Eltern kommen beide aus Arbeiterfamilien. Geld war bei uns nie viel da. Mein Vater arbeitete am Bau, war oft weg, im Ausland. Meine Mutter war regelmäßig arbeitslos. Von Putzen über Fließbandarbeit hatte sie alle schlecht bezahlten Jobs durch. Wahrscheinlich war es die finanzielle Situation, die meinem Vater so zu schaffen machte. Ich hab keine Ahnung, ich brachte es nicht übers Herz, meine Mutter zu fragen …“ Julian legte die Gabel beiseite und blickte auf seinen Teller, seine Stimme war nur noch ein leises Flüstern. „Jedenfalls … ich war gerade mal vierzehn, Lena acht, als er vor einen Zug sprang. Er war auf der Stelle tot.“

Scharf zog ich die Luft ein und hielt mir die Hand vor den Mund. Ich war total geschockt! Damit hatte ich nun wirklich nicht gerechnet. „Oh Gott, Julian, das … tut mir so leid!“

Er räusperte sich, sprach dann mit belegter Stimme weiter. „Er war auf dem Heimweg mit zwei Kollegen. Sie gingen in eine Bar, wo sie einige Stunden zusammen tranken. Dann ließen ihn seine ‚Freunde' dort alleine zurück."

Julian atmete tief aus und stützte den Kopf in seine Hände. „Er muss wohl einen Umweg über die Bahnstrecke genommen haben. Wie er dort hinkam, ist bis heute unbekannt. Kurz nach Mitternacht tauchte die Polizei bei uns zu Hause auf. Meine Mutter brach zusammen, war tagelang nicht ansprechbar. Lena und ich kamen für einige Tage zu unseren Großeltern, und unsere Mom … in psychologische Betreuung."

Er machte eine kurze Pause, wahrscheinlich, um sich zu sammeln. Dann nahm er einen großen Schluck von seiner Cola, während ich völlig schockiert die Geschichte erst einmal verdauen musste.

In meinen Augen standen die Tränen, als er weitersprach: „Und danach wurde ich zu dem Julian, den du leider kennengelernt hast, Jana. Meinen Vater zu verlieren … ihn so zu verlieren … Du kannst dir das nicht vorstellen, wie weh das getan hat. Der Schmerz war so unvorstellbar groß …" Er griff sich an seine Brust, und ich konnte den Druck auf seinem Herzen förmlich spüren.

„Ich wollte ihn aber nicht zulassen … nicht zeigen. Und darüber reden konnte ich auch nicht. Also baute ich eine Mauer um mich auf. Nach außen hin spielte ich den Starken, den großen Macker. Ich wurde zum Arschloch, um den Tag zu überstehen. Ich war überzeugt, würde ich nur eine Minute Schwäche zulassen, dann wär es vorbei und ich würde zusammenbrechen."

Als wäre Julian durch seine Erzählung am Ende der Kräfte angelangt, vergrub er sein Gesicht in beide Hände. Oh mein Gott, Julian tat mir so leid. Hätte ich das damals nur gewusst, vielleicht wäre dann alles anders gekommen. Was sollte ich jetzt tun, wie reagieren? Ich wusste nicht, wie ich mit seinem Geständnis umgehen sollte. Es wirkte auf mich, als hätte er nicht vielen seine Geschichte bisher anvertraut.

Kraftlos hörte ich ihn weitererzählen. „Vom Tod meines Vaters erfuhr niemand etwas von mir: weder meine Freunde noch die

Betreuer. Ich verbot Lena, darüber zu reden, aus Angst, mich könnte jemand darauf ansprechen. Die ersten Wochen fürchtete ich mich davor, jemand könnte den Zeitungsartikel gelesen haben und wissen, dass es sich um meinen Vater gehandelt hatte. Glaub mir, ich hätte es nicht ertragen, mit jemandem darüber zu sprechen. Hätte jemand sein Beileid ausgesprochen, hätte ich ihn wahrscheinlich verprügelt.

Julian fuhr sich mit beiden Händen durch die Haare und lehnte sich zurück. „Jana, ich war nicht einmal auf dem Begräbnis. Erst eine Woche später schaffte ich es zum Grab, um mich von ihm zu verabschieden. Ich saß stundenlang davor und weinte … das erste und das letzte Mal."

Die Trauer stand ihm ins Gesicht geschrieben.

Eine Träne stahl sich aus meinem Augenwinkel, und am liebsten hätte ich ihn fest an mich gedrückt, um ihn zu trösten. Seine Schultern waren eingesunken, seinen Kopf ließ er müde hängen. So hatte ich ihn noch nie gesehen, und mir tat es im Herzen weh, den Schmerz in seinen Worten zu hören. Ich griff nach seiner Hand, die neben dem Glas auf dem Tisch lag, und drückte sie fest. Ich war mir nicht sicher, ob ihm diese kleine Geste recht war, aber er erwiderte meinen Druck und hob den Kopf. Dankbar sah er mir tief in die Augen. Da sah ich, dass auch in seinen Tränen glitzerten.

„Mein Leben war ab dem Zeitpunkt die totale Hölle. Alles um mich war schwarz. Ich fühlte mich nicht mehr lebendig … ich war … tot. Nur du hast kleine Sonnenstrahlen in mein Herz geschickt. Der Kuss damals im Spind kam von … ganz drinnen."

Er zeigte auf seine Brust. Ich drückte seine Hand, die ich noch immer hielt, ganz fest. „Jana … das war keines meiner Spiele. Alles, was im Spind geschah, bevor uns Daniel fand, war echt. Ich brauchte dich so sehr, und die paar Minuten gaben mir so viel Kraft, so viel Hoffnung für mein Leben."

„Aber warum hast du dann alles wieder zerstört? Wieso hast du so … so … bescheuert reagiert?"

Es schmerzte, dass Julian meinem Blick auswich, als er schulterzuckend antwortete. „Als wir von unseren Freunden überrascht wurden, bekam ich Panik. Ich sah meinen Ruf als Macho den

Bach runter gehen, und deshalb hab ich Idiot dich aus dem Spind und aus meinem Leben gestoßen. Als ich realisierte, was ich getan hatte, war es zu spät. Du warst weg, und ... das Schwarz hatte mich wieder."

„Aber wieso hast du nicht um mich gekämpft? Wieso hast du nicht alles daran gesetzt, um doch noch einmal mit mir zu reden, mir alles zu erklären?" Seine Antwort konnte die Vergangenheit nicht ändern, Geschehenes nicht ungeschehen machen, doch ich wollte einfach Klarheit haben.

Julian begann, meine Finger zu streicheln und meine Handflächen zu massieren. Er wirkte verlegen, verärgert ... verletzt? Oh, ich konnte sein Verhalten einfach nicht richtig interpretieren.

„Jana, ich war ein Idiot und ein Feigling. Und ich fühlte mich als ‚Mann im Haus' verantwortlich für meine Mama und meine kleine Schwester. Ich kämpfte gegen den Strudel an, der mich und uns alle nach unten zog, und mit letzter Kraft fasste ich den Entschluss, ein für alle mal mein altes Leben hinter mir zu lassen."

„Tut mir leid, aber ... ich versteh dich nicht. Wenn ich dir Kraft gegeben hab, wieso ..." Ich schüttelte meinen Kopf, und meine Stimme war von Tränen belegt, als sie versagte.

„Jana ... Nicht ...! So meinte ich das nicht. Ich musste zuerst mein eigenes Leben auf die Reihe kriegen. Und ... ich hatte Angst ...!" Er drückte meine Hände fester und schüttelte langsam den Kopf. „Was ich dir angetan hatte, ... vor den anderen!" Ich biss mir auf die Unterlippe, als ich die geschockten Gesichter unserer Freunde wieder vor Augen hatte. „Weißt du, Jana, ich hatte einfach panische Angst davor, dich noch einmal zu verlieren. Ich hätte es wahrscheinlich nicht gepackt, wenn du mir eine Abfuhr erteilt hättest. Und so, wie ich dich einschätze, lag ich mit meiner Entscheidung nicht falsch."

Ich sah ihm verdutzt ins Gesicht und merkte, dass sich seine Mundwinkel zu einem Lächeln formten. Ich dachte einen Moment über seine Worte nach, ehe ich eingestehen musste: „Da hast du vermutlich recht. Ich war nicht besonders gut auf dich zu sprechen ..." Jetzt konnte ich mein Grinsen auch nicht mehr zurückhalten.

„Und wie kam es dann dazu, dass du dich … wieder in den netten Julian verwandelt hast?“ Das war eine Frage, die mich seit unserem ersten Treffen brennend interessierte, als er mir vom Schulwechsel erzählte. Julian drehte sich mit seinem Sessel zu mir und verringerte somit den Abstand zwischen uns beiden. Dann beugte er sich vor, und ich merkte, wie er meine Hände fest umklammerte.

„Das war alles gar nicht so leicht für mich. Die Sommerferien über vegetierte ich vor mich hin. Als ich im Herbst dann die Schule wechselte, fand ich neue Freunde. Thomas und Ben sind heute noch meine besten Kumpel. Tja, und … gemeinsam mit einem Therapeuten fing ich endlich an, den Selbstmord meines Vaters aufzuarbeiten. Doch unseren Kuss bekam ich nicht aus dem Kopf. Und, auch wenn die Jahre vergingen, ich konnte mir den Fehler von damals bis heute nicht verzeihen.“

Kapitel 9

Lena

Inzwischen waren zwei Tage vergangen. Zwei Tage, in denen ich völlig durch den Wind war. Nachdem Julian gegangen war, hatte ich noch lange über ihn und alles, was er als Jugendlicher durchgemacht hatte, nachgedacht. An diesem Abend hatte er mich völlig überrumpelt, nicht nur durch sein unerwartetes Auftauchen in meiner Wohnung, sondern auch durch sein Geständnis.

Mit jemand anderem über die Geschichte sprechen, konnte ich nicht, denn ich wusste, Julian wollte seine schrecklichen Erlebnisse nicht jedem anvertrauen. Also bewahrte ich sein Geheimnis in meinem Herzen und dachte fast rund um die Uhr darüber nach. Langsam begann ich zu realisieren, dass er eigentlich immer der geblieben war, in den ich mich damals verguckt hatte. Der liebe, süße Junge, den ich anhimmelte und der in meinen Tagebüchern für seitenlange Schwärmereien und Herzschmerzgeschichten verantwortlich war.

Jetzt kannte ich den Grund für sein verändertes Verhalten, der aus ihm einen anderen Menschen gemacht hatte. Alleine die Vorstellung, meine Mama wäre tot, stach heftig in meinem Herzen und ließ einen dicken Kloß in meinem Hals wachsen.

Und Julian war damals noch fast ein Kind! Unvorstellbar, welche Qualen er durchgemacht hatte. Er wollte stark sein, für seine Mutter und seine Schwester zugleich. Für seine Mama, um ihr nicht noch mehr Sorgen zu machen, und für Lena, um für sie die Vaterrolle einzunehmen. Er selbst kam dabei viel zu kurz und nahm sich kaum Zeit zu trauern, bis auf die wenigen Stunden am Grab.

Hätte ich es nur damals schon gewusst … Ich hätte ihm sicher keinen Schmerz abnehmen können, aber ich wäre für ihn da gewesen. Ich hätte ihn festgehalten und ihn zu trösten versucht, in den Momenten, in denen er am Ende seiner Kräfte war.

In gewisser Weise – so schräg das jetzt klingen mochte –, fand ich es toll, dass ich der Auslöser gewesen sein sollte, der Julian wieder wachgerüttelt hatte. Doch am meisten war ich traurig und bedauerte die Tatsache, dass fünfzehn Jahre vergehen mussten. Wer weiß, wie unser Leben verlaufen wäre, hätte uns Daniel damals nicht im Spind überrascht.

An diesem Mittwoch beschloss ich, gleich nach der Arbeit noch bei Marco im Café vorbeizuschauen und mir ein Glas Weißwein zu gönnen. Und vielleicht hatte er auch ein paar Minuten Zeit zum Plaudern.

Gestern war ich so mit Arbeit eingedeckt, dass ich erst nach acht aus dem Büro gekommen war. So hatte ich Marco nicht getroffen, denn nach diesem langen Arbeitstag lag mir nichts ferner als Sport. Von Julian bekam ich abends eine SMS, in der er mir Gute Nacht wünschte. Dass ich mit einem Grinsen auf den Lippen und dem Smartphone in der Hand eingeschlafen war, blieb mein Geheimnis.

Ich beschloss, zu Fuß zum Café zu gehen, das eine knappe Viertelstunde von meiner Arbeit entfernt lag. Einige Wolken zogen über den blauen Himmel, und gemeinsam mit dem Wind ließen sie die Hitze erträglich werden. Ich freute mich auf meinen besten Freund und war schon gespannt, ob das mit Lena und ihm nun über reine Freundschaft hinausging. Ich wünschte es ihm von ganzem Herzen, denn seit der kurzen Beziehung mit Isa vor drei Jahren war er Single. Gut, er hatte bisher die meiste Zeit in seinem Café verbracht, doch inzwischen lief der Laden sehr gut und er hatte eine kompetente Vertretung, durch die es ihm möglich war, etwas kürzerzutreten.

Der Außenbereich des *Café au Lait* war fast zu voll; die Leute genossen ihren After-Work-Drink in den letzten Sonnenstrahlen des Tages. Marco fand ich in seinem Büro, über einen Stapel Rechnungen gebeugt. Konzentriert tippte er die Zahlen ein, und ich beobachtete ihn grinsend. Ich lehnte mich an den Türrahmen, und erst, als Marco sich kurz darauf streckte, bemerkte er meine Anwesenheit.

„Hey, Jana!“ Er sprang von seinem Sessel auf und kam mit offenen Armen auf mich zu. „Lass dich drücken! Wie geht es dir? Alles wieder in Ordnung? Isa hatte was von einem missglückten Date erzählt. Ich hab mir Sorgen um dich gemacht.“

Ich lachte und erwiderte seine Umarmung. „Jaja, alles wieder bestens. Ich will dich nicht von deiner Arbeit abhalten, ich dachte nur, ich schau auf ein Gläschen Wein vorbei.“

„Du störst mich überhaupt nicht – im Gegenteil. Ich hab eine kurze Verschnaufpause dringend nötig.“ Er hakte sich bei mir ein und begleitete mich nach vorne zur Bar. „Chardonnay? Ich hab eine neue Lieferung aus Frankreich bekommen, die solltest du unbedingt probieren.“

„Auf jeden Fall! Aber du trinkst ein Gläschen mit.“

„Das lass ich mir nicht zweimal sagen.“ Augenzwinkernd entkorkte er eine der grünen Flaschen und schenkte goldene Flüssigkeit in zwei Gläser, die sofort beschlugen.

Wir nahmen am selben Tisch Platz, an dem ich mit Julian bei unserem ersten Treffen saß. Unglaublich, was sich seither getan hatte, welche Erfahrungen ich gemacht und wie sich meine Einstellung zu ihm verändert hatte. In Gedanken versunken strich ich lächelnd über das Leder auf meiner Sitzfläche, auf dem damals Julian saß. Marco beobachtete mich mit erhobenen Augenbrauen und seinen typischen hochgezogenen Mundwinkeln. „Also … Was ist bei dem Date vorgefallen? Isa hat mir nix Genaueres erzählt …“

Zumindest auf ihre Loyalität konnte ich mich wohl verlassen, wenn auch Isas Beratungsfunktion in letzter Zeit zu wünschen übrig ließ. Marco prostete mir zu, und er hatte recht: Der Wein schmeckte fantastisch. Ich begann also mit der Schilderung des Essens mit Julian und seinem Auftauchen vor meiner Tür. Den Selbstmord seines Vaters verschwieg ich selbstverständlich. Ich erwähnte lediglich, dass er nicht mehr lebte, seit Julian und Lena noch Kinder waren.

„Stimmt, Lena hat das auch erwähnt." Er nippte an seinem Glas. „Also dann wird das was mit euch beiden? Du strahlst so, wenn du von ihm erzählst, das hab ich zuletzt vor über einem halben Jahr bei dir erlebt."

Die Erinnerung an Georg trübte meine Laune kurz, doch ich ließ mir nichts anmerken. Ich hatte keine Ahnung, wohin mich die Geschichte mit Julian bringen würde. Ich mochte ihn, das konnte ich nicht leugnen. Und es gab für mich eigentlich keinen Grund mehr, mich gegen meine Gefühle zu wehren. Trotzdem blieb ich vorsichtig, denn ich würde es nicht ertragen, wieder von Julian verletzt zu werden. Obwohl ich wusste, dass die Gefühle für Georg eher oberflächlich und sexueller Natur gewesen waren, so hatte ich mir doch geschworen, mich nie wieder so von einem Mann hereinlegen zu lassen. Gut, ich konnte nicht alle in einen Topf schmeißen, aber es würde wohl noch dauern, dieses tiefe Misstrauen wieder abzulegen.

„Keine Ahnung, was das mit uns beiden ist und was daraus wird. Ich lass es einfach auf mich zukommen. Aber jetzt erzähl mal von dir und Lena. Du strahlst ja ebenfalls wie ein Honigkuchenpferd", lenkte ich das Thema in eine andere Richtung. Und es klappte hervorragend.

„Jana, ich glaub, mich hat es so richtig erwischt", flüsterte Marco mir im Vertrauen zu. „Sie ist die Frau meiner Träume. Kennst du das Gefühl, wenn du jemanden zwar erst seit ein paar Tagen kennst, es dir aber wie dein halbes Leben vorkommt? Ich denke, wenn es so was wie Seelenverwandte gibt, dann habe ich meine in Lena gefunden."

Marco hatte ein Leuchten in den Augen, als er von ihr zu erzählte. Ich musste mich einfach mit ihm freuen.

„Das ist so schön für dich, Marco, das Glück hast du dir wirklich verdient. Erzähl, wann seht ihr euch wieder?"

„Sie müsste jeden Moment hier sein." Er warf einen kurzen Blick auf seine Armbanduhr. „Stell dir vor, wir haben so viele Gemeinsamkeiten, dass es schon fast unheimlich ist. Sie liebt Sport genauso wie ich, und gestern war sie sogar mit im Studio und hat einen Trainingsvertrag unterschrieben. Auf diese Art können wir uns öfter sehen."

Als ich das hörte, war ich mir nicht sicher, wie ich darauf reagieren sollte. Einerseits gönnte ich Marco sein Liebesglück – und bei Gott, ich würde ihm nie etwas ausreden. Doch dass jetzt Lena ebenfalls im Studio war, störte mich irgendwie. Immerhin trainierten wir drei dort seit Jahren gemeinsam. Wir waren ein festes Dreiergespann, Marco, Isa und ich. Wenn nun Lena auch im Studio war, würde sich wahrscheinlich alles für uns ändern. Dabei genoss ich die gemeinsamen Stunden zu dritt so.

Oh Mann! Ich war doch tatsächlich eifersüchtig auf Julians Schwester! Wie peinlich! Trotzdem konnte ich es nicht lassen und wagte noch einen beschämend miserablen Versuch, zu retten, was bereits verloren war: „Und vormittags könnt ihr euch nicht sehen?"

„Leider nicht. Sie ist Lehrerin, daher bleiben uns nur der Abend und das Wochenende."

Ich nickte und versuchte weiterzulächeln. Würde ich Lena nun öfter sehen, würde ich auch regelmäßig an Julian erinnert werden. Kurz tauchte die Erinnerung an seine indigoblauen Augen auf, und prompt reagierte mein Körper, was mich wurmte. Es konnte doch nicht sein, dass ich alleine bei der Vorstellung an ihn, an seine wundervollen Augen eine Gänsehaut bekam! Ich versuchte, das Prickeln zu ignorieren, und nahm einen kräftigen Schluck des nussigen Weines.

Marco stand auf, die Arme ausgebreitet, und strahlte wie ein Kind vorm Weihnachtsbaum. Ich drehte mich um und sah Lena mit dem gleichen Leuchten in den Augen auf uns zukommen. Sie warf sich in seine Arme, und die beiden küssten sich stürmisch. Ich griff nach meinem Weinglas und schwenkte es, hielt es gegen das Licht, und erst als Marco ein heiseres „Hallo, mein Engel" flüsterte, stellte ich das Glas wieder auf den Tisch.

Lena streckte mir ihre Hand entgegen und lächelte freundlich. „Darf ich mich zu euch setzen?"

Ich nickte ihr einladend zu, und Marco ergänzte: „Aber natürlich, meine Schöne, möchtest du auch ein Glas Chardonnay?"

„Wenn es der von gestern Abend ist, gerne."

Na toll, da fängt es ja schon an! Früher waren Isa und ich diejenigen, die als Erstes die neuen Weine zum Verkosten bekamen.

Die Zeiten schienen sich wohl grundlegend geändert zu haben. *Werd' jetzt bloß nicht zickig, Jana,* trat ich mir in Gedanken selbst ans Bein.

„Schenk mir bitte auch noch einmal nach", bat ich Marco. Ich beschloss kurzerhand, mein Auto stehen zu lassen und mit der Straßenbahn nach Hause zu fahren. Morgen würde ich zwar früher aus dem Bett müssen – dank der Fahrt mit den Öffis würde ich mehr als doppelt so lange zur Arbeit brauchen – aber das nahm ich gerne in Kauf. Lena ließ sich mir gegenüber auf die Bank fallen und lächelte mir zu.

„Freut mich, dass wir endlich mal Zeit finden zu plaudern. Ich hab ja schon viel von dir gehört – keine Angst, nur Positives!"

„Na, das will ich hoffen", zwinkerte ich ihr zu, ehe wir uns zuprosteten. Gerade wollte Marco sich wieder setzen, als eine mir unbekannte Kellnerin – offensichtlich die neue – an unseren Tisch kam und ihn bat mitzukommen.

„Ich bin gleich wieder da. Ihr kommt doch auch ohne mich klar, Mädels, oder?"

Mit einem kurzen Nicken gaben wir ihm zu verstehen, dass er sich nicht um uns zu kümmern brauchte, und schon war er mit der jungen Frau verschwunden.

„Tja, ... dann also du und Marco ...?", versuchte ich umständlich, eine Unterhaltung zu beginnen. Lena lächelte mir zu.

„Tja, dann also du und Julian ...?", konterte sie mit einem Zwinkern.

Ich musste lachen, da anscheinend alle rund um mich mehr wussten als ich selbst.

„Das steht noch in den Sternen. Aber erzähl mal von dir. Ich sehe dich noch als kleines Mädchen vor mir. Was hast du aus dir gemacht? Marco hat erzählt, du bist Lehrerin?" Ich war stolz auf mich, wie ich bereits das zweite Mal an diesem Tag geschickt das Thema von mir ablenkte. Lena bekam bei der Erwähnung von Marcos Namen, genau wie er vor wenigen Minuten, ein Glitzern in die Augen und begann anschließend von ihrer Arbeit mit den Kindern zu erzählen.

„Ja, ich unterrichte momentan eine vierte Klasse. Ich hab's richtig gut getroffen, die Kinder sind extrem ruhig und aufmerksam.

Die Arbeit mit ihnen könnte nicht schöner sein, und auch die Eltern sind, bis auf zwei besserwisserische Ausnahmen, sehr nett."

„Das hört sich ja super an. Ich könnte mir nicht vorstellen, so kleine Wesen zu unterrichten, mir würden dafür die Nerven fehlen. Abgesehen davon werde ich ja schon bei einer Präsentation vor vier meiner Kollegen nervös. So vielen Zwergen Wissen zu vermitteln ... Du hast meinen vollen Respekt!"

„Weißt du, das Schöne an meiner Arbeit ist, dass ich von den Kindern sofort höre, ob es ihnen gefällt oder ob sie schlecht finden, was ich mit ihnen mache. Wo sonst bekommt man so eine ehrliche Rückmeldung über seinen Job?"

„Da hast du wohl recht. Und wahrscheinlich hast du auch noch Arbeitszeiten, um die man dich nur beneiden kann?"

Lena seufzte tief. „Nun, ganz so rosig ist es nicht. Natürlich ist nur bis Mittag Unterricht, doch dann kommen noch die Vorbereitungsstunden dazu, das Verbessern der Hausaufgaben, der Förderunterricht, den ich abseits der regulären Stunden anbiete. Ich muss mir Spiele überlegen, planen, basteln, den Wochenplan muss ich ausarbeiten ... Du siehst also, es ist nicht gleich nach dem Unterricht mit der Arbeit vorbei für mich. Unterm Strich bin ich genauso viele Stunden beschäftigt, wie jeder andere mit einem Vollzeitjob."

Damit hatte ich jetzt nicht gerechnet, ich hatte eben auch so meine Vorurteile über die viele Freizeit von Lehrern. Im Nachhinein war mir meine Frage jetzt peinlich, aber Lena lächelte mir freundlich zu. „Und was machst du beruflich?"

Ich erzählte ihr von meinem Job, und die dunkelhaarige Frau lauschte mir ebenso gespannt wie ich bei ihr. „Wow, das hört sich ja richtig cool an. Ich wäre jedes Mal wahrscheinlich ungeheuer aufgeregt und stolz, wenn ein Magazin mit von mir gestalteten Seiten den Weg von der Druckerei zu den Zeitschriftenhändlern antritt. Und wenn ich mir vorstelle, es dann in den Händen zu halten ... das muss dir doch gefallen, oder?"

Schmunzelnd stimmte ich ihr zu. „Als ich das erste Mal an der Zeitschrift mitgearbeitet habe, hab ich sie gleich am Erscheinungstermin beim nächsten Zeitschriftenhändler gesucht. Beim Bezahlen musste ich dem verdutzten Verkäufer einfach erklären, dass ich das Magazin selbst gemacht hatte. Du hättest mein Grinsen und sein Gesicht dazu sehen sollen!“

Lena brach in schallendes Gelächter aus. „Weißt du schon, dass wir uns jetzt auch im Fitnessstudio treffen werden?“

„Ja, das hat Marco mir vorhin bereits erzählt. Ich freu mich darauf, jetzt regelmäßig mit dir zu plaudern.“ Und das meinte ich tatsächlich ernst. In der kurzen Zeit war mir klar geworden, dass für mich kein Grund zur Eifersucht bestand. Mit Lena würde unsere kleine Sportgruppe nicht auseinanderbrechen, sondern im Gegenteil, sie würde um eine liebe Person erweitert werden.

„Ich mich auch, Jana. Treibst du noch anderen Sport? Außerhalb des Muskelpalastes?“

„Naja, wenn es das Wetter zulässt, jogge ich lieber. Im Winter gehe ich hin und wieder ins Hallenbad und ziehe meine Längen. Und du?“

„Ich habe ein eigenes Pferd in einem Stall etwas außerhalb von Linz eingestellt. Mindestens dreimal in der Woche besuche ich meinen Jazzman und sehe nach, wie es ihm geht! Er hat sich vor einiger Zeit am Sprunggelenk verletzt, und seitdem kann ich ihn leider nicht mehr reiten!“

„Oh, das tut mir leid. Gibt es Chancen auf Heilung? Tut mir leid, wenn ich so blöd frage, aber ich kenne mich mit Pferden überhaupt nicht aus. Ich glaube, ich bin noch nicht einmal einem echten Pferd gegenübergestanden. Ich bin wohl ein typisches Stadtmädel.“

Sie schenkte mir ein schiefes Grinsen. Dann drehte sie mit wehmütigem Blick ihr Glas im Kreis. „Nein, so, wie es aussieht, werde ich ihn nie wieder reiten können, ohne dass er Schmerzen dabei hätte. Und das kommt für mich natürlich nicht infrage!“

Sie lehnte sich über den Tisch, ihre Augen hatte sie wütend zusammengekniffen. „Kannst du dir vorstellen, dass es immer wieder Leute gibt, die ihre Pferde mit Schmerzmittel vollpumpen und dann mit ihnen auf Turnieren antreten?“

Ungläubig verneinte ich. „Die armen Pferde …!“

„Du sagst es! Die Tiere spüren dann zwar keine Schmerzen, dafür sind diese umso größer, wenn die Wirkung der Medikamente nachlässt. Mit tut dabei das Herz weh, diese Tierquälerei!“

Wir schüttelten beinahe zeitgleich vor Entrüstung die Köpfe. „Du reitest also nicht, sondern besuchst nur dein Pferd?“, hakte ich verwirrt nach.

„So ähnlich.“ Endlich lächelte sie wieder. „Ich reite regelmäßig auf der Stute einer Freundin, mit der ich auch hin und wieder auf Turniere fahre. Ich würde zwar gerne noch mit Jazzman teilnehmen, doch das ist leider unmöglich. Und ein zweites Pferd kann ich mir nicht leisten, mal ganz davon abgesehen, dass ich für zwei auch keine Zeit hätte.“

„Klingt logisch. Und wieso behältst du ihn dann, wenn du nicht mehr auf ihm reiten kannst?“

Ihr Gesichtsausdruck verriet sie. „Ich brächte es nicht übers Herz, ihn herzugeben. Wie könnte ich einem Fremden vertrauen, dass mein Jazzman nicht mehr geritten wird und tatsächlich als Koppelpferd seinen Lebensabend genießen darf? Und zum Schlachter …“ Lena stockte kopfschüttelnd, und ich legte tröstend meine Hand auf ihren Unterarm.

„Hast du ein Foto von ihm mit?“, startete ich einen Ablenkungsversuch.

Dankbar lächelte sie mich an und kramte in ihrer Handtasche, bis sie ein großes rotes Portemonnaie herauszog. Darin hatte sie, wie andere Leute die Fotos ihrer Kinder, ein Bild von Jazzman mit Neele im Vordergrund. Lena saß stolz in edler Turnierkleidung auf dem schwarzbraunen Pferd, das wie eine Speckschwarte glänzte und vor Kraft nur so strotzte. Ich war schwer beeindruckt von der Eleganz, die die drei ausstrahlten. Ich versuchte mir vorzustellen, wie es wäre, auf diesem Tier zu sitzen oder sogar zu reiten. Aber ich scheiterte schon an der Vorstellung, vor so einem großen Pferd zu stehen.

„Darf ich das nächste Mal mitfahren, wenn du ihn besuchst? Ich würde ihn gerne kennenlernen“, sprudelten die Worte aus mir heraus, und ich erschrak kurz über mich selbst. Bisher war mir noch nie in den Sinn gekommen, einen Reitstall zu betreten. Tiere, die mir bis über meine Knie gingen, waren mir bis dato immer suspekt. Eigentlich lebte ich ganz gut mit dem Vorsatz, grundsätzlich einen Sicherheitsabstand von einem Meter einzuhalten, der sich direkt proportional zur Körpergröße des

Tieres veränderte. Wie kam ich nun also auf die idiotische Idee, sie in den Stall begleiten zu wollen? Dort wimmelte es sicher von überdimensional großen Tieren, und ich würde ja wohl schlecht im Auto sitzen bleiben und von dort aus alles beobachten können.

Lena schien sich jedoch darüber zu freuen und nickte eifrig. „Am Freitag gegen vier fahre ich wieder in den Stall. Ich hol dich ab, wenn du möchtest."

Ich schluckte den Kloß im Hals hinunter und versuchte, meine Stimme kräftig klingen zu lassen, als ich zusagte. Wir tauschten noch Telefonnummern aus, und ich gab ihr eine kurze Wegbeschreibung zu meiner Wohnung. Danach verabschiedeten wir uns herzlich voneinander, ich kippte den letzten Schluck des Weines hinunter, und verließ das Café in Richtung Haltestelle.

Nun, vielleicht änderte sich ja jetzt mit den beiden König-Geschwistern mehr, als mir lieb war. Da war Neele. Sie hatte ich bereits in mein Herz geschlossen – was für mich äußerst ungewöhnlich war. Dank ihrer liebenswerten Art hatte ich bereits bei der ersten Begegnung jede Scheu abgelegt. Sie war unglaublich gut erzogen, verhielt sich ruhig, fast schon „königlich" *(haha – Wortwitz!)* in der Öffentlichkeit, und reagierte auf kleinste Zeichen von Julian. Ich wusste nicht einmal, dass so etwas wirklich funktionieren konnte, ich dachte immer, das wäre ein Trick, den nur dressierte TV-Hunde beherrschten.

Ich mochte Hunde grundsätzlich nicht, weil sie meiner Meinung nach wild und ungestüm herumjagten, ohne ersichtlichen Grund kläfften und allem und jedem hinterherschnüffelten – ein Verhalten, das ich bei Neele in dieser Art noch nicht beobachten konnte. Und wir hatten uns wirklich lange im Park aufgehalten, wo andere Hunde ihr schlechtes Benehmen zur Schau gestellt hatten.

Da war Lena – auch sie war mir mit ihrer offenen und quirligen Art innerhalb kürzester Zeit sehr sympathisch geworden, und ich freute mich aufs Trainieren am Donnerstag und vor allem – kaum zu glauben! – auf mein erstes Aufeinandertreffen mit einem äußerst beeindruckenden Pferd. *Wooohooo!*

Für Marco konnte ich mir keine perfektere Partnerin vorstellen. Die beiden passten von ihrer Art so perfekt zusammen wie die sprichwörtliche Faust aufs Auge.

Tja, und dann hätten wir noch den „King" himself – Julian. Ich wusste nicht, wie lange ich noch gegen meinen Verstand ankämpfen konnte, der mir riet, die Finger von den Männern und insbesondere von Julian, der mich so bloßgestellt hatte, zu lassen. Mir fiel aber auch kein Grund mehr ein, warum ich es noch tun sollte. Mehr als einmal hatte er mir nun klar gemacht, was in seinem Innersten vorging, wie er zu mir stand und was ich für ihn wert war. Was wollte ich denn noch? Einen „perfekten" Menschen gab es nicht, und – würde ich das Ideal anstreben –, würde ich irgendwann einsam und alleine enden. Welche Fehler Julian hatte, würde sich im Laufe der Zeit sicher herausstellen. Auch ich hatte meine Macken, mit denen sich ein potenzieller Partner anfreunden müsste.

Julian hatte sich schon vor Jahren in mein Herz geschlichen, und jetzt tat er es erneut – mit voller Kraft katapultierte er sich in meine Mitte, die ihn, ohne mich zu fragen, umschloss und nicht mehr losließ. Ein Sehnen durchfuhr meinen Körper bei dieser Erkenntnis, und mit einem seligen Lächeln stieg ich in die volle Straßenbahn.

Kapitel 10

Das Glück der Erde ...

Nun war es also so weit. Wenn ich mich jetzt nicht zum Idioten machen wollte, sollte ich lässig aus dem Auto steigen und mich so verhalten, als würde ich nur mal eben in den Supermarkt gehen – und nicht ins Reitsportzentrum.

„Alles in Ordnung bei dir? Du wirkst irgendwie etwas blass um die Nase."

Gut, dass ich so schwer zu durchschauen war. Ich verdrehte die Augen und zwang mich zu einem Lächeln. „Geht schon. Ich hab nur gerade ... eine Panikattacke oder so."

Ich fächerte mir mit meiner Handfläche Frischluft zu. „Mir fiel eben wieder ein, dass ich eigentlich Angst vor Pferden habe. Mensch, welcher Teufel hat *mich* geritten, dich zu fragen, ob ich mitkommen darf!?"

Lena prustete los, und ich fiel unsicher in ihr Lachen mit ein.

„Wirklich? So schlimm? Also ich verspreche dir, Jazzman ist ein ganz Lieber, und du brauchst keine Angst vor ihm zu haben. Selbst wenn er wollte, könnte er dir nicht hinterher, du weißt schon – sein Bein", fügte sie augenzwinkernd hinzu.

Zaghaft nickte ich, und so stiegen wir aus dem Auto aus und gingen auf die Stallungen zu. Als wir dann vor Jazzmans Box standen, war ich begeistert und beeindruckt von der majestätischen Erscheinung dieses Pferdes.

Lena hatte inzwischen die Box betreten und begrüßte ihren großen Freund mit einem liebevollen Klopfen und einem Apfel. Den Sicherheitsabstand, den ich durch die Boxenwand hatte, vergrößerte ich, als sie das große Tier am Führstrick herausführte. Ruhig folgte Jazzman ihr zum Putzplatz, wo sie begann, ihn von oben bis unten kräftig zu bürsten.

Ich beobachtete die zwei und musste feststellen, dass mich die Liebe zwischen den beiden neidisch werden ließ. Womöglich hatte ich in meinem Leben – das ich bisher für sehr erfüllt gehalten hatte – doch so einiges versäumt. Denn die Gefühle zwischen Mensch und Tier faszinierten mich, mehr und mehr. Ich begann, den Faden weiterzuspinnen, und ertappte mich dabei, ernsthaft darüber nachzudenken, mir vielleicht eine ... Katze zuzulegen.

„Komm doch näher“, rief mir Lena zu und winkte mich mit ihrer freien Hand heran. Ich schüttelte den Kopf.

„Du kannst mir helfen, wenn du möchtest. Hier im Putzkoffer sind noch Bürsten. Jazzman würde sich geehrt fühlen.“

Ich war mir nicht so sicher, ob sie mich jetzt nicht doch wegen meiner Feigheit aufzog. „Nein danke, ich fühle mich gerade äußerst wohl hier. Ich beobachte euch mal besser aus sicherer Entfernung.“

Lena kicherte und flüsterte ihrem Pferd etwas ins Ohr, worauf es mich musterte und den Kopf schüttelte! Machten sich die beiden jetzt auch noch über mich lustig?

Zaghaft bekämpfte ich meine Unsicherheit und ging einige Schritte auf sie zu.

„Siehst du, Jazzman, ich hab recht behalten.“ Lena kämmte seine dunkle Mähne und beobachtete meine unsicheren Annäherungsversuche.

„Womit? Was hast du ihm gesagt?“

„Ich habe ihm versprochen, dass du seinem Charme noch erliegen wirst, du brauchst nur noch etwas Zeit.“

„So, so. Also ...“ Unsicher stieg ich von einem Bein auf das andere. „Was soll ich jetzt machen? Kann ich doch was helfen?“

„Klar. Bringst du mir bitte die grüne Satteldecke, die dort in dem Kasten liegt? Oh, und Regel Nummer eins: Nähere dich einem Pferd nie von hinten, es könnte dich verletzen, wenn es zurück geht oder ausschlägt.“

„Okay“, murmelte ich, und machte einen großen Bogen um Jazzmans Hinterteil. Lena griff nach der Decke, die ich ihr reichte, und zog mich ein kleines Stück näher.

„Sei nicht so feig, er tut dir nichts. Ich versprech es dir. Komm, lass dich von ihm beschnuppern, er ist schon neugierig auf dich. Halt ihm deine Hand hin!“

Sie machte es mir vor, und nervös tat ich es ihr gleich. Wovor hatte ich eigentlich Angst? Dass er mir die Hand abbeißen würde? Dass er mich mit seinem riesigen Kopf rammen würde? Da das Pferd eine ähnliche Ruhe wie Neele ausstrahlte, konnte ich wohl Lenas Beschwichtigungen vertrauen. Sie würde mich nicht absichtlich einer Gefahr aussetzen, da war ich mir sicher, denn ihr Bruder würde ihr vermutlich den Kopf umdrehen, wenn mir unter ihrer Aufsicht etwas zustoßen würde.

Jazzman beschnupperte neugierig meine Hand, und vorsichtig streckte ich meine Finger aus, um ihn auf seiner Stirn zu streicheln. Als würde er meine Unsicherheit wahrnehmen, hielt er still und wartete ab, bis ich meine Hand wieder von ihm genommen hatte. Erst dann schüttelte er kräftig seine Mähne. Lena hatte in der Zwischenzeit den Sattel festgeschnallt.

„Komm, er ist fertig.“

Mit einigen Schritten Abstand folgte ich den beiden zum Reitplatz. Ich kam mir reichlich dämlich vor, wie ich den beiden nachtrottete, und war mir sicher, dass jeder von Weitem erkennen würde, dass ich noch nie in der Nähe eines Pferdes gewesen war. Ich spürte Blicke in meinem Rücken, die ich mir wahrscheinlich nur einbildete. Trotzdem gab ich mein Bestes, sie zu ignorieren.

Lena wartete geduldig auf mich und lächelte mir aufmunternd zu. „Siehst du, ist ja gar nicht so schlimm in seiner Nähe, oder?“

Ich nickte, auch wenn ich mir sicher war, dass wir von „schlimm“ unterschiedliche Ansichten hatten. Mein Puls war jenseits von Gut und Böse, seit wir aus dem Auto ausgestiegen waren, und, auch wenn ich wusste, dass ich Tieren meine Angst nicht zeigen sollte, konnte ich sie nicht in den Griff bekommen.

„Möchtest du dich mal raufsetzen?“

„Wie jetzt? Auf Jazzman?“

Lena sah mich amüsiert an und nickte.

„Ich dachte, man kann nicht mehr auf ihm reiten?“

„Nun, Schritt gehen mit einem Reiter auf dem Rücken hält er aus. Als ich sagte, er ist nicht mehr reitbar, habe ich alles gemeint, was darüber hinausgeht. Trab und Galopp würden ihm wahrscheinlich Schmerzen bereiten, vom Springen ganz zu schweigen."

„Ah, ja … okay."

„Okay?" Überrascht schaute sie mich an. „Na, dann komm her, ich helfe dir rauf."

„Wo rauf?"

„Na, auf Jazzman."

„Ooooh nein! Das hab ich nicht gemeint! Mich bringt keiner auf ein Pferd!"

„Dann nicht", meinte sie lächelnd. Als hätte sie unsichtbare Flügel, schwang sie sich in den Sattel. Ich setzte mich auf eine Holzbank und beobachtete fasziniert das Zusammenspiel der beiden. Auch wenn sie ihr Pferd nur im Schritt über den Platz lenkte, wirkten sie wie eine untrennbare Einheit. Je länger ich dabei zusah, umso mehr sehnte ich mich danach, an Lenas Stelle zu sein. Das war doch verrückt! Ich mit meiner Angst vor großen Tieren! Trotzdem, Jazzman weckte mit seinen geschmeidigen Bewegungen mein Vertrauen und den Wunsch herauszufinden, was es mit dem Glück auf dem Rücken der Pferde auf sich hatte.

Als Lena nach einer Weile wieder an den Zaun kam und sich aus dem Sattel schwang, nahm ich all meinen Mut zusammen.

„Darf ich vielleicht doch einmal … ganz kurz … nur … nur, um herauszufinden, wie das da oben ist?"

Lena war anzusehen, dass sie sich unheimlich freute. Sie war regelrecht begeistert. „Aber klar doch, komm her, ich erklär dir alles."

Dann half sie mir in den Sattel und führte Jazzman und mich auf dem Reitplatz herum. Und was soll ich sagen? Ich war überwältigt!

Ich hätte mir niemals träumen lassen, dass ein Ritt auf einem Pferd so unglaubliche Glücksgefühle auslösen könnte. Und dabei waren wir noch nicht einmal schnell! Aber die Wärme, die ungeheure Kraft, die von dem Tier ausging, raubte mir den Atem, und ich wünschte, ich könnte ewig auf seinem Rücken bleiben.

Das sanfte Schaukeln wirkte unheimlich beruhigend auf mich, und sämtliche Angst, die ich noch vor einer guten Stunde empfunden hatte, war wie weggeblasen. Ich fühlte mich unendlich frei, und, als mir Lena wieder herab half, war ich sogar ein wenig traurig, dass es schon wieder vorbei war.

„Das hast du total toll gemacht!“, lobte mich meine Lehrerin mit einem strahlenden Lächeln. Ich fühlte mich geschmeichelt und sogar ein bisschen stolz, denn hätte mir heute Morgen jemand prophezeit, dass ich auf einem Pferd sitzen würde, ich hätte denjenigen ausgelacht.

„Es war … unglaublich! Danke für dein Vertrauen in mich.“

„Wir danken dir für dein Vertrauen in *uns*, Jana. Ist doch so, oder, Jazzman?“ Er antwortete Lena mit einem Schnauben.

„Apropos Vertrauen – darüber möchte ich noch mit dir sprechen, Jana …“

Verdutzt sah ich in Lenas Gesicht, dessen Züge von vergnügt zu ernst wechselten.

„Jaaa?“ Ich zog das Wort in die Länge, und ein flaues Gefühl schlich sich in meine Magengegend.

„Also, ich mische mich normalerweise nicht in Liebesangelegenheiten ein, aber da es um meinen Bruder geht …“ Sie atmete tief ein, ehe sie fortfuhr. „Du erinnerst dich vielleicht noch an unsere Zeit im ’Boot’. Als wir fehlten und wieder zurückkamen …“

„… war alles anders, ihr wart total verändert. Ich erinnere mich gut …“, wobei *erinnern* die Untertreibung des Jahrhunderts war.

Lena fuhr fort, ohne die leise Traurigkeit in meiner Stimme zu bemerken. „Ich weiß nicht, ob Julian dir das schon erzählt hat, aber … mein … unser Vater starb damals. Es war furchtbar. Das hat uns beiden den Boden unter den Füßen weggerissen. Ein Psychotherapeut konnte mir helfen, doch Julian … er blockte jede Art von Hilfe ab. Mein Leben ging irgendwann weiter.“

Lena schmiegte sich an ihren Jazzman, und atmete tief ein. „Wie er anschließend war, weißt du ja. Für unsere Mutter war das der helle Wahnsinn. Sie spürte regelrecht, wie er ihr mehr und mehr entglitt.“

„Aber er wurde wieder anders …“, flüsterte ich kaum hörbar.

Lena sah mich einige Sekunden an und schwieg. Dann nickte sie bestätigend. „Ich weiß nicht, warum, aber eines Tages wurde es noch schlimmer. Julian verkroch sich knappe zwei Wochen fast durchgehend in seinem Zimmer. Gerade mal zum gemeinsamen

Essen bekamen wir ihn zu Gesicht. Meine Mutter dachte, dass es nun komplett mit ihm bergab ginge. Sie weinte ohne Ende."

„Das tut mir so leid für euch, was ihr durchmachen musstet. Es muss unerträglich gewesen sein … für euch alle."

„Ja, es war eine schwierige Zeit – besonders diese zwei Wochen. Dass Julian heimlich in seinem Zimmer geweint hat, sah ich an seinen geröteten Augen. Keine Ahnung, was da in ihm vorging, jedenfalls wollte er danach von sich aus zum Psychologen …"

Fassungslos hielt ich den Atem an. Die Vorstellung, dass Julian wegen *mir* geweint hatte, war … herzzerreißend.

„… und seine Persönlichkeit machte eine Hundertachtziggradwende. Er wurde wieder fast der alte."

Ich war innerlich so angespannt und war mir sicher, dass das noch nicht alles war. Und ich hatte recht damit.

„Was ich damit sagen will … Also ich weiß bis heute nicht, was damals vorgefallen war, was ihn wieder ins Leben zurückgeholt hat …"

Aber ich wusste es. Mein Herz raste wie wild, und gebannt lauschte ich Lenas Worten.

„Ich kann dich nur um eines bitten: Egal, wie das mit euch beiden weiterläuft, verletz ihn bitte nicht. Spiel kein Spiel mit ihm. Ich bin mir nicht sicher, wie er es verkraften würde, wieder eine geliebte Person zu verlieren."

Ich war perplex. Wieso sollte ich das tun? Meinte sie vielleicht, ich würde mich an ihm rächen wollen für das, was er *mir* damals angetan hatte? „Lena, wie kommst du darauf, dass …"

Lautes Hundegebell unterbrach mich, und schon sah ich Neele auf uns zulaufen. Die Hündin sprang an Lena hoch, die sich zu ihr hinabbeugte und zur Begrüßung tätschelte. Meine Konzentration war jedoch auf Julian gerichtet, der mich anstrahlte, als er mich neben Jazzman entdeckte. Mein Herz begann bei seinem Lächeln zu schmelzen und meine Knie wurden weich. Ich war unheimlich froh, dass er erst jetzt auftauchte – unvorstellbar peinlich wäre es mir gewesen, hätte er mich auf dem Pferd beobachtet. Wenn ich mich auch beim Ritt wohlgefühlt hatte, hätte wahrscheinlich ein Blinder erkannt, dass ich noch nie zuvor auf einem Pferd gesessen hatte.

Auch ich wurde von Neele schwanzwedelnd begrüßt, doch sie sprang nicht an mir hoch, worüber ich dann doch sehr froh war. Perfekte Erziehung eben. Aufgeregt tänzelte sie zwischen mir und Lena hin und her, bis Julian uns erreicht hatte. Er begrüßte seine Schwester mit einem Küsschen auf die Wange und einer herzlichen Umarmung. Anschließend streckte er mir verlegen seine Hand entgegen. Ich musterte ihn einen kurzen Augenblick, dann seine Hand, ehe ich sie fest drückte. Erleichtert schenkte er mir erneut ein Lächeln und gab mir Küsschen links und rechts auf die Wangen.

Sofort atmete ich den typischen Julian-Geruch ein und musste mich beherrschen, dies nicht hörbar zu tun.

„Das trifft sich hervorragend, dass du jetzt auch da bist, Julian. Wenn es euch beiden nichts ausmacht, dass ich euch kurz alleine lasse, dann bringe ich den guten, alten Jazz in seine Box zurück und hole mir Cascada von der Koppel."

Ich war mir nicht ganz sicher, was sie damit sagen wollte, aber ich hörte ihr auch nur mit einem Ohr zu. Meine ganze Wahrnehmung war auf Julian gerichtet und auf die Spannung, die zwischen uns beiden herrschte. Er stellte sich so knapp neben mich, dass sich meine Härchen an den Unterarmen aufstellten, und seine raue Stimme, mit der er seiner Schwester antwortete, jagte mir einen prickelnden Schauer über den Rücken. Mir wurde heiß, und diese Hitze hatte nicht unbedingt nur mit der Sonne zu tun, die unbarmherzig auf uns herabbrannte.

Am Rande bekam ich mit, wie Lena ihren Jazzman wegführte. Ich hatte sämtliche Muskeln angespannt und lehnte mich zu meiner eigenen Sicherheit fester gegen den Zaun. Julian dürfte es ähnlich ergangen sein, denn auch er hielt sich krampfhaft am Holz fest. Wir schwiegen eine Weile, und Neele machte es sich derweil unter einem nahen Apfelbaum in dessen Schatten bequem und döste vor sich hin.

„Bist du auch geritten?" Leise durchbrach sein tiefer Bass die Stille, und trotzdem zuckte ich kurz zusammen. Unsicher nickte ich kurz und hoffte, nicht näher auf den Ritt eingehen zu müssen. Doch Julian verschonte mich und begann stattdessen zu erzählen.

„Ich saß das erste Mal mit sechzehn auf einem Pferd. Lena begann während ihrer Therapie mit dem Reiten bei einem befreundeten Bauern und steckte mich damit regelrecht an … als es mir wieder besser ging."

Das würde bedeuten … „Also kannst du genauso gut reiten wie Lena?"

Julian lachte heiser auf. „Nee, ich bin mir sicher, dass meine Schwester um Welten besser ist. Immerhin hat sie ihr eigenes Pferd, auf dem sie jahrelang an Turnieren teilnahm. Aber … ich komme auch immer noch regelmäßig in den Stall, um zu reiten."

Mit großen Augen sah ich ihn an, und in meinem verrückten Kopf formte sich sofort ein Bild mit Julian auf einem Pferd – auf einer großen Wiese im wilden Galopp, das Haar zerzaust und mit offenem Hemd.

Oh mein Gott! Es gab für mich genau drei Arten von Männern, die die oberste Ebene des Sex-Appeals erreichten – Musiker, Tänzer und … Reiter. Ich spürte ein Ziehen im Unterleib und merkte, wie mein Mund plötzlich staubtrocken war. Nervös leckte ich über meine Lippen und überlegte, was ich darauf antworten sollte, ohne mich und meine Fantasien zu verraten. Gerade, als ich den Mund öffnete, um irgendwelchen Blödsinn zu stammeln, ritt Lena auf einer schwarzen Stute an uns vorbei. Und wäre ich bisher nicht von ihrem Können überzeugt gewesen, so hätte sie mich spätestens jetzt vom Hocker gehauen. „Wahnsinn! Bei ihr schaut das so … leicht aus."

Julian stimmte mir zu. „Alles eine Frage des Trainings."

Gut, ich hatte keine Ahnung, was die Technik anbelangte, doch sie saß so selbstverständlich im Sattel wie ich auf meinem Bürostuhl. Ich beneidete sie um ihre Selbstsicherheit und um die Eleganz, die sie auf dem Pferd ausstrahlte. Fasziniert beobachtete ich, wie sie ihre Runden zog und Cascada fest im Griff hatte. Einen kleinen Moment lang vergaß ich sogar, dass Julian neben mir stand.

„Jana, hättest du was dagegen, wenn ich dich heute nach Hause fahre? Dann brauchst du nicht zu warten, bis Lena mit dem Reiten fertig ist. So, wie ich meine Schwester kenne, brennt sie außerdem darauf, beim Ställe ausmisten zu helfen. Du würdest dich in der Zwischenzeit sicher nur langweilen."

Julian hatte sich mir zugewendet, und seine Augen suchten unsicher in meinen nach Zustimmung. Wieder einmal war ich überrascht von der Tatsache, dass an diesem unglaublich attraktiven Mann solche Selbstzweifel nagten.

„Ob ich was dagegen habe, fragst du?“ Ich hob meine Stimme bewusst etwas mehr als nötig zum Satzende, und Julian wurde sichtlich nervöser. Er steckte seine Hände in die Hosentaschen und wippte von seinen Ballen auf die Fersen und wieder zurück. Sein Blick war auf den Boden gerichtet.

„Naja, es war nur so … ein Vorschlag von mir. Wenn du nicht willst, hab ich natürlich vollstes Verständnis dafür, und ich wär dir, nach allem, was zwischen uns war, auch nicht böse.“ Die Enttäuschung konnte er nicht verbergen, und mein Herz wurde schwer – ich konnte ihn nicht länger leiden lassen.

„Julian?“

Er hob den Blick, und ich erkannte tief in seinen Augen die Angst vor einer Zurückweisung.

„Ich freue mich sehr, wenn du mich nach Hause bringst.“

Ich beobachtete, wie meine Worte bei ihm ankamen. Und es war schön zu sehen, wie er sich über deren Bedeutung freute. Das Grinsen erreichte seine Augen, aus denen mehr und mehr die Unsicherheit wich.

Julian winkte Lena zu uns und erklärte ihr unseren Aufbruch. Dann pfiff er Neele zu sich, die sofort gehorchte, und führte mich in Richtung Parkplatz. Ich spürte seine Hand durch mein T-Shirt wie Feuer auf meiner Haut, und – als wir ankamen und ich einstieg –, hinterließ sie ein wohliges Kribbeln auf meinem Rücken. Himmel, ich konnte mich nicht erinnern, dass Berührungen jemals so etwas in mir ausgelöst hätten. Nicht einmal die von dem Mistkerl Georg. Und Julians waren immerhin noch harmlos. Ich wollte mir gar nicht ausmalen, wie erst die Steigerung aussah.

Julian lenkte seinen Wagen vom Parkplatz und drehte sein Radio leiser. Er räusperte sich.

„Ahm, Jana, … Ich habe mir überlegt … ich meine … würde es dir etwas ausmachen, einen kleinen Umweg zu machen? Neele könnte noch einen kleinen Spaziergang vertragen.“

„Nein, überhaupt nicht.“ Wie könnte ich etwas dagegen haben? Ich genoss jede Minute mit ihm und war ihm insgeheim dankbar, ihn nicht bereits nach wenigen Kilometern Fahrt wieder verlassen zu müssen.

Wir fuhren auf den brechend vollen Parkplatz eines nahe gelegenen Baggersees. Abseits des Zugangs, nahe des angrenzenden kleinen Waldstücks, fanden wir einen freien Stellplatz. Als wir ausstiegen, drückte uns die Hitze förmlich ins gekühlte Wageninnere zurück. Neele hechelte, als Julian sie an die Leine nahm und die Hündin aus der Transportbox sprang. Wir gingen entlang des schattigen Weges in Richtung Liegewiesen.

Wieso lag ich eigentlich an diesem Tag nicht selbst am See und kühlte mich regelmäßig im Wasser ab? Doch ein Blick zu Julian und ich wusste, ich wollte nichts anderes, als jetzt mit ihm hier zu sein.

Bei der nahegelegenen Imbisshütte kaufte Julian für uns zwei Wasserflaschen und zwei Eistüten mit riesigen Kalorienbomben darauf, ehe wir dem Trubel den Rücken kehrten und den Trampelpfad, den ich bisher nicht gekannt hatte, entlang in den Wald hinein gingen. Die Stille der Natur empfing uns, als wir das laute Treiben des Sees hinter uns ließen. Wir setzten uns an einer kleinen Lichtung einander zugewandt auf eine Holzbank in den Schatten der Bäume. Neele folgte mit langer Leine schnüffelnd einer Spur, während wir unser Eis schleckten.

Ich genoss es so sehr, Julian zu beobachten, ihm so nah zu sein. Ich betrachtete sein hübsches Gesicht, seine gepflegten Hände, von denen die rechte die Eistüte hielt und die linke entspannt auf seinem Oberschenkel lag. Sein T-Shirt, welches sich im stärker werdenden Wind eng an seinem Oberkörper schmiegte, verriet mehr leckere Details, als mir lieb waren.

Wir unterhielten uns prächtig, stellten fest, dass wir einen ähnlichen Musikgeschmack hatten und dass wir sogar vor drei Jahren beim gleichen Rock-Konzert waren – natürlich, ohne es damals zu wissen. Wir diskutierten übers Kochen, plauderten über Autos (oh, ich konnte stundenlang über das Männerthema diskutieren). Wir lachten über Neele, die wie ein Känguru zwischen den großen Grashalmen auf und nieder hüpfte.

Die Stimmung, die zwischen uns beiden herrschte, war locker, und ich war so froh, dass Julian mich nicht sofort nach Hause gebracht hatte, sondern dass wir noch an den See gefahren waren.

„Julian? Ich … " Einen Moment überlegte ich, ob ich ihm tatsächlich meine Frage stellen sollte.

„Ja?" Abwartend sah er mich an.

Verdammt, jetzt war es zu spät für einen Rückzieher. Mir fiel keine andere Frage ein, die ich ihm stattdessen stellen konnte, da die, die mich interessierte, laut in meinem Kopf dröhnte und alles andere übertönte. Also setzte ich noch einmal an und hoffte nur, nicht wieder einen wunden Punkt zu treffen.

„Ich möchte dich wirklich nicht auf dem falschen Fuß erwischen, und … wenn du nicht möchtest, dann beantworte meine Frage nicht – ich werde dir nicht böse sein, okay?"

Er sah mich verdutzt an, nickte jedoch. Ich atmete noch einmal tief ein, bevor ich tatsächlich meine Frage aussprach: „Also ich wollte wissen … Ich meine, … hast du eine Freundin?"

So, jetzt ist es raus. Mit hochrotem Kopf saß ich da und wartete. Dabei beobachtete ich jede einzelne Regung in Julians Gesicht. *Lieber Gott, bitte, bitte keine Freundin!,* sandte ich noch ein Stoßgebet gen Himmel. Ich hatte keine Ahnung, was ich tun würde, wenn seine Antwort „Ja" lautete. Ich konnte nur hoffen, dass sich in diesem Fall vor mir der Boden auftun würde, in dem ich dann versinken konnte. Oder vielleicht würden mich höhere Mächte erhören und ich könnte mich in Luft auflösen … *Nun sag schon!*

Oh, und wie ich es hasste – natürlich ließ er mich zappeln und spielte mit mir und meiner Ungeduld.

„Eine Freundin? Na ja … Du meinst … ob ich in einer Beziehung bin?"

„Genau." *Was denn sonst, hä, Mister Scheinheilig?*

„Also … momentan bin ich …"

Na was denn? Sag schon! Ich kam mir plötzlich vor wie in einer dieser Fernsehshows mit Wettbewerbscharakter, wo sie die Verkündung des Gewinners immer unnötig in die Länge zogen, um die Sendezeit zu füllen.

„… frei und ungebunden."

Geräuschvoll stieß ich den angehaltenen Atem aus. Sehr peinlich! Julian zwirbelte grinsend einen Löwenzahn zwischen den Fingern. Gut, peinlicher konnte es für mich fast nicht mehr werden, also sprang ich gleich noch mal ins kalte Wasser – oder ins nächste Fettnäpfchen …

„Und … wie soll dein Leben aussehen in … sagen wir mal vier bis fünf Jahren?"

Sofort schaute ich verlegen auf meine Hände. Ich wusste, meine Frage war blöd, vielleicht viel zu früh gestellt, viel zu intim … Er könnte leicht meinen, ich wollte ihn jetzt auf etwas festnageln, auf eine Beziehung, Heirat, Kinder. Doch so war es nicht. Ich war wirklich daran interessiert, wie sein Bild von seiner Zukunft aussah. Egal, ob ich nun in seinen Plänen vorkommen sollte oder nicht – was man nach den wenigen Tagen sowieso nicht sagen konnte. Mal ganz davon abgesehen, dass fünf Jahre eine verdammt lange Zeit waren.

„Hm …" Sein tiefes Brummen hallte in mir wider. „In fünf Jahren also?" Seine Stimme klang … noch immer belustigt? Erneut suchte ich in seinem Gesicht nach einer Antwort.

„Findest du die Frage jetzt komisch?"

„Ich find sie … interessant. Ich hab mir bisher noch nie groß Gedanken über Zukunftspläne gemacht. Ich hab in den Tag hineingelebt. Mein Job bestimmt im Großen und Ganzen meinen Tagesablauf, und meine Freizeit verbringe ich mit meinen Freunden und meiner Familie." Er warf einen Blick auf Neele. Dass sie dazu gehörte, stand außer Frage. „Gegenfrage: Wo siehst du dich in fünf Jahren?"

Touché. So schnell wird der Spieß umgedreht, und ich war absolut nicht darauf vorbereitet. „Ich … nun … eigentlich sehe ich mich genau hier. In meinem Job, mit meinen Freunden. Vielleicht einer Katze …" Ich musste grinsen. „Mit Menschen, die mir wichtig sind. Ich will glücklich sein, glücklich bleiben."

„Das sind ja eigentlich sehr bescheidene Wünsche. Nichts, was du ändern möchtest, was du anstrebst, was du dir unbedingt erfüllen willst?"

„Naja schon … Irgendwann würd ich gerne mal quer durch die USA reisen."

„Tatsächlich?" Julian sah mich verwundert an. „Das hätte ich jetzt nicht erwartet. Du meinst, du möchtest einen Road-Trip machen, mit Zelt, Schlafsack und viel Zeit?"

Ich nickte wild. „Ganz genau. Am Besten irgendwo im Westen beginnen und dann systematisch in Richtung Osten durcharbeiten."

Julian grinste breit, und ich dachte, ich hör nicht richtig, als er mit „Das hab ich bereits gemacht" antwortete. „Bevor ich nach Linz zog, hab ich mir eine kleine Auszeit gegönnt und bin gemeinsam mit Ben rübergeflogen. Wir waren knappe zwei Monate unterwegs und haben uns so ziemlich alles angesehen, was sehenswert ist."

Meine Kinnlade klappte nach unten. „Du weißt aber schon, dass mich jetzt der Neid frisst? Mann, ich träume schon sooo lange davon, mir all die schönen Orte anzusehen, die ich bisher nur aus Filmen kenne. Und du erzählst, so mir nichts dir nichts, dass du dir bereits *meinen* Traum erfüllt hast?"

Julian musste lachen. Ich liebte zwar sein Lachen, aber jetzt fand ich es überhaupt nicht passend. Beleidigt schob ich die Unterlippe vor.

„Du bist süß, Jana." *Echt?* Falls ich nicht schon rot wie eine Tomate war, wurde ich es definitiv jetzt. Hastig trank ich einen großen Schluck von meiner Wasserflasche, um nicht irgendeinen Blödsinn zu faseln.

„Ich find es schön, dass du solche Träume hast. Und ich denke auch, dass irgendwann der Zeitpunkt kommen wird, an dem du ihn dir erfüllen wirst. Du bist eine tolle Frau, die weiß, was sie will. Und … so, wie ich dich inzwischen kenne, wirst du deine Träume nicht einfach so aufgeben."

Irgendwie machten mich seine Worte stolz. Aber ich hatte keine Ahnung, was ich darauf erwidern sollte. Isa hätte jetzt bestimmt etwas äußerst Passendes und Charmantes darauf gewusst. Inklusive perfektem Augenaufschlag und gekonntem Haare-über-die-Schulter-werfen.

Zum Glück fiel mir wieder ein: „Ja, ähm … apropos Träume …" Ich musste mich kurz räuspern. „Du hast geschickt von meiner Frage abgelenkt. Aber jetzt bist du an der Reihe!"

Julian kraulte Neele den Kopf, den sie auf seinen Oberschenkel gelegt hatte. Nachdenklich sah er auf einen fernen Punkt.

„Also gut. Wo ich mich in fünf Jahren sehe … Lass mal überlegen … Nun, ich kann nicht sagen, dass sich alles, was ich mir wünsche, bereits in diesem Zeitraum so ergeben wird. Kann sein, dass manche Dinge viel früher passieren, andere mehr Zeit brauchen. Aber meine Wünsche für die Zukunft sind eigentlich ganz simpel."

Er legte seinen Arm an die Rückenlehne und rückte dabei näher an mich heran. So nah, dass ich innerhalb kürzester Zeit von seinem Duft umgeben war. Dabei sah er mir tief in die Augen. Und vielleicht waren diese beiden Tatsachen mit schuld daran, dass seine Worte mein Herz um einige Takte schneller schlagen ließen.

„Ich wünsche mir eine Frau an meiner Seite. Eine, mit der ich lachen und weinen kann, die die Abende und Nächte mit mir verbringt, die am Wochenende mit mir in die Berge fährt. Eine Frau zum Pferdestehlen, zum Maroniessen auf dem Weihnachtsmarkt und zum Eisessen am Badesee. Eine, die zu mir steht und für mich da ist, egal, welche Hürden das Leben für uns stellt."

„Das war jetzt aber nur *ein* Wunsch, oder? Du hast von mehreren gesprochen …" Der Klang meiner Stimme faszinierte mich, da sie sich plötzlich irgendwie von weither anhörte. Musste wohl an dem lauten Schlagen der Schmetterlingsflügel in meinem Inneren liegen. Sein Schmunzeln verstärkte es noch.

„Ja … und nein. Also irgendwann möchte ich auch einmal Kinder haben. Ich möchte ihnen ein gutes Zuhause schenken, ein tolles Leben, eine schöne Zukunft. All die Dinge, die ich mir als Kind immer wünschte." Seine Stimme klang belegt, und ich konnte nicht anders, ich musste seine Hand drücken.

So saßen wir eine halbe Ewigkeit.

Der Wind wehte mir hartnäckig immer wieder eine Haarsträhne vor die Augen. Julian hob zaghaft die Hand und beobachtete dabei genauestens meine Reaktionen. Vorsichtig strich er sie mir hinter mein Ohr, und ich hielt die Luft an, als er die empfindliche Haut in meinem Gesicht streifte.

„Weißt du eigentlich, dass du wunderschön bist, Jana?", durchbrach er leise die Stille. „Du hast so unglaublich schöne grüne Augen. Sie sind so warm, strahlen so eine Herzlichkeit aus. Deine Haare sind so weich, und sie riechen so gut. Dein Mund …"

Sein Blick hing an ihm fest, und – als wollte er ihn schmecken –, leckte er über seine Lippen, was wiederum die meinen veranlasste, sich leicht zu öffnen, in der Hoffnung, seinen Mund endlich, *endlich!* darauf zu spüren.

„Als wir Verstecken spielten und du dich zu mir in den Spind geschlichen hast … Auch wenn du es mir vielleicht nicht glaubst, aber du hast damals meinen Traum wahr werden lassen, Jana. Du warst immer so distanziert, und ich wusste nicht, was du über mich dachtest. Die anderen Mädchen liefen mir ständig nach, doch du … du warst anders. Du hast dich immer im Hintergrund gehalten, hast mich zwar beobachtet, aber bist nie auf mich zugekommen. Das hat mich neugierig gemacht. Während ich bei den anderen die Qual der Wahl gehabt hätte, wollte ich immer nur dich. Ich habe immer davon geträumt, dass du dich für mich interessierst, mehr wissen willst …"

What? Ungläubig lauschte ich seinen Worten. Er wollte *mich?* Und ich dachte immer, meine Gefühle für ihn wären einseitige Schwärmerei gewesen.

„Du weißt ja inzwischen, dass der Selbstmord meines Vaters mein Leben verändert hat. Doch meine Gefühle für dich … die sind immer gleich geblieben. Oder nein … das stimmt so nicht. Sie wurden mehr und tiefer." Gebannt nippte ich an der Wasserflasche.

„Als du dann plötzlich bei mir im Spind gelandet bist, war es um mich geschehen. Ich konnte meine Gefühle nicht länger zurückhalten. Deine Nähe hat mir die Sinne geraubt, und mein Herz schlug so laut, dass ich Angst hatte, das Klopfen würde dich in die Flucht schlagen."

„Julian, ich …"

Er legte seinen Zeigefinger an meine Lippen und bat mich so, zu schweigen. „Bitte, lass mich dir erst alles sagen, was ich schon vor langer Zeit hätte sagen sollen."

Sein Finger hinterließ ein Kribbeln auf meinem Mund, als er seine Hand wieder zurückzog und einen großen Schluck Wasser trank. Das Gefühl auf meinen Lippen holte mich zurück aus meiner Herzchen-Traumwelt. Ich bemerkte, dass Wolken inzwischen fast vollständig den Himmel bedeckt hatten, und es sah tatsächlich so aus, als hätten die Meteorologen heute doch richtig geraten, als sie Schlechtwetter prophezeiten. Neele ließ unsere Unterhaltung kalt, sie jagte einem fliegenden Insekt hinterher.

Doch ab dem Moment, als Julian weitersprach, existierte die Welt um uns nicht mehr, und ich hing gebannt und unheimlich glücklich an seinen Lippen. Er griff nach meinen Händen und hielt sie fest.

„Es war mein erster Kuss und gleichzeitig der schönste in meinem ganzen Leben. Ich wollte, dass er ewig dauerte. Hoffte, irgendjemand würde die Zeit anhalten, damit er nie endet. Doch ich hatte es anscheinend verschrien, denn Daniel riss wenige Sekunden später die Schranktüre auf."

Ich sah die Situation förmlich vor mir.

„Jana, ich war so überrascht, so erschrocken ... wahrscheinlich genauso wie du. Und als wir so unseren Freunden gegenüberstanden, gemeinsam auf engstem Raum, sah ich meinen Ruf zusammenbrechen, meinen Schutzwall, den ich mir in mühsamer Arbeit aufgebaut hatte. Verstehst du das ...?"

Langsam nickte ich.

„Außerdem sah ich uns kurz als Paar – und in mir kam Panik auf. Ich hatte Angst, ich könnte mich noch mehr in dich verlieben und du hättest nicht dieselben Gefühle für mich. Dann wäre es mir mit dir so ergangen wie mit meinem Vater. Ich stellte mir das vor und wusste, das würde mir das Herz ... und das Genick brechen." Julian sah mir fest in die Augen.

„Mir blieb nur die Flucht nach vorne. Ich dachte damals nur an mich und keine Sekunde daran, was meine Reaktion für dich bedeutete. Erst als ich den Raum verließ, setzte mein Hirn wieder ein. Doch da war es zu spät. Und als du dann an deiner Geburtstagsfeier gesagt hast, dass dies dein letzter Tag im ‚Boot' sein würde ... erst da wurden mir die Auswirkungen meiner vollkommen idiotischen Tat bewusst."

Neele blickte zwischen Julian und mir hin und her, während sie die Streicheleinheiten sichtlich genoss, die sie von ihrem Herrchen bekam.

Und ich war sprachlos. All das, was ich mir damals wünschte, von ihm zu hören – er hätte einfach nur einen Fehler gemacht, er hätte im Affekt falsch reagiert ... all das hörte ich *jetzt* aus seinem Mund. Und er meinte es ernst, ich sah den Schmerz in seinen Augen.

Julian beobachtete mich und meine Reaktionen. Sein Blick wurde weicher, fast sehnsüchtig. Zärtlich streichelte er mir übers Kinn, fing die Strähne ein, die wild mit dem Wind kämpfte, und strich sie mir erneut hinters Ohr. Sein Indigoblau verfolgte die Bewegungen seiner Hand und wanderte dann zurück zu meinen Augen. Wir sahen uns an, und ich war mir sicher, in diesem Moment schlugen unsere Herzen im gleichen Rhythmus.

„Jana, du warst immer etwas Besonderes für mich. Ich konnte dich nie vergessen – du musst mir glauben – mich hat diese Geschichte von damals bis heute verfolgt. Die letzten Tage mit dir … das war so schön. Du bist eine unglaublich interessante Frau, du bist witzig, impulsiv, du stehst mit beiden Beinen im Leben … Du sagst, was du dir denkst. Das sind Eigenschaften, die mich faszinieren, die mich damals schon fasziniert haben. Und es gibt noch so viel mehr, das ich von dir erfahren möchte. Was ich damit sagen will …"

Julian atmete tief ein und fuhr sich mit einer Hand in die Haare, bevor er fortfuhr. „Jana, ich will dich nicht wieder aus meinem Leben verschwinden sehen. Nicht noch einmal! Ich möchte dir beweisen, dass ich kein schlechter Mensch bin. Ich hab mich in dich verliebt, als ich vierzehn war, und das Gefühl, das ich jetzt für dich empfinde, ist … noch viel stärker als damals."

Dann beugte er sich vor und hauchte mir einen Kuss auf die Lippen. Ganz vorsichtig, so, als wollte er mir Zeit lassen, zu entscheiden, ob ich mehr von ihm wollte.

Und verdammt, ich wollte so viel mehr! Mir wurde schwindelig, meine Lippen prickelten, und ich sehnte mich so sehr nach ihm.

„Julian … ich hab mich auch in dich verliebt. Damals … und heute."

Es war nur ein Hauchen, aber meine Worte erreichten ihr Ziel, und Julians Augen begannen zu leuchten. Als würde ich magisch von ihm angezogen, neigte ich meinen Kopf in seine Richtung. Mit leicht geöffnetem Mund und halb geschlossenen Lidern hoffte ich auf eine Wiederholung. *Bitte, küss mich!* Ich rutschte noch ein Stück näher, sodass sich unsere Oberschenkel berührten, und wühlte meine Finger in seine Haare – endlich, nachdem ich mich bereits so lange Zeit danach sehnte, war es so weit. Und es fühlte sich noch viel besser an, als erwartet.

Als hätte er mein stummes Flehen gehört, kam er mir das letzte Stück entgegen. Unsere Lippen trafen aufeinander, wir küssten uns, erst noch zögernd, zärtlich. Er schmeckte unglaublich gut, viel besser noch, als ich es in Erinnerung hatte. Der Duft seines Parfums berauschte zusätzlich meine Sinne, und, als Julian mit einer Hand meinen Nacken zu kraulen begann und mit der anderen meinen Rücken auf und ab strich, setzte mein Verstand endgültig aus.

Gierig und leidenschaftlich kosteten wir vom anderen, und ich hatte Angst, dass dieser Kuss viel zu schnell wieder vorbei sein könnte. Ich vergaß mich, es gab für mich nur mehr schmecken, riechen, fühlen. Ich wusste nicht mehr, welcher Tag heute war, ob ich noch etwas vorhatte, geschweige denn, wo ich zuvor gewesen war. Ich hatte meinen Namen vergessen, denn in meinem Kopf hallte ein leises, süßes Echo wider, das mir ständig ein und denselben Namen sagte: Julian.

Julian …

Julian!

Irgendwann merkte ich, dass mir abseits seiner Berührungen kalt wurde. Ich begann leicht zu zittern, und Julian rutschte ein Stück von mir ab. Sofort nahm die Kälte von meinem ganzen Körper Besitz ein. Es regnete in Strömen. Wir waren klitschnass geworden, die Kleidung klebte an uns. Ein Wolkenbruch hatte uns überrascht – und dann doch wieder nicht, da wir in unserer gemeinsamen kleinen Welt nichts davon mitbekamen. Sogar die arme Neele bemerkten wir nicht, die unter der Bank vorm Regen Schutz gesucht hatte und leise wimmerte.

„Oh Neele, du Arme, komm, wir bringen dich raus aus dem Regen. Du musst ja was mitmachen mit deinem Herrchen …"

Erleichtert kroch die Hündin unter den Holzbalken hervor, und, als würde sie uns rügen, schüttelte sie sich, schnaubte empört und nieste, ehe wir uns zu dritt im Laufschritt auf den Rückweg zu Julians Auto machten.

Als ich mich auf den Beifahrersitz fallen ließ, war ich unendlich glücklich. Ich konnte mit Julian lachen, er war intelligent und humorvoll – und tat alles, um mir zu beweisen, was er für mich empfand.

Seine Ecken und Kanten machten ihn für mich noch liebenswerter. Ich wollte noch so viel mehr von ihm erfahren, wollte wissen, wie er lebte, was ihn bewegte. Ich wollte wissen, wie es war, neben ihm einzuschlafen und am nächsten Morgen in seinen Armen aufzuwachen.

Kapitel 11

Kuscheln, knutschen und Kill Bill

Julians Wohnung befand sich im ersten Stock und war so gar nicht, wie ich es erwartet hatte. Wie hatte ich mir sie vorgestellt? Einfach, formlos, ohne Persönlichkeit. Typisch männlich eben: mit Standardmöbeln in Buche, die Sitzflächen überzogen mit dunkelblauem Stoff, und kahle, weiße Wände. Doch, was ich sah, beeindruckte mich, und ich war mir nicht sicher, ob hier nicht eine Frau mit am Werk war.

Die Räume strahlten so viel Wärme und Gemütlichkeit aus, trotz der Tatsache, dass die Möbel sehr modern und eher wie von einem Designer wirkten. Aber was wusste ich schon, auf mich wirkte auch die Einrichtung aus dem schwedischen Möbelhaus, als wäre sie unheimlich teuer – es sah ja doch alles irgendwie gleich aus. Egal, mir gefiel der Stil, und ich fühlte mich auf Anhieb wohl in seinen vier Wänden.

Weiße Schränke, Möbel aus dunklem Holz, und Wände in dezenten Beige- und Brauntönen. Schiebegardinen, die vor neugierigen Blicken von draußen schützten – so viel Stil hatte ich ihm echt nicht zugetraut.

Und obwohl es überall perfekt aufgeräumt und sauber war, hatte die Wohnung den Charme einer Junggesellenwohnung. Ich konnte keine Pflanzen entdecken, im Gegenzug dazu stapelten sich Autozeitschriften neben dem Sofa, und unter dem Fernseher leisteten diverse Spielekonsolen dem DVD-Player Gesellschaft. Eine ordentlich bestückte Bar verriet, dass Julian wohl gern Cocktails trank und mixte.

Auf dem Nachhauseweg hatte Julian den Vorschlag gemacht, zu ihm in die Wohnung zu fahren. Wir könnten uns dort etwas Trockenes anziehen, und er würde Neele föhnen und trocken rubbeln. Natürlich sagte ich nicht Nein, da ich mehr als gespannt auf sein Zuhause war. Blöd nur, dass ich inzwischen auch am ganzen Körper zitterte. Die nasse Kleidung, die kühle Wohnung – ich spürte schon das Kribbeln in der Nase.

Da Julian mit Neele im Bad verschwunden war, hatte ich den kurzen Augenblick des Alleinseins genutzt, um mich im offenen Wohn-Ess-Bereich umzusehen. Ein leises Räuspern ließ mich meine Entdeckungstour leider früher als mir lieb war unterbrechen.

Julian stand hinter mir, mit zwei Badetüchern und einem Haarföhn in der Hand. Neele saß neben ihm, als hoffte sie, ebenso wie ich, auf schnellstem Weg wieder trocken zu werden.

„Ahm … Hi!" Irgendwie fühlte ich mich bei etwas Verbotenem ertappt, dabei hatte ich doch gar keine Schränke geöffnet. (Wobei, der Reiz war … schon da!)

Einen Moment musterte Julian mich mit einem seltsamen Ausdruck, ehe er eine Augenbraue nach oben zog und grinsend ein „Hi!" zurück gab.

„Tolle Fotos." Schnell deutete ich auf die eingerahmten Bilder an der Wand, die Julian mit Neele und Lena mit Jazzman zeigten. Auf einem war sogar ihr Vater mit den beiden Kindern zu erkennen. Ich wollte einfach irgendwie wieder von mir ablenken, das war zumindest mein Plan …

„Danke. Also … wenn du möchtest, kannst du dich unter der Dusche aufwärmen. Ich lege dir trockene Kleidung ins Bad, und wenn du fertig bist, steht für dich ein Kaffee bereit." Sehr gut, es hatte geklappt, und … was für ein verlockendes Angebot. *Ein Mann, der mitdenkt!* Ich war begeistert, doch auch verunsichert. Immerhin kannten wir uns dann doch noch nicht so gut, als dass ich mich bei dem Gedanken wohlfühlte, in seinem Bad nackt unter der Dusche zu stehen.

„Ich weiß nicht … ich kann auch daheim duschen. Ich möchte dir keine Umstände bereiten."

„So ein Blödsinn, du machst mir keine Umstände, Jana!

Abgesehen davon würde ich es mir ewig selbst vorwerfen, wenn du dich wegen mir verkühlst."

Da war dann wohl was dran. Bis Neele mit ihrem dichten Fell trocken sein würde, würde es sicherlich noch eine ganze Weile dauern. Dann wollte sich Julian auch noch kurz duschen und umziehen. Und bis wir dann endlich bei mir in der Wohnung wären, hätte ich mir bei meinem Glück tatsächlich eine Erkältung eingefangen. „Okay. Aber den Kaffee trinken wir später gemeinsam."

Denn ganz davon abgesehen wollte ich nicht so schnell wieder weg, denn hier konnte ich sicher noch Einiges über Julians Leben erfahren.

Eine halbe Stunde später war ich geduscht und trug Julians Jogginghose sowie ein schwarzes T-Shirt mit Smiley-Aufdruck. Dazu olivgrüne Socken, die mir verrieten, dass er dem österreichischen Bundesheer wohl seinen Dienst erwiesen hatte. Meine frisch gewaschenen Haare hatte ich, so gut es ging, mit dem Handtuch trocken gerubbelt und zu einem wilden Knoten hochgebunden. Als ich mir im Bad das T-Shirt überzog, hatte ich einen Moment innegehalten und Julians Duft aufgesogen, der sich in den Fasern festgesetzt hatte. Julians Shirt auf meiner Haut – die Vorstellung, dass er es zuletzt getragen hatte – ein tiefes Seufzen war mir entwichen. Vielleicht würde ich es ihm einfach nicht mehr zurückgeben und jeden Abend vor dem Schlafengehen damit kuscheln und daran riechen …? Ein verlockender Gedanke! Irgendwie fühlte ich mich wieder wie ein Teenager.

Julian war eben ins Bad verschwunden und ließ mich nun mit seiner Hündin alleine. Diese lag mit trockenem Fell auf dem Teppich neben der Couch und bearbeitete mit höchster Konzentration einen Hundeknochen. Sie schien völlig vertieft zu sein in ihre Arbeit. Ich traute mich nicht, sie zu streicheln, auch wenn ich wusste, dass sie äußerst gutmütig war. Doch ich hatte von Hunden genauso viel Ahnung wie von Pferden, also ließ ich sie in ihrer eigenen Welt und hing meinen Gedanken nach.

Mir wurde bewusst, dass uns gerade in dem Moment nur eine einzige Tür voneinander trennte. So nahe und doch so weit von mir entfernt stand Julian – nackt! Mir wurde ganz heiß bei der Vorstellung, wie gerade in diesem Augenblick das warme Wasser über seine Haut floss. Ich sah seinen unverschämt gut gebauten Körper vor mir, zur Hälfte eingeseift, umhüllt von heißem Dampf. *Puh …!* Ich brauchte einen großen Schluck von meinem Wasserglas, um mich etwas abzukühlen.

Was würde ich nur dafür geben, jetzt ein Mäuschen zu sein … Oder Supermans Röntgenblick zu haben. Andererseits hätte ich auch einfach aufstehen können, um zu ihm reinzugehen … Doch dafür fehlte mir eindeutig der Mut.

Ich spielte das Szenario mehrere Male in meinen Gedanken durch – mit verschiedenen Ausgängen. Ich hatte ja keine Ahnung, wie er reagieren würde. Mal sah er mich total überrascht an und gab mir unmissverständlich zu verstehen, dass ich mich in der Tür geirrt hätte. Mal verdeckte er sein bestes Stück peinlich berührt mit einem Handtuch und stotterte wirres Zeug, und dann – und diese Version gefiel mir eindeutig am besten – begann das Indigoblau seiner Augen zu leuchten und er zog mich zu sich unter die Dusche und küsste mich leidenschaftlich.

Mein verträumtes Lächeln war einem sicher dümmlichen Grinsen gewichen, und ich konnte ein leises Glucksen nicht unterdrücken. Neele hielt mit gespitzten Ohren inne und musterte mich von der Seite. Sie hatte mich wohl im Eifer des Gefechts komplett vergessen.

„Na, du Hübsche? Hab ich dich jetzt bei deinem Kampf mit dem Kauknochen unterbrochen?"

Ich stellte das Wasserglas auf dem Tischchen vor der Couch ab und setzte mich zu Neele auf den Teppich. Neugierig musterte sie mich und wartete wohl gespannt ab, was jetzt geschehen würde. Ich sah in ihre fast schwarzen Augen, und meine Angst vor Hunden war wie weggeblasen. Ich begann, ihren weichen Kopf zu streicheln, ihren Nacken zu kraulen. Sie schien es zu genießen, denn sie legte sich entspannt und ausgestreckt auf den Boden zurück und brummte zufrieden.

Wie schön hatte es doch Neele, sie konnte immer in Julians Nähe sein. Sogar, wenn er unter der Dusche war …

Kurz darauf stand Julian im Türrahmen und beobachtete uns. Seine Haare waren noch nass und er trug ebenfalls gemütliche Kleidung – an ihm sah die natürlich beneidenswert gut aus. Ich fühlte mich plötzlich lächerlich in seinem mir viel zu großen T-Shirt und der Schlabberhose. Ich saß inzwischen im Schneidersitz auf dem Boden, Neele hatte ihren Kopf und die Vorderpfoten auf meine gekreuzten Beine gelegt und genoss meine Zärtlichkeiten in vollen Zügen.

Die Luft zwischen Julian und mir knisterte, und irgendwie lag eine ungewöhnliche Spannung zwischen uns. Ich wusste nicht, ob das jetzt gut oder schlecht war. Vielleicht war es ihm nicht recht, dass ich bei Neele auf dem Boden saß? Er musterte mich eingehend, und ich wollte schon aufstehen, da schenkte er mir ein warmes Lächeln. Mein Herzschlag beruhigte sich dadurch zwar keineswegs, doch ich wusste, dass ich nichts Falsches getan hatte.

Er kam auf mich zu, kniete sich zu uns herab und streichelte Neele. Unsere Finger berührten sich kurz. Dann sah er mir tief in die Augen, und ich hatte das Gefühl, als könnte er in all die tiefen verborgenen Winkel sehen, in die bisher noch niemand einen Einblick erhalten hatte. Meine Wangen färbten sich rot, als mir wieder einfiel, wie ich ihn mir noch vor wenigen Minuten vorgestellt hatte. Ob er das auch in meinen Augen lesen konnte? Doch selbst wenn es so wäre, ich konnte in seinem Gesicht keine Anzeichen dafür erkennen. Sein Lächeln wärmte mich von innen heraus, mehr, als die Dusche es gekonnt hatte. Julian küsste mich auf die Stirn, bevor er mich wieder mit seinem intensiven Blick anschaute.

„Jana, ich freue mich so, dass du hier bist. Hier in meiner Wohnung, nach allem, was vorgefallen ist. Ich dachte schon, ich hätte dich wieder … endgültig verloren, an dem Nachmittag im Park.“

Seine Worte rannen hinunter wie Honig. „Ich bin auch froh, hier zu sein. Und ich bin froh, dass du es *nicht* komplett verbockt hast“, fügte ich mit einem Zwinkern hinzu.

Er lachte heiser auf, und Neele erhob sich, um gemütlich in die Küche zu trotten. Julian zog mich an beiden Händen auf, hinein in seine Arme. Seinen Körper so nah und ganz an meinem zu spüren, war unglaublich. Ich sog seinen Duft ein, vermischt mit dem seines Duschgels, und ich war dankbar, als wir gemeinsam auf seine Couch sanken.

„Du hast wirklich eine … beeindruckende Wohnung."

Er zog die Augenbrauen hoch. „Inwiefern?"

Äh ja, jetzt hatte ich mich in eine peinliche Situation manövriert. *Glückwunsch, Jana.* Verlegen blickte ich auf mein Wasserglas, das immer noch auf dem Wohnzimmertisch stand. „Naja, ich dachte an etwas viel Schlichteres, Unpersönlicheres. So viel … Geschmack beim Einrichten hatte ich dir nicht zugetraut."

Julian lachte laut auf. „Ich muss gestehen, ich hatte weibliche Unterstützung."

Autsch! Da war sie, die Antwort, die ich eigentlich nie hören wollte und doch herausgefordert hatte. Da war sie, die Exfreundin, die plötzlich überall präsent war. Okay, genau genommen war die Wohnung eigentlich gar nicht so umwerfend.

Ich sah mich noch einmal um, und irgendwie hatte der Raum innerhalb einer Zehntelsekunde an Charme verloren. Die Realität traf mich wie ein Schlag ins Gesicht, und ich konnte meine Gefühle nicht vor ihm verbergen. Poker wäre dann wohl nichts für mich, denn mein Pokerface ließ offensichtlich sehr zu wünschen übrig.

Julian lehnte sich zurück, und seinem süffisanten Grinsen nach zu urteilen, genoss er mein Leiden, was mich wütend werden ließ. In meinem Kopf fingen Fragen an zu schwirren – wie lange war eigentlich seine letzte Beziehung her? Hatten sie hier gemeinsam gelebt, hatten sie diese Wohnung gemeinsam eingerichtet? Hatten sie noch Kontakt und wenn, wie oft? Unglaublich, eine heiße Welle der Eifersucht schwappte über mir zusammen, und beschämt und verärgert griff ich nach meinem Wasserglas.

„Aha", war alles, was ich über die Lippen brachte.

Als Julian daraufhin lauthals zu lachen begann, war das Maß voll. Ich stellte das Glas zurück, stand auf, und griff nach meiner Handtasche, die ich auf den Hocker gelegt hatte. Ich hatte keine Lust mehr, länger hier zu sein und mich zur Lachnummer zu machen.

„Ich denke, es wäre besser, wenn du mich jetzt nach Hause bringst." Dass ich mich anhörte wie ein bockiges kleines Mädchen, war mir in dem Moment egal. Ich ging auf die Tür zu, doch Julian versperrte mir den Weg.

„Jana, du bist unheimlich süß, weißt du das?"

Ich schubste ihn weg und sah beleidigt zur Seite.

„Lena und meine Mom haben mir vor gut einem Jahr geholfen, die Wände zu streichen und die Wohnung einzurichten. Du hättest meine Schwester dabei sehen sollen. Sie war voll in ihrem Element und kaum zu bremsen. Sie meinte dabei mehr als einmal, dass *das* offensichtlich ihre Berufung sei, und falls sie irgendwann einmal keine Kinder mehr zum Unterrichten hätte, dann würde sie umschwenken und Einrichtungsberaterin werden."

Ich stand immer noch vor ihm, die Arme verschränkt, den Blick von ihm abgewendet, doch ich kam mir inzwischen reichlich blöd dabei vor. Gut, Julian ließ mich absichtlich in die Falle laufen und genoss meine kleine Eifersuchtswelle. Ich gönnte ihm den Triumph, ich hätte es an seiner Stelle wahrscheinlich nicht anders gemacht.

Er nahm mein Kinn in die Hand und drehte es vorsichtig in seine Richtung, sodass ich seinem Blick nicht länger ausweichen konnte. Dann hauchte er einen Kuss auf meine Lippen und erklärte weiter, obwohl ich ihn nicht danach gefragt hatte.

„Bevor ich in diese Wohnung zog, teilte ich mir zehn Jahre lang mit einem meiner besten Freunde, Thomas, eine Wohnung in Salzburg, wo ich auch studiert habe. Dann hat er sich verlobt, und für mich war das das Zeichen, endlich eine eigene Wohnung und einen neuen Job hier in Linz zu suchen. Ich wollte wieder dort daheim sein, wo auch meine Familie war."

Julian legte seine Arme auf meine Schultern, und ich umschlang zögernd seine Taille. Immer noch sahen wir uns in die Augen, als er das brisante Thema noch einmal ansprach. „Jana, dass wir beide auch eine Vergangenheit haben, lässt sich nicht abstreiten. Wäre auch irgendwie sehr schräg, wenn es nicht so wäre in unserem Alter. Ich möchte dich auch gar nicht mit Geschichten von Exfreundinnen langweilen. Ich will aber, dass du weißt, du bist die Erste, die hier in meiner Wohnung ist."

Natürlich hatte er vor mir schon Freundinnen, was hatte ich denn erwartet? Dass er seit unserem ersten Kuss nur darauf gewartet hatte, mich wiederzusehen? So naiv konnte kein Mensch sein. Und trotzdem schmerzte der Gedanke an Exfreundinnen – wobei hier die Betonung auf *-innen* lag. Jaja, schon gut, es hätte die Sache nicht weniger unglaubwürdig gemacht, wenn er nur von einer Ex gesprochen hätte. Denn ein Mann wie er hatte sicher wilde Jahre erlebt, in denen er die Frauen wechselte wie andere ihre Unterwäsche. Doch die genaue Anzahl wollte ich, ehrlich gesagt, gar nicht wissen.

Ich gab mich erst einmal mit dem Wissen zufrieden, dass ich die Erste war, die er mit in seine eigenen vier Wände nahm, und das, obwohl er bereits seit einem Jahr hier wohnte. Darauf konnte ich mir immerhin etwas einbilden. Ich merkte, wie erleichtert ich plötzlich war, und drückte mich fest an ihn. Er erwiderte meine Umarmung, und so standen wir da, Arm in Arm, gefühlte vierundzwanzig Stunden.

Julian ließ es sich nicht nehmen, meine nasse Kleidung zu waschen und anschließend in den Trockner zu geben. Ich gab mich geschlagen und überließ sie ihm. Immerhin konnte ich so länger bei ihm bleiben, weil ich natürlich so lange warten wollte, bis wieder alles trocken war. Danke an den Wettergott!

Wir machten es uns auf seinem Sofa gemütlich. Im Badezimmer gab die Waschmaschine ihr Bestes, und in unseren Händen hielten wir Jumbotassen, gefüllt mit dem meiner Meinung nach besten Cappuccino außerhalb Italiens – Marcos Kreation fairerweise nicht mitgezählt.

Noch ein Punkt, der für Julian sprach. Gedanklich fügte ich ihn auf meiner Plus/Minus-Liste hinzu, bei der die positive Seite länger und länger wurde. Julian hatte seinen Arm um mich gelegt. Ich schmiegte mich an seine Seite und pustete vorsichtig in meine Tasse.

Er erzählte von seiner Zeit in Salzburg, dem Studium und seinen beiden besten Freunden. Ihr Zusammenhalt und ihre Freundschaft erinnerten mich an die von Isa und mir. Wir blätterten durch das Fotobuch seiner USA-Reise, während er von seinem Abenteuer schwärmte.

„Irgendwann, Jana, … irgendwann will ich noch einmal über

den großen Teich“, vertraute er mir an, als er sich streckte und zurück in die Kissen fallen ließ. „Vielleicht auch weiter in den Süden, Richtung Mexiko. Oder nach Asien … Australien … Es gibt so viele schöne Plätze auf dieser Erde, die ich noch unbedingt sehen will, bevor ich alt und runzelig bin.“

Ich musste schmunzeln und nahm mir fest vor, ab sofort zu sparen, um mir meinen Traum auch so bald wie möglich zu erfüllen. *Wer weiß, vielleicht hab ich ja dann eine Begleitung, wenn es soweit ist.*

„Wieso seid ihr damals eigentlich von Salzburg nach Linz gezogen – du und deine Familie?“ Ich konnte mich nicht daran erinnern, je den Hintergrund ihres Umzugs erfahren zu haben.

Julian stand auf und gab mir ein eingerahmtes Foto aus seinem Regal, ehe er sich wieder zu mir auf die Couch fallen ließ. Eine Frau mit weißen Haaren, die diese zu einem Knoten gedreht hatte, und eine Kleiderschürze trug, saß an einem Holztisch im Freien, eine Schüssel mit Erbsen vor ihr, einen Berg Schoten daneben. Links und rechts von ihr saßen zwei kleine Kinder. Ein Mädchen von geschätzt zwei Jahren und ein circa siebenjähriger Junge.

„Das ist unsere Omi. Wir lebten alle zusammen in einem Haus auf dem Land. Als sie starb, hielt es meine Mama nicht mehr in ihrem Elternhaus aus, und so zogen wir nach Linz.“

Ich musterte das Foto genauer. Im Hintergrund ein uriges Haus mit Blumen vor den Fenstern, ein Obstbaum im großen Garten. Als ich mir die Kinder genauer ansah, entdeckte ich bekannte Gesichtszüge.

„Das sieht nach einem schönen Leben aus, das ihr da hattet …“ Es war ein Schuss ins Blaue, aber die Kinder hatten ein Strahlen auf ihrem Gesicht, und auch ihre Oma wirkte auf mich, als wäre sie eine sehr freundliche, liebenswerte Person gewesen.

„Da hast du recht. Ich denke heute noch gern an die Zeit zurück, auch wenn ich mich nur an wenige Momente erinnern kann. Aber dieses Foto liebe ich, und ich sehe uns heute noch mit Omi am Tisch sitzen und Erbsen schälen.“ Er grinste spitzbübisch, als er mit einem Zwinkern ergänzte: „Naja, Omi schälte, wir aßen, was das Zeug hielt.“

Er stand auf und stellte das Foto zurück an seinen Platz. „Mein Vater verlor nach kurzer Zeit seinen Job hier in Linz. Von da an ging es bergab …"

Bedrückt von dem Stimmungswechsel nippte ich an meiner Tasse. „Aber das gehört zur Vergangenheit." Er lächelte wieder, was mich aufatmen ließ.

Ich kuschelte mich an ihn, wollte einfach für ihn da sein, denn das war alles, was ich im Moment für ihn tun konnte. Eine Weile hielt er mich fest, und wir hingen unseren Gedanken nach.

„Was hältst du davon, wenn wir uns, bis deine Wäsche fertig ist, einen Film ansehen?", wechselte Julian plötzlich das Thema.

Ich sah ihn an. Wieder einmal konnte ich in seinen Augen eine Unsicherheit erahnen, wie ich sie bei einem Mann seiner Klasse nie vermutet hätte. Hatte er wirklich so sehr Angst, es sich erneut mit mir zu vermasseln? Dachte er inzwischen über jeden Schritt zweimal nach, aus lauter Sorge um meine Reaktion?

„Gerne." Erleichtert lächelte er mich an.

„Was hast du denn im Angebot?"

„Naja, also mit Liebesschnulzen kann ich weniger dienen …"

„Das stört mich kein bisschen, ich schaue liebend gerne Actionfilme."

„Du bist wirklich eine Traumfrau." Er zwinkerte mir zu, sprang auf und öffnete einen Schrank, in dem sicher an die vierhundert DVDs waren, wenn nicht mehr.

„Wow!" Ich staunte nicht schlecht. „Was für eine Auswahl! Das ist ja fast wie in einer Videothek."

„Fast." Stolz grinste er von einem Ohr zum anderen. „Also, in welche Richtung darf es denn gehen? Wildes Gemetzel? Schießereien? Stunts mit Autos? Oder willst du eher Kämpfe mit Fäusten sehen?"

Ich stand auf und kam an seine Seite. „Lass mich mal sehen, welche Filme du hast. Entweder einer, den ich noch nicht kenne, oder einer, der verdammt gut ist, und den ich mir immer wieder anschauen kann."

„Na, da bin ich jetzt aber gespannt, auf welchen deine Wahl fällt." Julian stellte sich hinter mich, legte seine Arme aber um mich und nahm mir so jede Konzentration. Ich ließ meine Augen über die Hüllen wandern, doch als er mit seinem Mund zärtlich meinen Hals berührte, war es mit meiner Konzentration vorbei. Ich schloss die Augen und genoss. Die Spur, die seine Lippen zog, jagte ein Kribbeln vom Kopf bis in die Zehen. Ich lehnte mich gegen ihn und war froh, dass er seine Arme um mich gelegt hatte. Ansonsten hätten wahrscheinlich meine Knie nachgegeben.

„Und?“ Seine Frage drang nur dumpf zu mir durch. Sein warmer Atem streichelte zart über meine Haut am Nacken. „Jana?“

„Mhm ...“

„Welcher Film?“

„Hmmm ...“

„Okay, ich sehe schon, so kommen wir nicht weiter.“ Die Berührungen am Hals hallten leise in mir nach, als er etwas Abstand zwischen uns brachte.

„Nicht aufhören“, murmelte ich leise.

Julian drehte mich in seine Richtung und sah mich mit ernstem Blick an, als er seine Hände auf meine Schultern legte. Der bedeutungsvolle Ausdruck auf seinem Gesicht holte mich mit einem Schlag auf den Planeten Erde zurück. Ich war mir nicht sicher, ob ich was falsch gemacht hatte. Oder weswegen hörte er plötzlich auf? Ein dicker Kloß formte sich in meinem Hals. Ich war nicht in der Lage, etwas zu sagen, stumm wartete ich ab, was er mir jetzt offenbaren würde. Ich hatte Angst. Angst vor seinen Worten. Angst, was sie mit mir anstellen würden. Was hätte er für einen Grund? Hatte er doch eine Freundin? Oder gefiel ich ihm nicht? Oder ...

„Jana, ich möchte auch nicht aufhören, aber ...“

Ich blinzelte die Tränen weg. *Aber? ... Aber was?* Verdammt, ich durfte jetzt ja nicht heulen! Verschämt drehte ich meinen Kopf zur Seite.

„Hey ... Nein, so war das jetzt nicht gemeint! Jana, sieh mich an, bitte!“

Nur widerwillig schaffte ich es, seinem Blick standzuhalten.

„Hör zu, es gibt nichts, was ich mir mehr wünschen würde. Aber ich will nicht *wieder* alles überstürzen und somit verderben. Ich habe schon zweimal den Fehler begangen, dass ich instinktiv und vorschnell gehandelt habe. Wir haben doch ewig Zeit. Uns läuft nichts davon. Lass uns eine DVD ansehen und dabei kuscheln und knutschen – so, wie es damals vor fünfzehn Jahren hätte laufen sollen, wenn ich es nicht versaut hätte."

Sein Lächeln war ehrlich und hoffnungsvoll.

Kuscheln und knutschen. Nun gut, daran war ja nichts auszusetzen. Und vielleicht hatte er recht, vielleicht sollten wir wirklich nichts überstürzen. Würden wir jetzt miteinander schlafen, würde es vielleicht alles zerstören. Es wäre nur eine Nummer, *ich* wäre vielleicht nur eine Nummer, eine Kerbe in seinem Bettpfosten. Ganz ohne Bedeutung, ohne Zukunft. Und *nein,* das wollte ich bei Gott nicht.

Damals, mit vierzehn, hätte ich mir wahrscheinlich nichts sehnlicher gewünscht, als mit ihm gemeinsam einen Film anzusehen und von ihm dabei im Arm gehalten zu werden. Ich versetzte mich einen Augenblick zurück in meine Vergangenheit, und plötzlich erschien mir sein Handeln total einleuchtend. In welcher verstörten Welt waren wir eigentlich gelandet, in der man davon ausging, dass nach einem Kuss sofort Sex auf der Tagesordnung stand? Was war mit der guten alten Romantik, mit dem Umwerben, dem Kuscheln, der liebevollen Zweisamkeit und dem langsamen Annähern?

Mein Nicken ließ ihn erleichtert seufzen, und gemeinsam durchforsteten wir ein zweites Mal seine DVDs – diesmal aber richtig.

Julian hatte eine große Sammlung von Quentin Tarantinos Werken. Ich liebte diesen Meister seines Faches. Seine Filme hatten für mich etwas Spezielles, Anderes. Ich mochte seine unkonventionelle Erzählstruktur. Als ich von seinen Filmen zu schwärmen begann, sah mich Julian mit leuchtenden Augen an und gab mir einen dicken Kuss. Offensichtlich hatte ich wieder einmal auf den Punkt getroffen. Wir diskutierten noch ein Weilchen über die Filme des Oscarpreisträgers, ehe wir uns für *Kill Bill, Vol. 1+2* entschieden. Was für eine hervorragende Wahl – knappe vier Stunden Dauerkuscheln!

Mit einer großen Schüssel Popcorn auf unseren Beinen und eisgekühlter Cola griffbereit auf dem Tisch, kuschelten wir uns aneinander. Julian hatte die Fenster verdunkelt und ein paar Kerzen angezündet. Ich musste über seine Bemühungen schmunzeln. Wären wir noch Teenager, hätte der Fernsehabend wohl genauso ausgesehen. Und wie versprochen tauschten wir schüchterne Zärtlichkeiten, wie zwei verliebte Teenager.

Ich konnte mich nicht daran erinnern, wann ich Zweisamkeit das letzte Mal so sehr genossen hatte. So ganz ohne Druck und Vorgaben war es ein unglaublich erleichterndes Gefühl, und ich wünschte, dass wir uns diesen besonderen Zustand noch länger beibehalten würden. Schweigend staunte ich über diesen einzigartigen Mann, der erste, der mir das Gefühl gab, etwas Besonderes zu sein. Er zeigte mir, dass er an mir selbst und an meiner Persönlichkeit interessiert war. Glücklich schmiegte ich mich an ihn und wünschte, ich könnte die Zeit anhalten und den Moment bis zuletzt auskosten.

Kapitel 12

Was will frau mehr?

„Du hättest sie sehen sollen, Isa! Sie saß oben, als wäre sie mit einem Pferd unter ihrem Hintern geboren worden."

Ich prustete laut los bei Lenas Beschreibung meiner doch sehr bescheidenen Reitkünste und boxte ihr an die Schulter.

„Glaub ihr kein Wort, ich hab sicher ein lächerliches Bild abgegeben. Ich hatte Glück, dass mich Jazzman nicht gleich wieder abgeworfen hat."

„Oh Mann, das hätte ich wirklich zu gerne gesehen. Sagt das nächste Mal Bescheid, dann komme ich mit und filme deinen Ritt."

„Untersteh dich! Du kannst unsere Freundschaft als gekündigt ansehen, wenn du das wirklich machst!" Ich drohte Isa mit dem Zeigefinger, den sie lachend ignorierte.

Lena lachte mit. „Ich meinte das ernst, du hast dich wirklich nicht schlecht angestellt fürs erste Mal. An deiner Körperspannung merkt man einfach, dass du Sport machst. Du hast ein super Gefühl für die Bewegungen entwickelt. Ich meld mich jedenfalls bei dir, bevor ich wieder zu Jazzman fahre. Kommende Woche bin ich mit meinen Schülern am Attersee auf Landschulwoche, aber die Woche darauf können wir uns gerne wieder treffen, wenn du möchtest."

Mit diesen Worten rauschte Lena auch schon aus der Umkleide hinaus, auf direktem Weg in Marcos Arme. Die beiden würden wahrscheinlich den ganzen Vormittag aufeinanderkleben, und wir durften ihnen dabei zusehen, wie sie Blicke in Herzform austauschten. Isa verdrehte bereits genervt die Augen, doch ich konnte die beiden nur zu gut verstehen. Ich selbst grinste unaufhörlich von einem Ohr zum anderen und konnte es kaum erwarten, bis wir alleine waren und ich Isa alles erzählen konnte.

„Und mehr ist nicht gelaufen zwischen euch?" Verständnislos schüttelte Isa ihren Kopf und ließ ihren geflochtenen Pferdeschwanz dabei energisch hin- und herwackeln. „Nur küssen und kuscheln", bestätigte ich.

„Wieso? Wie hält man das überhaupt aus? Was heißt das jetzt für euch? Seid ihr zusammen? Hat es nicht einmal ein bisschen Gefummel gegeben? Will er nicht? Oder wolltest du nicht? Warte … hast du deine Tage?"

„Mann … Isa! Bitte … es dreht sich eben nicht immer alles nur um Sex. Und nein, ich hab nicht meine Tage. Es war einfach schön, nur die Nähe des anderen zu spüren."

Meine Freundin musterte mich noch immer ungläubig, und ihr Kopfschütteln ließ nicht nach. „Irgendwas stimmt da nicht mit euch beiden …"

„Mensch, Isa, so was nennt man Romantik. Es geht nicht immer nur ums Vögeln. Es gibt auch Männer, für die Sex nicht zwingend an erster Stelle steht."

„So kenne ich dich gar nicht. Was ist mit meiner Jana passiert, die mit Georg jede freie Minute im Bett verbrachte?"

„Musst du jetzt wieder mit dem kommen?" Genervt seufzte ich und verdrehte die Augen. Ich wollte nicht schon wieder einen Streit mit Isa anfangen. Irgendwie tat Julian *mir* zwar unheimlich gut, jedoch vertrug sich die daraus resultierende Situation nur wenig mit meiner Freundschaft zu Isa.

„Wir waren einfach ständig geil aufeinander, was ja grundsätzlich nicht schlecht ist, doch hat so ein Zustand keine Zukunft. Das war es aber, was ich mir wünschte … was ich mir immer noch wünsche. Ich möchte von einem Mann als Frau, als Mensch geschätzt und geliebt werden und nicht wegen meiner Fähigkeiten im Bett."

Isa zuckte mit den Schultern. „Wenn es dich glücklich macht, macht es mich das ebenfalls. Auch wenn ich den Sinn eures gestrigen Kuschelmarathons nicht nachvollziehen kann … aber ich muss ja nicht alles verstehen."

Es kann ja nicht jeder so sexsüchtig sein wie du, warf ich ihr in Gedanken an den Kopf, doch dann biss ich mir auf die Zunge. Was das anging, würde ich sie wahrscheinlich nie ganz begreifen.

Nach dem Training fuhr ich zu meiner Mom, die mich zum Mittagessen eingeladen hatte. Martin sollte auch dabei sein, und ich freute mich schon auf das gemütliche Beisammensitzen. So konnte ich ihnen noch einen schönen Urlaub wünschen, den sie übermorgen antreten würden.

Auf der Fahrt zur Wohnung meiner Mutter wanderten meine Gedanken wieder zu Julian, und die anderen Autofahrer durften sich über mein Dauergrinsen wundern. Mir war das jedoch egal. Und hätte die ganze Welt über mich gelacht, ich hätte es mit einem Schulterzucken hingenommen. Keiner von den anderen 7,1 Milliarden Menschen konnte annähernd empfinden, was sich in meinem Inneren abspielte – davon war ich überzeugt.

Wir hatten nach dem Filmmarathon noch ewig über Tarantino, seine Filme, über die Darsteller und die Hollywoodmaschinerie geplaudert, und es war wirklich erstaunlich, wie viele Parallelen sich in unseren Gedankengängen fanden. Und, selbst wenn wir mal nicht einer Meinung waren … kein Problem! Kein beleidigtes Abblocken, sondern Interesse daran, die Sichtweise des anderen zu hören und darüber zu reden. Ich konnte mich nicht erinnern, wann mir zuletzt das „Nicht-einer-Meinung-sein" so sehr Spaß gemacht hatte.

Wir ließen uns eine Pizza liefern und verließen die Couch nur, als der Pizzabote klingelte, als die Wäsche von der Waschmaschine in den Trockner und dann von dort wieder raus wanderte und, wenn doch einmal die Blase zu leeren war. Die restliche Zeit redeten wir über Gott und die Welt und küssten uns ewig, sodass mir heute Morgen die Lippen brannten. Oder wir saßen einfach aneinandergekuschelt da und genossen die Nähe des anderen. Nur hin und wieder mussten wir die Hände voneinander lassen und etwas Abstand zwischen uns bringen, dann, wenn Neele eifersüchtig ihren Kopf zwischen uns beide schob.

Als mich Julian spät in der Nacht nach Hause brachte, wollte ich am liebsten gar nicht aus dem Auto aussteigen – nicht zuletzt wegen der Tatsache, dass Julian mit seinen beiden besten Freunden für zwei Tage zum Klettern in die Berge fahren wollte. Sie würden erst Sonntagabend wieder zurückkommen, und ich hatte keine Ahnung, wie ich die Zeit ohne ihn aushalten sollte. Feig, wie ich war, hatte ich mich nicht getraut, ihn um sein T-Shirt zu fragen … So hätte ich wenigstens einen kleinen Teil von ihm bei mir gehabt.

Hatte ich tagelang gehofft, er würde gleich wieder aus meinem Leben verschwinden, so hatte sich innerhalb eines Tages mein Leben total verändert: Ich war süchtig nach Julian. Ich musste mir wohl oder übel eine Beschäftigung suchen, um mich vom Warten abzulenken. Ungeduldig, wie ich war, war ich mir sicher, ich würde alle fünfzehn Minuten auf die Uhr sehen, in der Hoffnung, die Zeit hätte vielleicht einen Zwei-Stunden-Sprung gemacht, den ich nicht mitbekommen hatte.

„Hallo, mein Mäuschen, wie geht's dir? Du siehst schmal aus, du solltest wirklich öfter zum Essen zu mir kommen.“ Typisch Mom. Öffnete mir die Tür und hatte sofort Angst, ich könnte verhungern. Während der Umarmung verdrehte ich hinter ihrem Rücken die Augen und sah Martin auf uns zukommen, der ein Lachen unterdrücken musste.

„Hallo, Jana, ich freue mich, dass ich dich auch vor unserem Urlaub noch einmal zu Gesicht bekomme. Wie geht es dir? Was macht die Arbeit?“

Hatte ich schon erwähnt, dass ich Martin mochte? Es war alles so herrlich einfach mit ihm. Kein langes Geplauder über Gefühle. Wenn er mich fragen würde, wie es mir ginge, und ich hätte mir eben ein Bein abgehackt und würde ihm mit „Gut, danke, dir?“ antworten, so würde ihn die Antwort zufriedenstellen und er würde ebenso mit einem „Gut“ antworten. Er war nicht ignorant oder gar selbstsüchtig, nein, er war einfach nur ein Mann, wie er im Buche steht. Ein Beispiel für das Klischee, dass in die Männerwelt keine Gefühlsausbrüche und weibliche Hormonschwankungen passten. Ich grinste und reichte ihm die Hand.

„Ich freu mich auch. Hast du schon alles gepackt?"

„Natürlich, willst du meine Checkliste sehen?"

„Ahm ... nein, nicht nötig, ich glaub dir auch so."

Lachend gingen wir in die Küche. Mir lief das Wasser im Mund zusammen, als ich den würzigen Duft von überbackenen Schweinsmedaillons und Rosmarin-Bratkartoffeln einatmete.

Auch wenn ich meinen richtigen Vater nicht kannte und ich ehrlich gesagt auch keine allzu hohe Meinung über ihn hatte – wer lässt bitte seine geschwängerte Freundin im Stich? –, den männlichen Part in unserer kleinen Familie hatte ich immer vermisst. Doch seit Martin Teil unserer Familie geworden war, füllte er regelmäßig mein Vater-Defizit auf, mit positiven Auswirkungen auf mich.

In der Zeit vor Martin erwischte ich mich immer wieder dabei, dass ich mich bei der Partnerwahl für jemanden entschieden hatte, der mir das zu geben schien, was ich bisher in meinem Leben durch das Fehlen der Vaterfigur vermisst hatte. Klingt zwar verwirrend, doch irgendwie fühlte ich mich in einer Beziehung ständig wie das kleine Kind und blickte ehrfürchtig zu meinem Freund auf. Mein Selbstwertgefühl war darüber nicht wirklich erfreut, und, als mir mein Verhalten das erste Mal bewusst wurde, brach ich sofort die Beziehung ab und war seitdem aufmerksamer.

Mit strahlenden Augen zählte mir meine Mama während unseres Essens sämtliche Wellnesspakete auf, die sie gebucht hatte – mit der Erklärung dazu, wie lange diese jeweils dauern würden. Ich bekam also eine detaillierte Einführung in Gesichtsbehandlungen inklusive Augenlifting, Hot Stone-Massagen, Farbaromabäder und Paraffinhandpflegen. Abschließend erklärte sie mir, um wie viele Jahre verjüngt sie nach diesen vier Tagen zurückkommen würde. Ich glaubte ihr jedes einzelne Wort.

Nach dem Essen breitete Martin eine riesige Wanderkarte über dem Tisch aus und zeigte mir jede einzelne der geplanten Routen. Die beiden beugten sich angeregt über den großen Bogen Papier, der für mich einfach nur eine Landkarte war – und mit denen konnte ich schon in der Schulzeit herzlich wenig anfangen. Geografie war nie mein Fach, und, als endlich die Navigationssysteme zu erschwinglichen Preisen auf den Markt kamen, war ich ihrem Erfinder äußerst dankbar.

Meine Mutter jedoch schien genauestens zu wissen, wovon Martin sprach, und es wirkte auf mich, als wären sie in ihrer eigenen Welt gelandet. Die Blicke, die sie sich zuwarfen, waren angefüllt mit Liebe und stummen Geständnissen. Ich freute mich einmal mehr für die beiden. Ich war mir sicher, dass sie zu jenen Paaren zählten, die auch mit achtzig noch Händchen haltend durch den Park schlenderten. Und das war schließlich ein wertvolles Lebensziel, oder nicht?

Würden Julian und ich auch eines dieser Pärchen abgeben? Bei dem Gedanken musste ich grinsen. Ich versuchte, mir uns beide als alte, gebrechliche Menschen mit weißem Haar und unzähligen Falten vorzustellen, aber es gelang mir nicht. Ich musste an seine Küsse denken, an seine Hände. Wäre er ein alter Mann, würden sich seine Berührungen nicht anders anfühlen als jetzt?

Meine Gedanken wanderten zu der alten Frau Behring, die über meiner Mama wohnte. Wenn ich ihr die Hand schüttelte, war ihr Griff irgendwie sehr weich und zerbrechlich. Ihre Haut hatte merklich an Spannkraft verloren, und ich konnte die Falten deutlich auf meiner Handinnenfläche spüren. Ich hatte natürlich bei ihr keinen Vergleich zu der Zeit, als sie noch jung war. Könnte ja sein, dass ihr Händedruck immer schon etwas Fragiles an sich hatte. Doch dieses Bild, dieses Gefühl, das ich von ihr abgespeichert hatte, versuchte ich, auf Julian zu übertragen und mit ihm zu vermischen.

Ich war wohl etwas zu sehr in meinen Grübeleien versunken, denn schlagartig wurde mir klar, dass es still geworden war. Beide saßen nur da und musterten mich eingehend, ja, sie tuschelten sogar leise über mich, denn meine Mom lehnte sich leicht an Martin und flüsterte ihm hinter vorgehaltener Hand etwas zu, die Augen ohne Unterbrechung auf mich gerichtet.

„Was ist? Hab ich was verpasst?“

„Du bist heute irgendwie … anders. Gibt es etwas, das du mir erzählen möchtest?“

Möchte ich meiner Mutter etwas erzählen? – Ja! *Sollte* ich es ihr erzählen? – Nein. Zumindest nicht vor ihrem Urlaub. Als wir uns das letzte Mal über Julian unterhielten, hatte ich ihn nicht unbedingt in bestem Licht dargestellt, und ich hatte die Befürchtung, dass Mama noch immer nicht besonders gut auf ihn zu sprechen war. Immerhin ging es hier um ihre Tochter, und welche Mutter möchte ihr einziges Kind in den Armen eines Mannes wissen, der sie als Jugendlicher sexuell belästigt hatte. Zumindest war das ihre Sicht der Dinge. Na gut, sie hatte ja auch nicht ganz unrecht damit. Doch jetzt, wo ich seine Version der Geschichte kannte, sah ich das Geschehen aus einem anderen Blickwinkel. Sobald ich wissen sollte, wo mich die Reise mit Julian hinführen würde, konnte ich es ihr ja immer noch schonend berichten.

„Ich freue mich einfach für euch beide. Ihr wirkt verliebt wie am ersten Tag!" Und das war ja nicht einmal gelogen. Sie schienen es zu schlucken, denn sie lächelten sich wieder mit diesem vielsagenden und doch so geheimnisvollen Blick an, und ich war äußerst dankbar, dass ich die Aufmerksamkeit somit geschickt von mir gelenkt hatte.

Ein Piepsen durchbrach das eben entstandene Schweigen. Ich stand auf, um mein Smartphone zu holen. Somit musste ich wenigstens nicht länger stiller Beobachter des Liebesgeplänkels sein. Auch wenn es schön war, die beiden so glücklich zu sehen – wenn ich nur danebensitzen konnte und nicht einmal die Chance hatte, Julian an meiner Seite zu wissen, kam in mir das hässliche Gefühl von Neid hoch. Und das hatte ja nun wirklich nichts hier zu suchen.

Ich löste die Tastensperre und sah, dass mir jemand eine SMS geschickt hatte. Wahrscheinlich Isa, die mich doch noch zu einer Discorunde überreden wollte. Oder sie würde mir sagen, ich hätte meine Trainingshose wieder einmal unabsichtlich in ihre Sporttasche gepackt. Wäre ja nicht das erste Mal.

Doch es war Julian, und ich konnte gar nicht fassen, dass er sich bei mir meldete. Ich hatte nicht einmal damit gerechnet, dass er sein Telefon mit in die Berge nehmen würde. Geschweige denn, dass dort überhaupt Handyempfang existierte.

Julian König:
Es ist zwar unglaublich schön hier oben, aber du fehlst mir!

Das nächste Mal nehm ich dich mit, erst dann ist der Ausblick perfekt. ;-)

Mein Herz tanzte Samba, und ich befürchtete, für heute mein Grinsen wohl nicht mehr abstellen zu können. Grundsätzlich schlecht für mich, da ich keine Ahnung hatte, wie ich meine Mom erneut vom Thema ablenken sollte. Doch eigentlich war mir das im Moment sogar egal. Julians Worte hatten mich gerade total vom Hocker gehauen. Ich konnte mich nicht erinnern, dass jemals ein Mann so etwas ... Liebevolles zu mir gesagt hatte. Solche Sätze hatte ich bis jetzt nur in Filmen gehört und immer gedacht, dass auch diese Männer eine Erfindung der Filmindustrie sein mussten. Denn bisher war ich noch nie einem begegnet, der so romantisch sein und mit zwei Sätzen so viel Gefühl vermitteln konnte.

Ich wusste von niemandem, der jemanden kannte, der so war. Gut, Martin war wohl ein besonders herzensguter, liebenswürdiger Mann, aber ich konnte mir beim besten Willen nicht vorstellen, so etwas aus seinem Mund zu hören.

Schnell tippte ich Julian eine Antwort, mit dem beschämenden Gefühl, nicht annähernd das gesagt zu haben, was in mir loderte.

Jana Sommer:
*Ich wäre wirklich gerne bei Dir. Pass auf Dich auf! :-**

Zurück im Esszimmer lauschte ich den Erzählungen über Martins letzten Betriebsausflug in einen Hochseilpark und musste Tränen lachen bei der äußerst bildlichen Erläuterung, wie er oben auf dem Podest stand und sich weder vor noch zurück traute, da ihm erst sieben Meter über dem Boden seine Höhenangst wieder eingefallen war.

Als ich abends in meine Wohnung kam, warf ich zuerst meine Trainingssachen in die Waschmaschine. Ich drehte das Radio auf und las noch einmal Julians Worte. Sofort hatte ich wieder dieses wahrscheinlich äußerst dämliche Grinsen auf meinen Lippen. Ich konnte nicht anders und schaltete meinen Computer ein, der auf dem Wohnzimmertisch stand. Ich vermisste ihn so.

Wie ein schmachtender Teenager saß ich vor dem Bildschirm und blätterte unaufhörlich durch Julians Fotoalbum. Ich suchte in seinen Gesichtszügen nach Ähnlichkeiten mit meinen Jugenderinnerungen beziehungsweise mit dem Foto, das ich von ihm hatte. Ich verglich die Bilder miteinander. Doch es war unglaublich, wie anders er heute wirkte.

Natürlich lagen viele Jahre dazwischen und gerade die, in denen sich ein Mensch sehr stark verändert. Ich musste den Kuss vom Teenager Julian mit dem von gestern vergleichen. Er war schüchtern gewesen als Junge, auch wenn er mit seiner Machomaske versucht hatte, es sich nicht anmerken zu lassen. Gestern hingegen war mir sehr wohl aufgefallen, dass Julian genau wusste, was er tat. Ich trank einen großen Schluck meiner Cola und lehnte mich zurück, während ich weitergrübelte.

Mir fiel wieder die Unterhaltung mit Lena ein, als wir im Reitstall waren. Ihre Worte „Spiel kein Spiel mit ihm" machten mich nachdenklich. War vielleicht auch seine Vergangenheit mit Frauen nicht unbedingt die rosigste? Oder wusste sie womöglich doch mehr von damals?

Nichts lag mir ferner, als Julian zu verletzen. Dass es damals nicht mit uns geklappt hatte, dass er sich so negativ verändert hatte, war Pech gewesen. Pech für mich, Pech für uns ... Schicksal für Julian. Doch zum Glück war es nur eine Maske gewesen, die er sich zu seinem eigenen Schutz aufgesetzt und so sein wahres Ich versteckt hatte. Wie Julian wirklich war, wusste ich schon damals, hatte ich damals schon gespürt, und die letzten paar Tage hatte er mir mehrmals bewiesen, dass er etwas ganz Besonderes war – vielleicht der Glücksfall für mich?

Die Jahre nach dem Suizid seines Vaters hatten ihn geprägt, was ja auch nicht zu verdenken war. Aber mit dem Julian von damals hatte er nichts mehr gemeinsam. Die Familienfotos in seiner Wohnung sprachen Bände. Er liebte seine Schwester, seine Mutter, seine Omi ... ja sogar seinem Vater trug er nichts nach, denn sonst hätte er das Bild von ihm nicht aufgehängt. Obwohl er ihr aller Leben zerstört hatte, trotz seines großen Fehlers, den er durch den Selbstmord begangen hatte, liebte Julian ihn. War es nicht eine der größten Stärken der Menschheit, zu verzeihen?

Isa hatte mich tatsächlich überredet, heute Abend mit ihr das Nachtleben unsicher zu machen – auch wenn ich überhaupt nicht in Stimmung war. Am liebsten wäre ich daheimgeblieben und hätte mich meinen Tagträumen hingegeben. Durch Julians Kuss war ich in einer anderen Welt, und diese gefiel mir unheimlich gut.

Wenn ich nun mit Isa in eine Bar ginge, konnte ich mir sicher sein, dass sie sämtliche Blicke der Männer auf sich ziehen würde und ich ihr über kurz oder lang gelangweilt beim Flirten zusehen durfte, oder – noch schlimmer – eines der begattungswilligen Männchen würde mich ebenfalls vollquasseln. Wenn ich vor ein paar Wochen noch Spaß an solchen abwechslungsreichen und amüsanten Abenden hatte, so konnte ich mich jetzt, mit Herzchen in den Augen, gar nicht dafür begeistern. Doch andererseits wollte ich auch nicht daheim versauern. Ich wollte nie so eine Stubenhockerin sein, die zu Hause auf ihren Mann wartete. Also – auf ins Getümmel.

Die Bar, in die wir gingen, war eine unserer Lieblingslokalitäten. Die Musik schwankte zwischen Club und House, zu der man auf der kleinen Tanzfläche ordentlich abtanzen konnte. Die Cocktails waren sensationell gut, riesengroß, und die Kellner auf Zack. Und ja, die Auswahl an gut aussehenden Männern war äußerst passabel.

Als wir aus dem Taxi stiegen, musste ich feststellen, dass ich wieder mal das graue Entlein neben dem schönen Schwan abgeben würde. „Oh Mann, Isa … Ich dachte ja wirklich, ich hätte mich heute in Schale geworfen, aber du stielst mir wie immer die Schau."

Isa musterte mich von oben bis unten. „Blödsinn, du siehst heiß aus!"

„Ja, klar … wenn ich heiß bin, was bist dann du?" Meine Freundin sah wie immer beneidenswert aus. Sie trug ein ultrakurzes Kleid, das ihre langen Beine in den schwarzen High Heels perfekt zur Geltung brachte. Ihre Haare hatte sie zu leichten Locken gedreht, mit denen sie aussah wie ein Engel auf Erden. „Würdest du behaupten, du hättest deinen persönlichen Stylisten und Make-up-Artist engagiert – ich würd's dir auf der Stelle abkaufen."

„Ach Süße, du übertreibst total. Im Übrigen gefällt mir dein Shirt. Der Wasserfall-Ausschnitt ist toll. Und in dem Jeans-Mini sehen deine Beine aus wie die von einem Topmodel." Ich sah an mir hinab, doch selbst mit den schicken Peep Toes kam ich mir neben meiner Freundin ziemlich underdressed vor.

Doch im Prinzip konnte es mir egal sein, denn ich war heute nicht auf Männerfang – ich hatte meinen Fisch ja bereits am Haken. Und der war ein besonders toller Hecht.

Wir nahmen an einem Tisch in der Nähe der Bar Platz, von dem aus wir einen guten Überblick hatten. Während wir auf unsere Coladas warteten, scannte Isa mit Kennerblick den Raum.

„Weißt du, ich denke, mit Julian kannst du dich glücklich schätzen. Wenn ich so darüber nachdenke, was ich in letzter Zeit für Männer kennengelernt habe …"

„Du meinst … die Busfahrer?"

Isa prustete laut los. „Genau. Zum Beispiel. Oder auch Felix – du erinnerst dich?"

Natürlich erinnerte ich mich an Felix. Mit ihm ging Isa letzten Winter mehrere Wochen aus, gerade zu der Zeit, als ich die Wahrheit über Georg erfuhr. Felix fiel in Isas klassisches Beuteschema: groß, sportlich, gut aussehend. Bestenfalls eine Kanone im Bett. Und entweder waren die Männer Ärsche oder Langweiler. Oder beides. Sie schmückten sich mit der blonden Schönheit an ihrer Seite, doch waren nie tiefe Gefühle im Spiel. Von beiden Seiten.

„Wie könnte ich Felix vergessen. Immerhin hast du mir ihn in allen Einzelheiten beschrieben. Inklusive seines besten Stücks." Isas detailgetreue Erzählungen über ihre Bettgeschichten brannten sich immer bildhaft in meine Gedanken ein, und jedes Mal, wenn ich ihnen anschließend begegnete, musste ich an die Schweinereien denken, die sie nur Tage zuvor getrieben hatten.

„Inklusive seines besten *großen* Stücks", korrigierte mich meine Freundin prompt mit einem Zwinkern.

„Aaaaah, hör auf, ich will das doch nicht wissen, hast du das schon wieder vergessen?" Ich hielt mir die Ohren zu.

„Nein, aber ich finde es jedes Mal wieder lustig, wenn du so prüde reagierst."

„Ich bin doch nicht prüde …" Genau im richtigen Moment bekamen wir unsere süßen Cocktails serviert. Wir tranken erst einen Schluck, bevor ich schnell wieder zum eigentlichen Thema wechselte. „Also, was wolltest du mir sagen? Wieso habe ich mit Julian einen Glücksgriff gelandet?"

„Aus persönlicher Erfahrung kann ich dir sagen, dass es zwei Sorten Mann gibt ..."

„Nur zwei?", hakte ich nach und sog gierig am Strohhalm.

„Genau. Die einen sind hübsch, die anderen herzlich."

„Aaaaaahja ..." Ich verstand kein Wort.

„Nehmen wir die beiden Beispiele von eben: Felix und die Busfahrer. Felix ist äußerst attraktiv. Er trägt Designerklamotten, er achtet im Allgemeinen auf sein Äußeres. Er ist sportlich. Beruflich erfolgreich."

Ahja? Von seinem Job hatte sie zwischen den Sexeskapaden nichts erzählt.

„... Und: Er ist sich seiner Wirkung auf Frauen bewusst. Ergo muss er sich um kein weibliches Wesen bemühen, denn er weiß, dass sie ihm *alle* zu Füßen liegen. Wird ihm eine langweilig, lässt er sie stehen und schnappt sich die Nächste. Für ihn ist eine Frau ein Schmuckstück, ein netter Zeitvertreib. Wenn es nicht mehr gefällt, wird es ausgetauscht."

„Und die Busfahrer?"

„Die Busfahrer sind das komplette Gegenteil. Sie sind optischer Durchschnitt. Sie fallen nicht auf durch ihr Äußeres. Was bedeutet, dass sie mit ihrem Inneren überzeugen müssen. Und das tun sie – sie sind witzig, unterhaltsam, höflich. Ich bin mir sicher, dass sie ihre Partnerin auf Händen tragen. Denn würden sie genauso oberflächlich und selbstverliebt handeln wie Felix, würden sie erst gar keine abkriegen."

„Und was hat das nun mit Julian zu tun?" Ich war mir nicht sicher, ob ich ihre Erklärung wirklich hören wollte, doch ich war zu neugierig auf ihren gedanklichen Output.

„Julian ist beides. Er bemüht sich, kämpfte bis zuletzt um dich und hat dich mit Worten und Taten verzaubert. Sieh dich an, du grinst ununterbrochen! Also, wenn du meinen Rat hören willst: Lass den Burschen ja nicht laufen, denn so eine gut aussehende, charakterstarke Version des männlichen Geschlechts gibt es viel zu selten." Okay, die Erklärung gefiel mir.

„Aye, aye, Captain!“ Ich salutierte vor ihr, und wir kicherten wie kleine Mädchen. „Aber eines musst du mir noch erklären: In welche Sparte fällt Marco?“

Isas Blick wurde nachdenklich, und sie begann, gedankenverloren mit dem Strohhalm ihren Cocktail umzurühren. Ich war mir nicht sicher, ob ich in dem gedämpften Licht nicht einen kleinen Funken Sehnsucht in ihren Augen erkennen konnte, doch nach einem leisen Seufzer sagte sie: „Marco ist wohl auch einer dieser seltenen Fälle. Versteh mich nicht falsch, ich freue mich für ihn und Lena. Aber manchmal denke ich schon an die Zeit von damals zurück. Er ist ein toller Mann, und ich bin froh, dass wir heute noch Freunde sein können. Ein kleiner Trost für …“

„Entschuldigung, wenn ich die Damen störe, aber darf ich fragen, wieso zwei so schöne Frauen ohne Begleitung hier sind?“

Oh, wie sehr ich so bescheuerte Anmachsprüche hasste. Ich unterdrückte ein genervtes Augenrollen. Das war's dann wohl mit unserem gemütlichen Frauenabend. Isa warf gekonnt ihre Mähne über die Schulter und stieg sofort mit vollem Charme auf das Gesäusel ein.

Nach einer guten Stunde war ich mit meinen Nerven am Ende. Isa genoss die Bauchpinseleien der beiden Männer, und ich gönnte ihr den Spaß von Herzen. Aber mir kamen die Sprüche plötzlich eine Spur zu übertrieben vor, sie wirkten irgendwie heuchlerisch und unehrlich. Wahrscheinlich waren sie das immer bei solchen „Vorstellungsgesprächen“ in einer Bar am Samstagabend, doch ich hatte ehrlich die Schnauze voll. Ich hatte weder Interesse zu flirten noch einen Mann kennenzulernen. Ich hatte alles, was ich wollte – auch wenn Julian zurzeit unerreichbar für mich in den Bergen war.

Als wir uns kurz entschuldigten, um für kleine Mädchen zu gehen, fasste ich einen Entschluss: „Isa, wärst du mir böse, wenn ich dich alleine lassen würde? Ich bin müde, irgendwie spür ich Kopfschmerzen, und ich hör mein Bett bis hierher schreien.“

Einen Augenblick musterte mich meine Freundin skeptisch.

„Auf gut Deutsch, dir ist langweilig, du vermisst Julian und willst nach Hause?“

Tja … aufgeflogen. „Wenn du es so ausdrücken willst … Wenn du möchtest, dass ich noch bleibe, dann tue ich das natürlich." Doch Isa winkte ab.

„Weißt du was, wir gehen noch einmal zu den beiden zurück, verabschieden uns und nehmen uns ein Taxi. Im Prinzip sind die beiden wie meine Busfahrer. Nett und langweilig. Und ich steh wohl auf Arschlöcher." Dann hakte sie sich bei mir unter, und keine zwanzig Minuten später waren wir bereits auf dem Nachhauseweg.

Mein Plan, so lange zu schlafen, bis ich von alleine munter werden würde, wurde an diesem Sonntag von meiner Mom durchkreuzt. Es war noch nicht einmal neun Uhr, als das Telefon läutete. Ich wusste sofort, weswegen sie vor ihrem Urlaub noch einmal bei mir anrief. Verschlafen verdrehte ich die Augen und schnaufte genervt, bevor ich abnahm und mich mit gewohnter Freundlichkeit meldete.

„Guten Morgen, meine Liebe. Ich hab dich hoffentlich nicht geweckt?"

„Nein, nein, ich war schon wach", log ich, „ich wollte gerade aus dem Bett raus. Hast du gestern was vergessen?" Besser gleich auf den Punkt lenken und es so schnell wie möglich hinter mich bringen, damit ich vielleicht doch noch zu etwas Schlaf kam.

„Nein, ich nicht. Du etwa?" Sie zog den letzten Satz provokant in die Länge und sprach für meinen Geschmack mindestens eine Oktave zu hoch.

„Was möchtest du denn wissen, Mama?"

„Ach, komm schon, Jana-Schatz, du weißt, wovon ich spreche. Ich meine deine gute Laune, die du versprüht hast, als du bei uns zu Besuch warst. Was ist der Grund dafür? Geht es um einen Mann? Hast du jemanden kennengelernt? Ich konnte in deinen Augen doch so ein besonderes Strahlen sehen!"

War es mir tatsächlich schon von Weitem anzusehen, wie es in mir aussah? Oder wusste meine Mom nur Bescheid, weil sie mich so gut kannte? Ich merkte, dass mir ein hysterischer Lacher entfuhr, der mich natürlich noch mehr in Erklärungsnot brachte, als er hilfreich war.

„Mama, du fantasierst. Du hättest euch beide mal sehen sollen! Vielleicht hast du dich ja nur selbst in meinen Augen gesehen. Ihr wirkt wie frisch verliebt …"

„Du weichst mir aus. Also sag schon, was ist los? Spann mich nicht auf die Folter! Du willst mir doch nicht meinen Urlaub verderben, indem du mich Tag und Nacht grübeln lässt?"

Mir klappte die Kinnlade nach unten, ich war sprachlos. Da kam sie mir einfach mit Erpressung! Dabei hatte sie ja keine Ahnung, dass ich ihr genau die Grübeleien ersparen wollte. Aber gut, was sollte ich machen, sie würde so oder so nicht locker lassen. Also kapitulierte ich.

„Ja, es geht um einen Mann. Aber ich habe ihn nicht erst vor Kurzem kennengelernt, wir sind uns bereits vor vielen Jahren das erste Mal begegnet." Ich ließ diesen Satz mal so im Raum stehen und wartete auf eine Reaktion.

Schweigen.

„Als wir noch Teenager waren", fügte ich hinzu. Dann hörte ich förmlich den Groschen fallen. Meine Mutter schnappte hörbar nach Luft, und ich hatte schon Angst, sie würde mit dem Telefon in der Hand umkippen.

„Du meinst doch nicht … Julian?" Ihre Entrüstung machte mir ein schlechtes Gewissen, denn das war die Bestätigung, dass ihr das Thema übel aufstieß. Zuerst brachte ich nur ein beschämtes „Mhm" aus mir raus. Doch dann wollte ich mich verteidigen, wollte Julian verteidigen, denn er war kein schlechter Mensch, auch wenn meine Mom noch der Meinung war. Hier war unbedingt ein Update nötig, und ich konnte mich plötzlich gar nicht mehr bremsen.

Schnell schwang ich mich aus dem Bett (ich war sowieso zu munter, um noch eine Runde zu schlafen) und schaltete die Kaffeemaschine ein, während ich ihr von Julian und mir erzählte. Wie alles begann, als wir jung waren – ich brachte sie auf den neuesten Stand meiner Erkenntnisse. Ich schwärmte von seinem Beruf und von Neele, von seiner Schwester Lena und Jazzman.

„Wie du siehst, brauchst du dir also keine Sorgen machen. Julian ist ein anständiger Mann. Er wird mir mit Sicherheit nichts Schlimmes antun. Du kannst also beruhigt in Urlaub fahren, und wenn du möchtest, stelle ich euch danach vor. Dann kannst du dir ja selbst ein Bild von ihm machen."

„Aber er *hat* dir bereits Schlimmes angetan! Wie kannst du das jetzt so locker sehen, wo du dich vor Kurzem noch damit gequält hast, mein Schatz? Er hat etwas in dir kaputt gemacht, dir deine Jugend versaut. Denkst du, dass er das wiedergutmachen kann? Lässt du dich so leicht von ihm um den Finger wickeln?" Meine Mutter regte sich richtig auf, sodass ich schlucken musste.

„Jana, du weißt, wie lieb ich dich habe und dass ich dir nur das Beste wünsche. Ich wünsche mir nichts mehr für dich, als dass du glücklich bist. Aber als deine Mutter und Freundin möchte ich nicht, dass dir jemand wehtut. Sei das physisch oder psychisch."

„Mom, natürlich versteh ich dich. Aber du musst keine Angst haben. Du weißt doch, ich bin ein großes Mädchen, ich bin zäh und stark. Du kannst also wirklich beruhigt in den Urlaub fahren."

Ich spürte ihr Misstrauen immer noch, das förmlich durch das Telefon zu mir kroch. Doch sie widersprach mir nicht mehr.

Zu gerne hätte ich das Gespräch unter vier Augen geführt. Dann wäre jetzt der Zeitpunkt gewesen, an dem ich sie fest in meine Arme geschlossen hätte, um ihre Sorgen wegzuwischen und ihr klarzumachen, dass sie viel zu ängstlich war. So blieb mir nur, ihr noch einmal einen schönen Urlaub im Schwarzwald zu wünschen, bevor ich leicht betrübt auflegte.

Ihre Sorge war natürlich unbegründet, davon war ich überzeugt – und doch hinterließ sie einen schalen Nachgeschmack. Ein Teufelchen flüsterte mir leise ins Ohr: „Und wenn was dran ist …?" Ich versuchte, meine Gedanken in eine andere Richtung zu lenken.

Ein Blick aus dem Fenster machte die meisten meiner Pläne auf einen Schlag zunichte. Es goss in Strömen, und somit beschloss ich, es mir zu Hause gemütlich zu machen.

Der Wolkenbruch brachte zum Glück eine Abkühlung mit sich. Ich riss alle Fenster meiner Wohnung auf, um die Hitze nach draußen und die frische Regenluft hereinzubringen. Noch immer planlos grübelte ich, wie ich mich ablenken und die Zeit totschlagen konnte, bis Julian mich spätabends besuchen kommen würde. Er hatte mir versprochen, auf jeden Fall noch am Sonntagabend bei mir vorbeizuschauen.

Ich schielte auf die digitale Zeitanzeige meines Backofens, die mir in freundlich warmem Rot die Uhrzeit entgegenlächelte: 10:04. Hieß für mich im Idealfall neun Stunden zu überbrücken. Worst case: zwölf Stunden. ZWÖLF!

Bereits in der Schule hatte ich mir angewöhnt, immer mit dem Schlimmsten zu rechnen. Sollte das Ergebnis wider Erwarten besser ausfallen, gab es einen Grund zur Freude. Wenn nicht, hatte ich mich bereits seelisch auf die schlechteste Situation vorbereitet und war dann weniger deprimiert. Die Bildungsanstalt hatte ich jedenfalls auf diesem Weg passabel überstanden.

Also ... was konnte ich in den verbleibenden zwölf Stunden anfangen? Ich beschloss, meine Wohnung sauber zu machen und schwang somit drei Stunden singend und pfeifend das Putztuch und den Wischmob. Anschließend gönnte ich mir eine Kaffeepause. Hatte ich schon einmal erwähnt, dass ich warten hasse?

Das Wetter blieb unverändert, also beschloss ich, etwas zu lesen. Ich fischte eine meiner neuen Errungenschaften aus dem Bücherregal, eine Liebesgeschichte in Tagebuchform, die mir die Bedienung in Marcos Café bei einem meiner letzten Besuche empfohlen hatte. Laut Rezensionen handelte es sich hierbei um leichtes Material, ideal zum Berieseln und Schmachten – heute genau das Richtige für mich.

Passend zum Thema Tagebuch und weil ich mich aufs Lesen freute, beschloss ich noch, einen Post auf mein Facebook-Profil zu stellen.

Jana Sommer
Ich mach es mir jetzt auf der Couch gemütlich – Liebesroman in der einen Hand, Schokolade in der anderen. Was will frau mehr?

Kurz scrollte ich noch die Timeline nach unten, um zu sehen, was sich bei meinen Freunden tat – jaja, der Stalker steckte wohl auch in mir – als ich kurz vorm Zuklappen meines Laptops ein kleines Pop-up sah. Julian hatte meinen Status kommentiert! Ich war total überrascht, damit hatte ich nicht gerechnet. Doch wahrscheinlich machten auch er und seine Freunde eine kurze Pause, die er offensichtlich nutzte, um meinen Post zu liken und seinen Senf dazuzugeben.

Julian König
Mich? ;-)

Ich stieß ein undefinierbares Quietschen aus, gesteuert von den Glücksgefühlen, die durch mich hindurchrasten. Und ja, er hatte recht – ich wollte ihn. Voll und ganz und unwiderruflich.

Jana Sommer
Du kommst ja leider erst so spät, da muss ich wohl mit einer Liebesgeschichte in Buchform vorliebnehmen. :-)

Ich wartete noch einen kurzen Augenblick, doch als keine Antwort mehr kam, klappte ich den Laptop zu. Zur Sicherheit legte ich mein Handy jedoch in greifbare Nähe. Würde noch jemand einen Kommentar schreiben, würde ich es am Smartphone lesen. Dann schlug ich das Buch auf und verlor mich in der wunderbaren Welt der Gefühle eines jungen Mädchens und ihrer ersten großen Liebe.

Die Zeit verging wie im Flug, und nach knapp der Hälfte des Buches meldete sich der Hunger. Meine letzte Mahlzeit lag eine halbe Ewigkeit zurück, und die Schokolade konnte das leere Gefühl in der Magengegend nur geringfügig überdecken. Auf Kochen hatte ich aber keine Lust. Immerhin hatte ich heute stundenlang die Wohnung geputzt und mir somit eine Belohnung verdient. Abgesehen davon: Warum sollte ich jetzt die Küche wieder versauen?

Ich wählte also die Nummer des Pizzalieferanten. Ich bestellte eine Pizza mit Schinken, Brokkoli und Mais, bevor ich sofort wieder im Buch versank und die Welt um mich erneut vergaß.

Ich war froh, als es endlich an der Tür läutete. Mein Magen knurrte, als ich den Türöffner drückte und die Haustüre einen Spalt öffnete. Dann eilte ich noch einmal ins Wohnzimmer zurück, hatte ich doch aus lauter Vorfreude auf mein verspätetes Mittagessen meine Geldtasche auf dem Tisch liegen lassen.

Als ich zurück in den Vorraum kam und sah, wer in der Tür stand, traf mich jedoch fast der Schlag, und mein Hunger war wie weggeblasen.

Kapitel 13

Was zum Teufel ...?

Vor mir stand Georg!

Ich war viel zu perplex, um sofort reagieren zu können, um ihn wegzuschicken oder zumindest, um ihn daran zu hindern, meine Wohnung zu betreten. Als er die Tür hinter sich schloss, wurde ich nervös. Wortlos starrte ich ihn an, war auf alles gefasst, was jetzt kommen könnte. Meine Sinne waren geschärft.

„Hallo, Jana." Seine Stimme war ein raues Flüstern. Sein Blick dazu nicht zu deuten. Wie fremd mir dieser Mensch geworden war, der noch vor wenigen Monaten mein Ein und Alles war. Erst jetzt musterte ich ihn von oben bis unten und stellte erschrocken fest, wie erbärmlich er aussah mit seinem Dreitagebart, der nichts mit dem sexy Bart von Julian gemeinsam hatte. An Georg wirkte er eher ungepflegt. Unter seinen Augen waren dunkle Ringe erkennbar. Seine zerknitterte Kleidung versuchte zu verbergen, wie dünn, wenn nicht sogar ausgemergelt, er in den letzten Monaten geworden war. Als wir noch zusammen waren, war er zwar nicht dick, jedoch hatte er überall seine Pölsterchen, die auf guten Appetit hinwiesen. Schweißgeruch kroch mir in die Nase, den mir der Windzug, der durch das Schließen der Tür entstanden war, entgegenwehte.

„Was willst du, Georg?" Meine Verachtung und meinen Ekel vor ihm konnte ich nicht verbergen.

„Jana, ich brauche dich! *Du* brauchst *mich!*"

Mit diesen Worten kam er mit ausgebreiteten Armen noch einen Schritt auf mich zu. Mein Herz pochte bis zum Hals, und ich hatte plötzlich panische Angst. Sein Blick war wirr, und ich hatte keine Ahnung, was er von mir wollte, zu was er fähig war. Ich überlegte kurz, wo ich mein Handy abgelegt hatte. Auf dem Wohnzimmertisch. Viel zu weit weg, um ungesehen danach zu greifen und Hilfe zu rufen.

„Verschwinde sofort aus meiner Wohnung, bevor ich die Polizei rufe!" Ich hoffte nur, dass er nicht einen Blick ins Wohnzimmer warf.

Georg lachte kehlig, warf dabei seinen Kopf in den Nacken und jagte mir einen Schauer über den Rücken. „Komm her zu mir, Jana." Panik stieg in mir auf, als ich den Schuhschrank in meinem Rücken spürte.

„Ich schwöre dir, wenn du mich anfasst, schreie ich das ganze Haus zusammen!" Meine Stimme versagte fast bei diesen Worten, denn die Angst schnürte mir inzwischen die Kehle zu. Sein teuflisches Grinsen wurde nur noch breiter. Sein Atem stank und vermischte sich mit seinem Schweißgeruch – mir wurde augenblicklich übel.

„Das meinst du doch nicht so, liebste Jana. Du brauchst mich, du vermisst mich. So, wie ich dich vermisst habe. Jeden einzelnen Tag. Doch nun sind wir wieder zusammen. Wir waren doch so glücklich miteinander. Gib es zu, du denkst jeden Tag an mich. *Ich* denke jeden Tag an dich, Jana, jeden verdammten Tag!"

Ein schrilles Klingeln ließ uns zusammenzucken, und Georg machte reflexartig einen Schritt zurück.

„Wer ist das?", herrschte er mich mit zusammengekniffenen Augen an.

„Der Pizzabote." Ich wedelte mit meiner Geldtasche vor seinem Gesicht, als wollte ich ihm das Beweisstück zeigen. „Auch wenn es dich eigentlich nichts angeht, wer bei mir läutet", fauchte ich ihn an und schob mich an ihm vorbei, um die Tür zu öffnen. Ich war wahrscheinlich noch nie in meinem Leben so froh, eine Pizza geliefert zu bekommen.

Die Glocke schrillte erneut, genau in dem Moment, als ich die Tür aufriss und einen untersetzten Mann mit rotem Käppi und einer Isoliertasche in der Hand vor mir stehen sah. Mit gelangweiltem Blick reichte er mir die Pappschachtel aus seiner

Warmhaltetasche, aus der es nach Schinken und Käse roch, und ich bezahlte mein Essen. Wahrscheinlich hatte er Georg hinter mir nicht einmal wahrgenommen.

Der Mann verschwand Richtung Aufzug, und ich war wieder alleine mit meinem Ex. Langsam drehte ich mich um.

„Georg, los, verpiss dich! Du hast hier nichts mehr verloren!" Die Haustüre ließ ich offen, in der Hoffnung, ihn so schnell wie möglich auf die andere Seite der Türschwelle zu bringen. In der Zwischenzeit hatte er jedoch anscheinend die Strategie geändert, denn sein drohender Blick war einem flehenden gewichen.

„Jana ... Schatz ... hör zu ... gib uns noch eine Chance! Ich habe meine Frau verlassen. Ich möchte wieder mit dir zusammen sein, ich will, dass es wieder ein *WIR* gibt." Mit diesen Worten kam er erneut auf mich zu. „Es tut mir so leid, ich weiß nicht, was in mich gefahren war, als ich dir damals die ganzen Lügen erzählt habe. Ich wollte als etwas Besseres dastehen, ich wollte einen ordentlichen Eindruck bei dir hinterlassen. Und ich war überzeugt davon, dass du an mir nicht interessiert wärst, würdest du wissen, dass ich nur ein einfacher Bauingenieur bin."

„Du fantasierst ..."

„Aber ist es nicht so? Ihr Frauen steht doch alle auf die Abenteurer, auf Männer in Uniformen. Ich dachte nicht an die Folgen, als ich dir erzählte, dass ich Pilot sei. Und als du mir geglaubt hast, sah ich keinen Ausweg mehr aus meinem Lügengeflecht."

„Ja klar ... eine Schaufel Mitleid für den armen Georg. Pah!"

„Schatz ... ich wollte dich nicht verlieren, ich hatte mich von Anfang an in dich verliebt. Also habe ich das Netz weitergesponnen und besorgte mir Pilotenmagazine, um über ‚meine' Arbeit reden zu können."

Fassungslos hörte ich mir sein Geschwafel an. Mit einer Hand hielt ich noch immer die Tür auf. Mund und Augen hatte ich ungläubig aufgerissen.

„Was zum Teufel ...?" Ich schüttelte fassungslos den Kopf. „Georg, was willst du damit bezwecken? Denkst du wirklich, wenn du hier angetanzt kommst, würde ich dich wieder zurücknehmen?"

Die Pizza in meiner Hand wurde schwer, und die Hitze, die durch den Karton kroch, schmerzte an meinen Fingerkuppen.

Der Appetit war mir inzwischen vollkommen vergangen, also stellte ich den Karton auf meinem Schuhregal ab, um ihn nicht länger halten zu müssen.

„Natürlich, Jana-Schatz!" Georg wirkte nicht auf mich, als würde er sich so schnell geschlagen geben. Jedoch war mir sein Anblick in meinen vier Wänden zuwider. Ich hatte monatelang darum gekämpft, das Bild von ihm in meiner Wohnung aus meinem Kopf zu bringen, und das sollte sich jetzt nicht wieder dort einbrennen. Auch, wenn es nun unter anderen Umständen und mit anderen Emotionen verbunden geschah. Meine Wohnung sollte ab sofort und zukünftig Georg-frei sein und bleiben. Ich hatte keinerlei positive Gefühle mehr für ihn. Wie erbärmlich war es doch, hier bei mir angekrochen zu kommen – offensichtlich ungewaschen und definitiv nicht mit frischer Kleidung – und darum zu betteln, dass ich ihn wieder zurücknehmen sollte!

„Georg, es gibt kein *wir*. Das wird es nie wieder geben. Und genau genommen gab es das auch nie. Ich kann nicht einmal sagen, dein Zug ist abgefahren, denn es gab nie einen. Denkst du denn wirklich, ich könnte jemals wieder mit dir zusammen sein, wo du mich ein ganzes Jahr lang von vorne bis hinten belogen hast? Mich verarscht hast! Für wie bescheuert hältst du mich?" Ich tippte mir mit dem Zeigefinger gegen die Schläfe.

„Jedes Wort, das über deine Lippen kommt, würde ich auf die Waagschale legen, würde bei jedem Satz die Wahrheit anzweifeln. Nicht einmal jetzt, wo du vor mir stehst wie ein erbärmlicher Wurm, glaube ich dir dein Gejammer. Weil du mich gelehrt hast, dass aus deinem Mund nur Lügen kommen. Vielleicht war die ‚Ich-hab-mich-von-meiner-Frau-getrennt-Masche' ja auch nur wieder eine Lüge, ein Trick, um mich doch noch einmal rumzukriegen." Ich wurde immer lauter, redete mich richtig in Rage.

„Wenn ich du wäre, würde ich jetzt hier aus dieser Tür marschieren und nie wieder in meine Nähe kommen. Nicht einmal mehr an mich denken sollst du. Denn es gibt nichts, was uns verbindet. Rein gar nichts!"

Demonstrativ öffnete ich die Wohnungstüre noch etwas weiter und trat einen Schritt zur Seite. „Also los, verschwinde endlich!" Dabei sah ich ihm fest und entschlossen in die Augen.

Offensichtlich war die Botschaft angekommen, denn Georg sackte in sich zusammen, die Siegesgewissheit, die Entschlossenheit, die anfangs noch in seinen Augen zu sehen gewesen war, war endgültig erloschen. Wie ein Häufchen Elend stand er vor mir und fing doch tatsächlich an zu schluchzen. War das jetzt sein Plan C? Oder …

„Du bist tatsächlich ein großartiger Schauspieler, Georg. Du solltest deinen Wunschberuf noch einmal überdenken. Dein nächstes Opfer kauft dir den mit Sicherheit ab – denn im Schauspielern bist du einsame Spitze. Dann wäre zumindest nur die Hälfte gelogen."

Mutlos blickte er auf seine Schuhe. „Es tut mir leid. Ich habe wohl wieder einmal nicht nachgedacht, sondern nur gehandelt."

„Wie kommst du eigentlich darauf, hier einfach so aufzukreuzen? Abgesehen davon, dass ich überall hätte sein können. Oder denkst du, ich sitze seit unserer Trennung jedes Wochenende einsam daheim und warte nur darauf, dass du wiederkommst?"

„Nein, das nicht. Aber ich wusste, dass du alleine in deiner Wohnung bist."

„Wie bitte?" *Ich glaub, ich hör nicht recht!* „Woher willst du das wissen? Beobachtest du mich etwa? Das ist so was von krank …"

„Naja … ich hab den Facebook-Account meiner Frau gehackt …" Georg murmelte leise vor sich hin, und ich musste mich konzentrieren, um alles genau zu verstehen, was er mir sagen wollte.

„Naja, und da hab ich gelesen, dass du heute alleine in deiner Wohnung bist. Als ich die Kommentare zu deinem Status gesehen habe, ist bei mir eine Sicherung durchgebrannt, und ich dachte, wenn ich dir jetzt nicht sofort klarmache, dass *ich* der richtige Mann für dich bin, dann würde ich dich endgültig verlieren. Aber … das war ja wohl umsonst."

„Du bist so was von krank …!"

Seine Lippen bebten. Ich kam mir vor wie in einem schlechten Film.

„Hör zu, Jana, ich werde dich gleich verlassen – mich verabschieden und dich nicht mehr belästigen. Nur eins noch …"

Nein, ich wollte es nicht wissen, ich wollte es nicht hören. Ich schloss genervt die Augen, immer noch hielt ich die Haustüre auf. War denn diese Geste so schwer zu verstehen?

„Was?"

„… Darf ich noch kurz deine Toilette benutzen, bevor ich fahre?"

Nein, darfst du nicht, wollte ich ihm an den Kopf schreien. Doch ich tat es nicht. Einem geschlagenen Hund sollte man das Pinkeln nicht verbieten, oder? Ich deutete ihm mit einem kurzen Kopfnicken in Richtung WC, das sich hinter ihm befand. So ein Unmensch wollte ich dann doch nicht sein. Immerhin handelte es sich um menschliche Bedürfnisse, für die er nichts konnte. Und bevor er mir womöglich noch vor die Wohnungstür auf die Fußmatte urinierte …

Ich beschloss, sobald er mein Reich verlassen hätte, das gesamte stille Örtchen zu dekontaminieren. Ich war nur dankbar, dass die Toilette direkt an den Vorraum angrenzte. Nicht auszudenken, was wäre, müsste er meine gesamte Wohnung durchqueren, um zu pinkeln.

Als er kurz darauf zurückkam, fielen ihm einige Strähnen nass ins Gesicht, das er sich anscheinend gewaschen hatte.

„Mach's gut, meine liebe Jana." Mit diesen Worten ging er an mir vorbei, durch die offene Tür. *Endlich!* Ich jubelte innerlich auf.

„Tschüss." *Auf nimmer Wiedersehen!*

Gerade wollte ich die Haustüre wieder schließen, da drehte er sich noch einmal zu mir um, hielt die Tür auf und kam mit seinem Gesicht unangenehm nahe an meines.

„Danke für alles", hauchte er mir ins Ohr und gab mir einen Kuss auf die Wange. Ich versteifte mich, stand in der Tür, unfähig, mich zu bewegen, da ich mit so einer Verabschiedung nicht gerechnet hatte. Dann drehte er sich auf dem Absatz um und verschwand in Richtung Aufzug. Einen Moment stand ich noch verwirrt und bewegungslos in der Tür, dann schloss ich sie, ohne ihm nachzusehen.

Die Pizza warf ich in den Müll. Die Toilette reinigte ich so gründlich, wie überhaupt noch nie. Die Keramikschüssel war wahrscheinlich nicht einmal direkt nach dem Einbau so sauber gewesen wie jetzt. Ich wusch meine Hände und mein Gesicht – zweimal, mit Seife. Der Ekel verschwand nicht, also duschte ich ausgiebig, ließ das heiße Wasser auf meinen Kopf prasseln, bis ich mich wieder einigermaßen wohlfühlte.

Dann legte ich mich auf die Couch, schaltete den Fernseher ein und ließ mich berieseln, um mich abzulenken. Auf das Buch hatte ich keine Lust mehr.

Die Wohnungstür hatte ich jetzt doppelt verriegelt.

Kapitel 14

Single?

Zwei Tage waren vergangen, an denen ich nichts von Julian gehört hatte. Zwei verdammte Tage! Zuerst war ich voller Sorge – vielleicht war ihm ja etwas zugestoßen? Sein Telefon war ausgeschaltet, als ich ihn gegen einundzwanzig Uhr angerufen hatte, um zu erfahren, ob und wann er noch bei mir vorbeischauen wollte. Gegen Mitternacht gab ich jedoch das Warten auf und ging dann doch ins Bett, nachdem er kurz auf Facebook online gewesen war. Er lebte, ihm ging es also gut. Wobei „gut" ein dehnbarer Begriff war.

Ich wusste nicht, wieso er sich nicht mehr meldete, wieso er auf meine Anrufe und Nachrichten nicht reagierte. Inzwischen hatte ich ihn zweimal angerufen und ihm drei SMS geschrieben – keine Rückmeldung. Ich wollte nicht wie die übertrieben hysterische, anhängliche Freundin wirken. Doch durch die Ungewissheit wurde mein ungutes Gefühl in der Magengegend nicht weniger.

Ich las unseren Nachrichtenverlauf wieder und wieder. Die SMS, die kurze Unterhaltung online. Nichts deutete auf sein jetzt so unverständliches Verhalten hin. Kurz dachte ich an Georg. Immerhin hatte er den Account seiner Frau gehackt. Vielleicht hatte er dasselbe bei dem von Julian gemacht, und ich hatte ihn deshalb online gesehen? Vielleicht hatte er ihm etwas angetan? Doch schnell schob ich den Gedanken wieder beiseite.

Georg konnte nicht wissen, wo sich Julian aufhielt, geschweige denn, wo er wohnte. Andererseits, in der heutigen Zeit ließ sich ein Handy über GPS orten – wie weit war dann der Sprung zum

Herausfinden der Wohnadresse? Mal ganz davon abgesehen, dass diese höchst wahrscheinlich im örtlichen Telefonbuch stand …! Traute ich Georg *das* zu? Ich war mir nicht sicher, war total verunsichert. Vielleicht steigerte ich mich einfach zu viel in etwas hinein, doch mir fiel kein anderer Grund ein, wieso Julian so plötzlich seine Meinung ändern sollte und mich fallen ließ …?

Da fiel es mir wie Schuppen von den Augen, die Warnung meiner Mom erklang in meinen Ohren und das alte Verletztsein und das Misstrauen gegen Julian kochten wieder hoch. In meinen Ohren begann das Blut zu rauschen, und durch wildes Kopfschütteln versuchte ich, den Gedanken wieder abzuschütteln.

„Alles in Ordnung bei dir?" Isa joggte neben mir auf dem Laufband und sah besorgt zu mir herüber.

„Ich weiß nicht … Ich denke nicht."

Die Tränen kämpften um den Ausbruch, ich rang dagegen. Ich musste runter vom Laufband, musste mich setzen. Ich war mir nicht sicher, wie lange mich meine Beine tragen würden. Der Schock saß so tief, dass mir plötzlich eiskalt war – und das, obwohl ich bereits gute zwanzig Minuten Dauerlauf hinter mir hatte. Am Rande nahm ich wahr, dass Isa unsere Handtücher sowie die Sportflaschen schnappte und mir hinterherlief.

Bei der Sitzecke hielt ich an und ließ mich in den weichen Stoff fallen. Meinen Kopf in die Hände gestützt und, noch heftig atmend vom Sport und vielleicht auch von meiner schrecklichen Erleuchtung, kämpfte ich gegen die aufkommende Übelkeit.

„Jana? Hey, was hast du?" Meine Freundin hatte neben mir Platz genommen und streichelte mir über meinen Rücken, während sie versuchte, Blickkontakt mit mir aufzunehmen und mein Verhalten zu verstehen.

Nach ein paar Minuten hatte ich mich so weit beruhigt, dass ich mir sicher war, ich würde mich nicht übergeben, sobald ich zu sprechen begann. Also erklärte ich Isa meine Vermutung.

„Julian hat sich immer noch nicht bei mir gemeldet. Und weißt du auch, wieso?"

„Nein?"

Ich konnte es kaum aussprechen, so unfassbar war es für mich. „Weil … weil er es wieder getan hat. Verstehst du?"

Isa schüttelte den Kopf.

„Er hat mir wieder vorgegaukelt, dass ich ihm etwas bedeute, und dann, als er mich fest am Haken hatte, hat er mich geschnappt … und zurück ins Meer geworfen." Bei den letzten Worten versagte meine Stimme.

„Denkst du wirklich, dass er zu so etwas fähig ist? Was hätte er denn davon? Damals wollte er sein Gesicht vor seinen Freunden wahren, aber jetzt?"

„Ich weiß es nicht, vielleicht macht es ihm einfach Spaß, mit mir zu spielen und mich zu verarschen? Vielleicht sieht er mich einfach gerne leiden?"

„Dann müsste er doch hier sein, um dir dabei zuzusehen", versuchte sie, mich zu beruhigen. „Ich glaube einfach, dass ihm etwas dazwischen gekommen ist. Vielleicht ist sein Akku leer, sein Handy kaputt."

„Klar. Und sein Computer ebenfalls. Und das Festnetz. Und sein Auto. Und seine Beine!"

Darauf konnte selbst Isa nichts erwidern. Ratlos saßen wir auf dem Sofa und schwiegen.

„Weißt du was? Wir duschen, und dann fahren wir zu Marco ins Café. Vielleicht hat Lena ihm ja … "

„Nein! Nein, ich möchte jetzt nicht unter Leute. Ich möchte irgendwohin, wo es ruhig ist und … mich keiner heulen sieht."

Isas Blick war voll Mitleid. Sie verstand mich genau. „Dann fahren wir zu mir in die Wohnung und öffnen eine große Packung Eiscreme." Dankbar kam ein müdes Lächeln über meine Lippen, als ich zustimmte.

Wir machten es uns in ihrem Wohnzimmer auf den beiden dunkelrosaroten Ohrensesseln bequem. Sofort fühlte ich mich geborgen. Jede von uns hielt einen riesigen Eisbecher in der Hand, und zwischen uns auf dem Beistelltisch hatte Isa eine Packung Taschentücher platziert. „Falls wir uns bekleckern", hatte sie gemeint, doch wir wussten beide, dass sie nicht nur dazu dienen würde. „Wann hast du denn zuletzt versucht, ihn zu erreichen?"

„Gestern Abend habe ich ihm noch einmal eine SMS geschrieben."

„Was stand drinnen?"

„Dass er sich melden soll."

„Mehr nicht?"

„Nein! Ich will ihn nicht nerven. Ich weiß ja nicht, wie er auf zu viele SMS hintereinander reagiert. Gestern dachte ich ja noch, dass er sicher einen Grund hat, weshalb er sich nicht meldet."

„Das solltest du heute immer noch. Hör auf schwarzzumalen, Jana, es gibt sicher eine logische Erklärung für das Ganze. Schau einfach noch einmal, ob er online ist. Vielleicht hat er auch was gepostet – ein Foto aus dem Krankenhaus mit gebrochenem Arm oder Bein, oder sonst etwas, was sein Schweigen erklären könnte."

Ich wollte mir gar nicht ausmalen, was mich im Social Network erwarten würde, doch es war tatsächlich eine Idee. Auch wenn ich mir nicht viel Hoffnung machte, da Julian nicht zu den Leuten zählte, die regelmäßig ihren Gemütszustand posteten. Er schreibe nicht Onlinetagebuch, meinte er scherzhaft, als ich ihn einmal darauf ansprach.

Isa nahm mir den Eisbecher ab und ersetzte ihn durch ihren Laptop. Ich loggte mich ein und suchte nach seinem Profil, durchforstete es auf der Suche nach irgendwas, das Licht ins Dunkel bringen könnte.

„Das … glaub ich jetzt nicht!" Was ich fand, nahm mir die Luft zum Atmen und trieb mir die Tränen in die Augen.

„Was? Was siehst du?" Isa suchte in meinem Gesicht nach einer Antwort. Als sie die dort nicht fand und ich nicht in der Lage war, sie ihr zu geben, stand sie auf und stellte sich hinter mich, um herauszufinden, was mich so aufwühlte.

„Was …? Ich sehe nicht …" Ich deutete mit meinem Finger auf die Zeile.

Beziehungsstatus: Single

Ich verstand die Welt nicht mehr. Und Isa meine Aufregung nicht.

„Das ist doch nichts Außergewöhnliches. Immerhin ist es noch nicht so lange her, dass ihr euch …"

„Nein, Isa, du verstehst nicht! Bisher hatte er überhaupt keinen Beziehungsstatus eingegeben. Eigentlich dachte ich, dass wir seit unserem letzten Treffen und dem Kuscheln auf der Couch so was wie ein Paar wären. Wir hatten zwar nicht darüber gesprochen, aber es fühlte sich so an. Auch die SMS und Facebook-Nachrichten sahen danach aus. Seine Textnachrichten … seine Anrufe kurz vorm Einschlafen …"

Ich konnte nicht mehr weitersprechen. Isa streichelte über meinen Rücken.

Okay, wenn er keinen Status eingeben wollte, dann war es sein gutes Recht. Doch dass er nach allem, was zwischen uns geschehen war, plötzlich angab, dass er Single sei – ohne Partnerin, sozusagen frei und ungebunden –, das war wie ein Schlag in mein Gesicht.

„Wieso, Isa? Wieso …? Gott, das tut so weh …" Der Schmerz in meinem Herzen wurde größer, ich konnte kaum atmen und der Kloß in meinem Hals wurde dicker.

„Wieso kann nicht einfach alles so laufen wie bei anderen Paaren? Kennenlernen – verlieben – küssen – glücklich zusammen sein? Verdammt, was glaubt er eigentlich, wer er ist? Wen er vor sich hat?" Ich ballte meine Hände zu Fäusten, so fest, bis es weh tat.

„Ich hab doch echt mehr verdient als so eine … respektlose Behandlung, oder? Ich bin doch kein so grausamer Mensch, den man auf diese Art und Weise wieder und wieder verletzen muss. Ich bin doch nur … Jana …!" Wut und Schmerz vermischten sich in mir zu einem wilden Tornado bis mir Tränen über die Wangen liefen.

„Wir könnten Lena fragen, die weiß vielleicht, was mit ihrem Bruder los ist."

Doch ich winkte ab. „Die ist ja jetzt mit ihrer Klasse auf Landschulwoche. Ich denke nicht, dass sie einen Kopf für meine Beziehungsprobleme und überhaupt Zeit hat, zu telefonieren." Ich griff nach einem Taschentuch und schnäuzte mich lautstark hinein.

„Da könntest du allerdings recht haben. Dann … wirst du wohl warten müssen, bis du ein Lebenszeichen von Julian erhältst.

Oder bis Lena wieder zurück ist. Oder aber du fährst zu ihm nach Hause."

„Nein, diese Erniedrigung erspare ich mir lieber. Abgesehen davon weiß ich nicht, wie er reagieren würde, wenn ich vor seiner Tür stünde. Dafür kenn ich ihn viel zu wenig, und nach seinem aktuellen Verhalten trau ich ihm alles zu. Nein, ich werd ihm noch eine SMS schicken. Eine letzte. Er muss sich bei mir melden, verdammt! Das ist er mir schuldig!"

„Da hast du recht, das sollte er."

„Ich will einfach nur wissen, ob es ihm gut geht. Es kann doch nicht so schwer sein, mir diese Frage zu beantworten, oder? Egal, was in ihn gefahren ist …"

„Dein Wort in Gottes Ohr", zwinkerte mir Isa aufmunternd zu.

Kurz darauf saßen wir beide über mein Smartphone gebeugt und bastelten an der Mitteilung.

Jana Sommer:
Lieber Julian. Was auch immer der Grund ist, warum Du Dich nicht bei mir meldest – lass mich bitte wissen, dass es Dir gut geht. Ich mache mir Sorgen! LG, Deine Jana.

Die Übelkeit von vorhin schien wieder zuzunehmen, als ich die Nachricht abschickte. Gut, es könnte zum Teil auch an dem Eis liegen, das wir inzwischen gegessen hatten. Doch das leere Gefühl und die Kraftlosigkeit ließen sich nicht darauf schieben. Ich hoffte inständig, ein Lebenszeichen von ihm zu erhalten. Zur Sicherheit beschloss ich, ihm auch noch über Facebook dieselben Zeilen zu schicken, falls doch mit seinem Handy etwas nicht stimmen sollte. Doch mein Telefon blieb stumm, mein Postfach leer.

Zurück in meiner Wohnung entschied ich, mir einen Tee zu kochen. Die Temperaturen draußen waren zwar nicht so kühl, dass es nach einem Heißgetränk verlangt hätte, doch in mir drinnen sah es anders aus. Ich rollte mich unter einer Fleecedecke auf der Couch ein. In regelmäßigen Abständen zupfte ich mir ein Taschentuch aus der Box vor mir. Den Fernseher schaltete ich zur Ablenkung ein, doch ich bekam nichts von dem Programm mit.

„Pling". Ich schreckte hoch, mein Herz pochte wie verrückt. Ich spürte, dass es Julian war. Mit zittrigen Händen nahm ich mein Telefon in die Hand und öffnete das Nachrichtenfenster.

Julian König
Jana, ich hab ja keine Ahnung, was Du Dir jetzt noch von mir erwartest. Aber eines kann ich Dir sagen: Du kannst mich mal! Rutsch mir den Buckel runter, und tu mir einen Gefallen: Melde Dich nicht mehr bei mir, lösche am besten meine Nummer! Vergiss, dass Du mich kennst. Ich wünsche Dir noch ein beschissenes, verlogenes Leben. Julian

Ungläubig und geschockt starrte ich die Message an. Ich klappte meinen Laptop auf, las dort die Nachricht ein zweites Mal. Und ein drittes Mal. Ich verstand die Welt nicht mehr. Ich war fest davon überzeugt, dass sich alles als Einbildung herausstellen würde, wenn ich die Augen kurz zu- und wieder aufmachen würde. Doch seine Worte standen immer noch auf meinem Bildschirm.

Ich wollte auf sein Profil klicken, doch, als ich mit dem Mauszeiger darüberfuhr, veränderte er sich nicht. Julian hatte seinen Account gelöscht.

„Nein, nein … nein! Das ist jetzt nicht wahr, oder?" Mit Tränen in den Augen tippte ich seinen Namen in das Personensuchfeld – ohne Erfolg. Ein dicker Kloß saß im Hals, und ich schluchzte laut.

Wenn ich nur einen Anhaltspunkt hätte, um zu verstehen, was hier gerade passierte. Doch ich war mir nach wie vor keiner Schuld bewusst. Warum trat er plötzlich so grausam nach meinen Gefühlen? Hatte er mich doch von Anfang an belogen und mit mir gespielt? War es für ihn ein Experiment, mit dem er testen wollte, ob ich noch ein genauso leichtes Opfer war wie vor Jahren? Was hatte ich getan, was hatte ich verbrochen, dass er so ekelhaft zu mir war? Wie hatte ich mich so in ihm täuschen können? …

Die Tränen wollten auch eine gute Stunde später noch nicht versiegen. Mit geschwollenen Augen und zusammengeknülltem

Taschentuch wiegte mich Isa in ihren Armen. „Sssscht, lass alles raus, meine Süße. Ich bin ja für dich da."

Ich war froh, dass sie sofort zu mir gefahren war, als ich ihr kommentarlos Julians Antwort weitergeleitet hatte. Ich hätte wahrscheinlich keinen vollständigen Satz am Telefon herausgebracht.

„Isa … denkst … denkst du, ich reagiere übertrieben?" Es war mehr ein Schluchzen, was aus mir heraus kam.

„Nein, Jana. Er ist ein Arsch. Du hattest recht. Mit allem. Und es tut mir weh, dich jetzt so leiden sehen zu müssen." Isa war für mich da, als ich sie am nötigsten brauchte, was mich die kleinen Streitereien und Unstimmigkeiten der letzten Tage mit ihr vergessen ließ.

„Verdammt, wie konnte er nur? Wie konnte *ich* nur? Ich bin wirklich eine doofe Nuss, die wieder und wieder in dieselbe Falle tappt. Aus Erfahrung lernt man, heißt es … Ist noch nicht bis zu mir durchgedrungen …" Isa hielt mich fest an sich gedrückt und streichelte über meinen Kopf. „Und Julian ist ein … Dreckskerl, ein Scheißkerl, ein …"

„Affenarsch!", ergänzte sie.

„Genau!"

Isa hatte mir weiße Schokolade mitgebracht, meine Lieblingssorte, die ich Rippe für Rippe langsam in meinem Mund schmelzen ließ. Es mag sein, dass Schokolade tatsächlich eine beruhigende Wirkung hatte. Zumindest half sie insofern, dass ich mich mit der Zeit etwas fasste.

„Wieso?", fragte ich Isa, mich selbst und den Taschentuchhaufen neben mir. Eine erleuchtende Antwort erwartete ich aus keiner Richtung.

„Weißt du, ich verstehe auch nicht, was passiert sein könnte. Ich glaube aber nicht, dass er nur mit dir gespielt hat, um dich anschließend fallen zu lassen. Ich denke nicht, dass das sein Plan war." Sie strich mir eine Haarsträhne aus dem Gesicht. „Er hätte die Chance gehabt, dich flachzulegen, als du bei ihm warst. Aber er hat es nicht getan. Hätte er nur mit dir gespielt, dann hätte er diese Möglichkeit nicht verstreichen lassen. Ich meine, welcher Mann lässt sich schon so eine Gelegenheit entgehen, wenn er sowieso damit rechnet, die Frau bald in den Wind zu schießen?"

Schweigend biss ich ein großes Stück von der weißen Tafel ab. „Dasch klingt irgendwie plauschibel."

„So sind die Männer halt mal. Erst nach dem Erlegen der Beute ist für die Jäger und Sammler der Reiz verflogen – falls er denn zu dieser Sorte gehören würde. Was er aber offensichtlich nicht tut. Also muss es einen anderen Grund geben. Er hatte das Ganze bestimmt nicht von Anfang an so geplant. Außerdem, denkst du, Lena würde so ein Theater gutheißen?"

„Kann ich mir nicht vorstellen. Da ist der Teufel los, wenn sie wieder daheim ist. Weißt du, er hat mir sein Herz ausgeschüttet, hat mir Dinge anvertraut, die er ganz bestimmt noch nicht vielen erzählt hat."

„Woher weißt du, dass das nicht alles von ihm gespielt war? Vielleicht hat er auch so eine Show abgezogen wie Georg?"

„Nein, das kann ich mir nicht vorstellen. Nicht bei dem, was er mir erzählt hat. Abgesehen davon hab ich von Lena indirekt bestätigt bekommen, dass die Geschichte wahr ist."

„Das klingt ja düster. Verrätst du mir seine Schattenseiten?"

Ich überlegte kurz. Ich hatte bereits alles verloren, somit konnte es mir gleich sein, ob es Julian stören würde, wenn ich seine mir anvertrauten Geheimnisse weitererzählen würde. Doch ich brachte es nicht übers Herz. Ich schüttelte den Kopf.

„Tut mir leid. Das kann ich nicht."

Isa wollte nicht locker lassen. „Und du bist dir sicher, dass er der Richtige hätte sein können? Mit solch dunklen Geheimnissen? Hat er jemanden umgebracht?"

Ein müdes Lächeln kam über meine Lippen, und wieder verneinte ich. Eigentlich war es umgekehrt. Etwas hatte *ihn* umgebracht, oder zumindest seine Lebenslust begraben. Und vielleicht war ein Teil davon immer noch unter der Erde. Das musste die Erklärung für seine unverständliche Reaktion sein. Denn ganz hatte er seinen Schatten nicht ablegen können. Da hatte er mir, und wohl auch sich selbst, etwas vorgemacht.

Ich war verwirrt, rieb meine schmerzenden Augen und seufzte tief. „Isa, woher soll ich wissen, ob er mir die Wahrheit gesagt hat? Immerhin war Georg auch ein ganzes Jahr lang so überzeugend, dass keiner die Wahrheit aufgedeckt hat. Wie soll ich jemals wieder einem Mann vertrauen können? Bei jedem Wort, das Julian zu mir sagte, überlege ich nun, ob er es wirklich so meinte, wie er es sagte! Wann versteckte er sich hinter einer Maske? Wann versuchte er, mir eine Seite von sich zu zeigen, die nicht der Realität entsprach?"

Verzweiflung machte sich in mir breit. Mein Herz schmerzte, als hätte jemand ein Messer hineingebohrt und würde es ständig hin- und herdrehen. Vor mir tat sich ein Abgrund auf, der mich unaufhaltsam in sich hineinzuziehen drohte. Ich hatte keine Kraft mehr, mich festzuhalten, mich gegen den Sog zu wehren. Kaum nahm ich die Tränen wahr oder das Schluchzen, das mich schüttelte. Ich stürzte kopfüber hinein in die Leere, in ein Schwarz, das meinen ganzen Körper in Besitz nahm und betäubte.

Kapitel 15

Freier Fall

Die alte Frau Behring sagte immer: „Das Leben ist wie eine Hühnerleiter. Kurz und beschissen." Sie hatte so was von recht! Ich wusste zwar nicht, wie lange ich noch auf dieser verfluchten Welt verweilen durfte, doch die Zeit, die ich bisher hier war, war für mich, zumindest die Liebe betreffend, die reinste Katastrophe. Wehe dem, der mich noch einmal mit dem bescheuerten Spruch „Für jeden Topf gibt es einen Deckel" aufmuntern wollte!

Seit Tagen hüllte ich mich ein in meiner Blase aus Enttäuschung, Wut und Selbstmitleid. Ich hatte in der Arbeit angerufen und mir ein paar Tage freigenommen – glücklicherweise hatte ich das aktuelle Projekt abgeschlossen und hätte mir wahrscheinlich so oder so einige freie Tage gegönnt. Mal ganz abgesehen davon, dass ich in meinem jetzigen Zustand sowieso keinem im Büro von Nutzen gewesen wäre, ich hätte höchstens eine Rüge riskiert.

Mein Herz fühlte sich an wie zerfetzt von der Bombe, die Julian hatte hochgehen lassen. Zerrissen in Tausend kleine Stücke trug ich es in mir herum, und doch fühlte es sich so schwer an wie ein riesiger Felsen. So schwer, dass ich kaum die Kraft aufbrachte, mich aufzusetzen, geschweige denn zu stehen.

Ich hatte mir ein kleines Nest mit Decken und Polstern auf der Couch gebaut, in das ich Tag und Nacht hineingekuschelt vor mich hin litt. Ein 6er-Tray Mineralwasser stand in Reichweite, nach Essen war mir nicht wirklich zumute. Wenn ich was zu mir nahm, richtete ich mich nur selten ganz auf, sondern blieb weitestgehend liegen.

Isa schaute fast täglich nach der Arbeit bei mir vorbei. Dass sie sich Sorgen um mich machte, war ihr anzusehen, doch ich konnte sie weder beruhigen, noch hätte ich die Kraft aufgebracht, ihr einen besseren Zustand vorzuspielen als den, in dem ich mich befand – mal ganz abgesehen davon hatte ich nicht vor, mich auf das Niveau von Georg und Julian zu begeben und jemand anderem etwas vorzugaukeln.

Meine Freundin kümmerte sich rührend um mich, brachte mir jeden Tag eine warme Mahlzeit und etwas Gebäck mit. Doch mein Appetit hatte sich mit Julian in Luft aufgelöst. Meist stocherte ich lustlos im Essen herum, war nach wenigen Bissen satt oder kämpfte gegen die Übelkeit.

Als meine Mom aus ihrem Urlaub zurückkam, war sie schockiert, in welchem Zustand sie mich vorfand. Doch sie verkniff sich die für sie eigentlich typische Meldung „Ich hab es dir ja gesagt …" und wechselte sich mit Isa ab. Manchmal kamen sie auch beide und sahen nach dem Rechten. Sie saßen dann mir gegenüber auf meinem Couchtisch, schenkten mir besorgte Blicke oder redeten auf mich ein. Nur selten blieb etwas von dem Gesagten bei mir hängen, aber wenn, dann war es meistens etwas wie „Mach dich nicht selber so fertig", „Andere Mütter haben auch schöne Söhne", „Scheiß auf die Männer", oder „Du solltest wirklich wieder mal etwas essen, das kann so nicht mit dir weitergehen!"

Ihre Worte ergaben für mich keinen Sinn, rauschten einfach durch meinen Kopf, und alles, was ich hörte, war ein leises Säuseln. Meine Reaktion bestand entweder darin, dass ich meine Augen schloss oder dass ich ihnen einen kurzen Blick zuwarf, der sie verstummen lassen sollte. Die ersten paar Tage war ich damit noch erfolgreich, doch irgendwann ließ sie mein Blick kalt, mein Anblick anscheinend immer weniger.

Ich wusste, dass ich schwächer wurde. Mein Kreislauf verabschiedete sich regelmäßig, wenn ich mich auf dem Weg zur Toilette durch die Wohnung hangelte. Ich wusch mich immer nur kurz und bemühte mich, einmal täglich meine Kleidung zu wechseln. Manchmal war ich mir nicht sicher, ob ich etwas Frisches anhatte oder ob das noch das T-Shirt vom Vortag war.

Tag und Nacht verschwammen zu einem dunklen See, aus dem ich nicht mehr raus kam.

Ich hatte die Jalousien verdunkelt, und, als Isa einmal versuchte, die Sonne in meine Wohnung zu lassen, rastete ich aus und schrie sie an, dass meine Jalousien nur von mir bedient werden dürften. Seitdem blieb es dämmrig.

Am liebsten war mir die Zeit alleine. Ohne dass ich die anklagenden Blicke oder das Essen abwehren musste. Meistens lag ich einfach nur da, bewegungslos. Mein Körper war taub, ich konnte mich selbst kaum mehr spüren. Manchmal hatte ich Angst, ich würde mich selbst verlieren, doch genau dann, wenn ich das Gefühl hatte, dass es nicht mehr lange dauern würde, gab es mir wieder einen Stich ins Herz.

Tränen hatte ich längst keine mehr, meine Nase schmerzte vom ständigen Putzen. In regelmäßigen Abständen wurde ich von heftigem Schluchzen geschüttelt.

Julians Aufforderung kam ich zumindest zum Teil nach. Ich löschte seine Nachrichten auf Facebook, seine SMS und seine Telefonnummer. Vergessen konnte ich ihn deshalb noch lange nicht. Das war wahrscheinlich genauso wie mit einer vermissten Person: Wurde sie tot gefunden, konnte man sie begraben und endlich mit ihr abschließen. Julian jedoch war nicht tot. Er war irgendwo, offensichtlich gefangen in seiner eigenen Version von Wahrheit.

Mein Handy hatte ich auf stumm gestellt, denn mir war absolut nicht nach Telefonieren. „Nur für den Notfall", hatte meine Mom gemeint, sollte ich doch dafür sorgen, dass der Akku aufgeladen ist. Meinen Laptop hatte ich seit Tag X nicht mehr in den Händen. Dafür wurde der Fernseher zu meinem besten Freund. Der berieselte mich Tag und Nacht und gab mir das Gefühl, doch nicht ganz alleine zu sein. Anfangs hatte ich probiert, ohne Flimmerkiste einzuschlafen, doch die Stille raubte mir den letzten Nerv, und nach nicht einmal einer halben Stunde gab ich auf und schaltete sie wieder ein.

Es waren inzwischen fast zwei Wochen vergangen – es musste Montag gewesen sein –, da kamen Isa und meine Mom gemeinsam in meine Wohnung. Irgendwas war diesmal anders als sonst. Ich wusste nicht genau, was es war, aber es lag eine seltsame Spannung in der Luft, die mich dazu brachte, mich kurz auf der Couch aufzurichten. Ich beobachtete die beiden im Flur, als sie tuschelten und in meine Richtung deuteten.

Toll, redet nur über mich, ich weiß ja selbst, dass ich ein jämmerliches Bild abgebe. Ich legte mich wieder hin, starrte ins Leere und hing meinem Schmerz nach, so, wie ich es bereits seit Hunderten von Stunden tat.

Isa setzte sich wieder vor mich auf den Wohnzimmertisch, doch ich hatte keine Lust, mir ihre Predigt anzuhören. Ihre Worte ließ ich an mir abprallen und hüllte mich ein in meinen Schutzmantel, der mich vor der Realität beschützte. Im Augenwinkel, wie durch einen dunklen Schleier, nahm ich meine Mutter wahr, die sich neben Isa setzte.

Plötzlich zuckte ein Blitz vor mir auf. Helles, gleißendes Licht brannte in meinen Augen, die ich vor lauter Schreck und Blendung schloss. Jemand packte mich und brachte mich in eine aufrechte Position. Ein heißer Schmerz durchfuhr meine Wange, und ich zuckte zusammen. Benommen öffnete ich meine Lider, verwirrt, orientierungslos, schwindelig. Meine Wange glühte förmlich. Ich hielt sie mit einer Hand und blickte geschockt in die Augen der beiden Frauen.

Der Schock und der körperliche Schmerz holten mich zurück ins Hier und Jetzt. Zum ersten Mal seit Tagen nahm ich meine Umgebung bewusst wahr. Das graue Tuch, das mich umhüllt und die Welt von mir ferngehalten hatte, fiel und ich öffnete meine Augen für die Wirklichkeit.

Meine Mutter saß mir direkt gegenüber und musterte mich mit entschuldigendem Blick, während Isa mich mit hochgezogenen Augenbrauen ansah. Und langsam dämmerte es mir, was eben geschehen war.

Meine Mom hatte mir eine gescheuert! Sie hatte mir ins Gesicht geschlagen. Zum ersten Mal in meinem Leben. Und in ihrem. Ich blickte auf ihre rechte Hand, die sie festhielt. Offensichtlich spürte sie einen ähnlichen Schmerz wie ich. Die gerötete Haut der Handfläche deutete jedenfalls darauf hin.

Mein Blick wanderte weiter zu Isa, die eine Digitalkamera in der Hand hielt. Das musste wohl der Blitz gewesen sein, der mich geblendet hatte.

„Was …?“ Meine Stimme war rau und belegt, und es fühlte sich eigenartig an, nach so vielen Tagen wieder zu sprechen. Auch wenn es nur ein einziges Wort war, doch zu mehr war ich gerade nicht imstande.

Als Antwort hielt Isa mir das Display ihrer Kamera vor die Augen. Ich blickte auf ein befremdendes Foto. Eine ungepflegte Frau mit eingefallenen Wangen und dunklen Ringen unter den Augen lag auf meiner Couch, mit leerem Blick ins Nirgendwo. Ich war schockiert. Noch mehr, als mir bewusst wurde, dass diese Frau auf dem Bild ich selbst war.

Ich erkannte mich kaum wieder, dabei waren nur zwei Wochen vergangen, in denen ich mich in diesem … Zustand befand. Erschrocken musste ich feststellen, dass ich zumindest äußerlich gerade mehr mit Georg gemeinsam hatte, als mir lieb war. Ich war geschockt.

Ständig blickte ich zwischen meiner Mutter, meiner Freundin und meinem unbekannten Ebenbild auf dem Display hin und her, und ich spürte, wie ich das erste Mal seit Tagen wieder Tränen weinte. Doch ich empfand diesmal anders als sonst. Es waren Tränen der Befreiung. Sie wuschen meinen inneren Schmerz weg. Zwar nicht vollständig, aber das ganze Selbstmitleid, das Gefühl der Machtlosigkeit und des Verlustes wurden weggeschwemmt wie Treibholz.

„Mama … Isa …! Oh Gott, es tut mir so leid. Ich habe mich wie eine Verrückte verhalten. Ich hoffe, ihr verzeiht mir.“

Die beiden sahen sich an und begannen ebenfalls zu weinen, doch sie hatten dabei ein befreites Lächeln auf den Lippen. Ich konnte nicht anders, ich fiel ihnen in die Arme. Zu dritt lehnten wir aneinander und heulten, froh darüber, dass ich wieder aus meinem Kokon herauskroch.

„Mäuschen, wir haben uns unglaublich viele Sorgen um dich gemacht. Du warst nicht wiederzuerkennen. Es war für mich so schwer zu ertragen, wie du fast leblos auf der Couch gelegen und nichts und niemanden an dich rangelassen hast. Kind, ich weiß, ein gebrochenes Herz ist schlimm, aber dein Zustand war nicht normal. Er war für mich nicht auszuhalten." Mom blickte zwischen Isa und mir hin und her.

„Du musst dein Leben wieder in den Griff bekommen, Jana, wieder arbeiten gehen, regelmäßig ins Fitnessstudio, einfach alles tun, was du bisher auch getan hast. Wir sahen für uns nur noch diesen einen Weg, um dich wachzurütteln. Es tut mir leid, dass ich dich geschlagen hab. Glaub mir, es hat mir weit mehr wehgetan als dir."

Langsam nickte ich.

„... Aber mir blieb nichts anders über. Du weißt, ich hätte das unter anderen Umständen nicht getan."

Ich versuchte, alles, was gerade auf mich einprasselte, zu verarbeiten. *Und wenn ihr Plan nicht geklappt hätte?* Ich traute mich nicht zu fragen.

„Ansonsten hätten wir dich zu einem Therapeuten gezerrt, ob du nun gewollt hättest oder nicht. Länger hätten wir nicht mehr zugesehen, wie du dich gehen lässt und dein Leben kaputt machst." Meine Freundin klatschte mir eiskalt die Antwort auf meine nicht gestellte Frage ins Gesicht.

So weit war ich also schon – ein Therapiefall. Und sie hatten nicht einmal unrecht. So, wie ich mich verhalten hatte ... Vielleicht hatte ich mich tatsächlich zu sehr hineingesteigert. Hätte ich Isa so vorgefunden, wie sie mich eben fotografiert hatte, hätte ich wahrscheinlich genauso wie sie reagiert – ich hätte getobt, hätte ihr Standpauken gehalten und höchst wahrscheinlich hätte ich das mit der Ohrfeige selbst übernommen. Ich musste hart schlucken, um das zu verdauen.

„Ich hab Hunger", war meine nächste Feststellung, und Mom und Isa lachten erleichtert auf. Sogar meine Mundwinkel hoben sich ein kleines Stück nach oben.

Wir saßen zu dritt an meinem Esstisch – meine Mama und Isa mir gegenüber –, und es fühlte sich eigenartig an. Einerseits war das aufrechte Sitzen ungewohnt für mich, andererseits kam ich mir beobachtet vor. Sie verfolgten jeden meiner Bisse mit Erleichterung. Und eigentlich konnte ich es ihnen nicht einmal übel nehmen.

„Was hast du jetzt vor, wie es weitergehen soll?“, fragte meine Mom und durchbrach somit als Erste das Schweigen.

„Ich weiß nicht genau … so weit hab ich noch nicht gedacht. Zuerst wär vielleicht einmal Duschen angesagt.“

Isa grinste.

„Und dann … nun … morgen sollte ich vermutlich wieder zur Arbeit gehen.“

„Also, ich finde es ja sehr vorbildlich von dir, jetzt sofort wieder zurück ins Leben zu starten, doch, ob es auf diese Art sinnvoll ist, bezweifle ich. Im Büro wirst du momentan noch nicht vermisst. Deine Arbeit ist auf deine Kollegen aufgeteilt, und zurzeit ist es noch ruhig. Die neue Produktionsphase startet erst nächsten Montag“, informierte mich meine Freundin. „Ich will dir nix vorschreiben, denn die Entscheidung liegt schlussendlich bei dir … aber … ich schlage vor, du hältst dich morgen noch von der Arbeit fern und sorgst dafür, dass dein Körper wieder langsam in Schwung kommt. Immerhin ist dein Kreislauf momentan ja nicht unbedingt der stabilste.“

Das war wohl ein guter Plan, und ich nickte ihr zu. Dann löffelte ich weiter meine Hühnersuppe. Was ich ihnen nicht sagte, war, dass ich Angst hatte vor der Nacht. Ich überlegte kurz, ob ich eine der beiden bitten sollte, bei mir zu übernachten, aber ich wusste nicht, was schlimmer sein würde: Die besorgten Blicke zu spüren und mich bei jedem einzelnen Schritt überwacht zu fühlen. Oder alleine zu sein ohne den wattebauschigen Schutzpanzer, der alles von mir fernhielt. Ihn abgelegt zu haben und die Gedanken plötzlich wieder mit voller Geschwindigkeit durch meinen Kopf rasen zu hören, war irgendwie beängstigend. Eigentlich war ich gar nicht so scharf darauf zu erfahren, was sich so alles in meinem Kopf zusammenbraute, aber mir blieb nichts anderes über, als es herauszufinden.

Kapitel 16

Neuanfang

Ruhelos drehte ich mich von einer Seite auf die andere und konnte nicht einschlafen. Irgendwie hatte ich mich ja darauf eingestellt – oder fiel das jetzt unter selbsterfüllende Prophezeiung? Doch nicht nur Julian geisterte in meinem Kopf herum, auch Georg mischte sich dazwischen.

Im Grunde kannte ich beide nicht.

Georg hatte ich trotz der einjährigen Beziehung viel zu selten gesehen, um tief in ihn hineinzusehen. Dass er das womöglich absichtlich verhindert hatte, war mir erst in den Sinn gekommen, als ich die unangenehme Wahrheit über ihn von seiner Ehefrau über Facebook erfahren hatte. Als wir noch ein Paar waren, hatte ich schon gehofft, mehr von ihm zu erfahren und dass er mich an seinen Wünschen und Ängsten teilhaben lassen würde. Mir fehlte wirklich schon damals jede Menschenkenntnis. Ich hielt ihn für einen von Grund auf verschlossenen Menschen, und dachte, wenn ich ihm nur genug Zeit ließe, würde er sich sicher irgendwann auch für mich öffnen. Hätte er das tatsächlich einen Augenblick zugelassen, hätte ich vielleicht gemerkt, dass er mir nur Lügen auftischte.

Ich klopfte mein Kissen zurecht und drehte mich auf die andere Seite.

Und Julian? Auch bei ihm scheiterte ich mit meiner Einschätzung. Woher sollte ich denn wissen, dass der Einblick in sein Innerstes nicht echt gewesen war? Woher konnte ich wissen, ob er mir nicht auch etwas vorgespielt hatte, um Mitleid in mir zu wecken? Dass sein Vater Selbstmord begangen hatte, war natürlich tragisch, und ich war mir sicher, dass er sich damals als Jugendlicher tatsächlich abgekapselt hatte. Doch ich wusste nicht, wie anschließend die Arbeit mit seinem Therapeuten verlaufen war.

Vielleicht hatte er alles bestens verarbeitet, und die Trauer-Verlust-Masche benutzte er nur dazu, um mir erneut das Messer ins Herz zu rammen? Warum er das aber tun sollte, war mir immer noch nicht klar. Auch wenn ich grundsätzlich nur an das Gute im Menschen glaubte, so wurde ich doch zweimal so sehr enttäuscht und verarscht, dass ich mich fragte, ob ich jemals wieder einem Mann vertrauen konnte. Ob überhaupt wieder Gefühle für einen Mann entstehen würden?

Bei Georg war ich mir im Nachhinein nicht einmal mehr so sicher, ob es wirklich Liebe war, die ich für ihn empfunden hatte. In gewisser Weise hatte ich auch bei ihm wieder Sehnsüchte meiner Kindheit in unsere Beziehung projiziert, da er einige Jahre älter war als ich und ich Dummchen davon ausging, er hätte deshalb auch die dazugehörige Reife.

Bei ihm fühlte ich mich geborgen und beschützt. Ich sah zu ihm hoch, vergötterte ihn. Sollte es wirklich einfach nur der Reiz gewesen sein, mit einem Piloten zu schlafen?

Ich stellte ihn mir daher jetzt vor, wie er in seinem richtigen Job als Bauingenieur mit Jeans und Hemd oder T-Shirt über Baupläne gebeugt stand, sah ihn bei Verhandlungen mit den Baufirmen und bei Baustellenbesichtigungen. Georg hatte absolut falsch gelegen – hätte er mir damals die Wahrheit über seinen Beruf erzählt, wäre die Anziehung nicht weniger gewesen. Auch wenn er für meinen Geschmack nicht unbedingt zu den attraktivsten Männern zählte.

Gut, optisch war Julian seinem Vorgänger natürlich Meilen voraus. Doch davon konnte ich mir weder etwas kaufen noch hielt ich jemals nach einem attraktiven Mann als Freund Ausschau. Denn, auch wenn es ein typisches Klischee war, dass man einen Schönling nie für sich alleine hatte, so waren mir sehr wohl die interessierten (oder neidischen?) Blicke der anderen Frauen aufgefallen, sobald ich mich mit ihm in der Öffentlichkeit zeigte.

Wäre ich eifersüchtig, wäre alleine diese Tatsache auf Dauer gesehen ein Streitpunkt.

Bei Georg andererseits wäre es nie so weit gekommen. Dass ich ihn mit seiner Ehefrau teilen *musste,* war ein anderes Kapitel … Allein der Gedanke daran, dass er in der Zeit, als ich mit ihm zusammen war, ziemlich sicher auch mit seiner Frau geschlafen hatte, ließ mich auch heute noch erschaudern. Falls sie und ich zu diesem Zeitpunkt die Einzigen gewesen waren … Inzwischen traute ich ihm alles zu. Zu meinem Glück waren der HIV- und Hepatitistest negativ, die ich einen Tag, nachdem ich die Schocknachricht erhalten hatte, machen ließ.

Ich musste wieder an Isa denken mit ihrer Theorie zum Thema Jäger und Sammler. Tatsächlich hatte mich sein Nein damals sehr verwundert, und ich hätte vorher alles verwettet, dass er die Chance sofort ausnutzen würde.

Was mich an dieser ganzen Nicht-Sex-Tatsache jedoch am meisten verwirrte war, dass mich Julians Verlust so viel mehr schmerzte als der von Georg. Müsste es nicht umgekehrt sein? Dass ich den, dem ich alles geschenkt hatte, mehr vermisste?

Ich hatte mich wirklich nicht in Julian verlieben wollen, nicht ein zweites Mal. Ich wehrte mich mit Händen und Füßen und kam doch nicht dagegen an. Mein Herz siegte. Herz über Kopf.

Dieses zweite Mal war ich aber unfähig, mein Gefühlsleben unter Kontrolle zu halten. Und es schlug ein, heftiger als beim ersten Mal, heftiger, als jemals zuvor. Vielleicht deshalb, weil mein Herz schon als Teenager für ihn geschlagen hatte. Vielleicht verdoppelte das die Gefühle für ihn? Je länger ich darüber nachdachte, desto logischer klang diese Erklärung für mich. Und plötzlich kam es mir vor, als ob sich der Nebel etwas lichtete, als ob die Sicht klarer werden würde. Es war so einleuchtend, dass ich kurz über mich selbst schmunzeln musste, da ich vor lauter Wald die Bäume nicht gesehen hatte. Endlich fiel ich in einen tiefen, traumlosen Schlaf.

Es war früher Nachmittag, als ich am nächsten Tag erwachte. Ich fühlte mich so fit und ausgeschlafen wie schon lange nicht mehr. Die Sonne blinzelte durch die halb geschlossenen Jalousien herein, als wollte sie mich bei meinem Neustart willkommen heißen. Nachdem ich geduscht und angezogen bei einer Tasse Kaffee saß, beschloss ich, in der Arbeit Bescheid zu sagen, dass ich morgen wieder einsatzbereit wäre. Isa hatte das jedoch bereits für mich erledigt, und ich notierte mir gedanklich, dass ich mich noch einmal bei meiner Freundin bedanken musste. Abgesehen davon ließ sie mir so keine weitere Rückzugsmöglichkeit mehr – ich *musste* zur Arbeit. Ein zusätzlicher Tritt in meinen Hintern sozusagen.

Der Geruch von Sommer lag an diesem Nachmittag Ende Mai in der Luft. Ich hatte mich lange genug eingemummt und abgedunkelt zurückgezogen, ich brauchte dringend positive Energie. Also schlenderte ich durch die Innenstadt, sog ihren Geruch auf, genoss die Menschen, den Lärm der Autos, die Hektik des Alltags, der um mich herum allgegenwärtig war. Ich genoss das Leben.

Ich achtete nicht auf den Weg und fand mich unvermutet vor Marcos Café wieder. Der Chef selbst war nicht anwesend, da der Dienstag sein freier Tag war. Mir war das ganz recht, denn ich hatte nicht wirklich Lust darauf, hier und jetzt über meine letzten beiden Wochen zu sprechen, geschweige denn, darüber nachdenken zu müssen.

Ich setzte mich an einen freien Tisch im Gastgarten und bestellte den französischen Haustoast, dazu einen Eistee und beobachtete das geschäftige Treiben auf der anderen Seite der kleinen Buchsbäumchen, die den Außenbereich umzäunten.

Und dann geschah es: Ich musste das erste Mal seit Tagen lachen. Zwar nur deshalb, weil eine versnobte Blondine mit ihren offensichtlich sündhaft teuren High Heels in einen Hundehaufen trat und beim Abstreifen der wortwörtlichen Scheiße sehr unelegant fast das Gleichgewicht verlor. Von ihrem vernichtenden Blick, den sie mir zuwarf, ganz zu schweigen. Aber ich lachte. Und es fühlte sich unglaublich befreiend an.

Als ich mich wieder beruhigt hatte, musste ich an Neele denken und somit an Julian. Ich vermisste sie. Alle beide. Wie gerne hätte ich mich eben gemeinsam mit ihm amüsiert …! Ich war mir sicher, auch er hätte darüber gelacht. Und anschließend hätte er sich wahrscheinlich unglaublich aufgeregt über den unverantwortlichen Hundehalter, der den Haufen nicht entsorgt hatte.

Bei dem Gedanken an Julian wurde mein Herz wieder schwerer, doch ich wollte mich nicht noch einmal in die Tiefe reißen lassen. Ich bezahlte und bummelte weiter durch die Straßen, vorbei an Schaufenstern, Kaffeehäusern und Restaurants. Doch so richtig konnte ich den Druck auf meinem Herzen nicht abschütteln, also beschloss ich, aktiv dagegen anzukämpfen. Ich musste nach Hause, um mich in meine Laufkleidung zu werfen und mich so richtig auszupowern.

Als ich etwas später am See parkte, läutete mein Telefon. Mein Herz rutschte in die Hose, denn die Umgebung zog mich gedanklich zurück zu dem Spaziergang, unserem Kuss und dem wunderschönen Abend in seiner Wohnung. Ich fummelte in meiner Handtasche herum – die immer dann unendlich groß erschien, wenn man es am wenigsten gebrauchen konnte – bis ich endlich mit meinen Fingern die Vibrationen ertastete und das Handy herauszog. Isas Name stand in weißen Lettern auf dem Display, und mit einem erleichterten Seufzer begrüßte ich meine Freundin.

„Hey, Jana. Na, wie gehts dir?"

„Gut. Ich wollte gerade eine Runde joggen."

„Joggen? Bist du dir sicher, dass das eine gute Idee ist? Was sagt denn dein Kreislauf dazu?"

„Den hab ich noch nicht gefragt, aber sollte es mir zu viel werden, kann ich ja immer noch das Tempo reduzieren. Im Notfall lass ich mich ins Gras fallen."

„Das ist *nicht* witzig!" Dass sie sich ernsthafte Sorgen um mich machte, berührte mich, doch ich wollte nicht bemuttert werden – nicht schon wieder. Ich war mir sicher, ich konnte die Entscheidung selbst treffen.

„Ich nehm ja ohnehin mein Telefon mit. Sollte ich wo liegen und nicht mehr auf kommen, dann ruf ich dich an."

Isa zögerte einen Moment, doch sie merkte wohl, dass ich nicht nachgeben würde.

„In Ordnung. Aber du versprichst mir, gut auf dich aufzupassen!

Und melde dich kurz bei mir, sobald du wieder gesund beim Auto bist."

„Natürlich, *Mama!*" Ich kicherte, und kurz darauf fiel sie mit ein.

„Okay, ich merk schon, ich übertreibe. Also dann wünsche ich dir viel Spaß beim Sport. Wir hören uns nachher."

Ich steckte das Handy in die kleine Tasche an meinem Shirt und lief los. Sofort stieg der Puls an, und ich fühlte den Energieschub, der mich packte. Ein Lächeln kam über meine Lippen. Genau so, wie ich die Sonne zum Krafttanken nutzte, lud ich mich durch die Bewegung auf. Meine Muskeln brannten, und ich achtete heute besonders auf meinen Körper. Dass mein Tempo um einiges langsamer war als sonst, störte mich nicht. Im Gegenteil, ich nahm es gerne in Kauf, denn ich hatte wenig Lust auf die peinliche Situation eines erneuten Kreislaufkollaps in der Öffentlichkeit.

Nach gut fünfzehn Minuten hatte ich meinen Rhythmus gefunden. Meine Atmung war regelmäßig, und das Brennen in den Waden ließ nach. Ich genoss es, wie das Blut durch meinen Körper gepumpt wurde, mich förmlich von innen heraus reinigte und alles Negative in Form von Schweiß aus mir herauswusch.

Viele Badegäste hatten bereits ihre Sachen gepackt und den See verlassen. Doch einige lagen angezogen auf ihren Handtüchern und genossen die letzten Sonnenstrahlen des Tages. Ich beobachtete die Leute – Familien mit spielenden Kindern, knutschende Teenager, Senioren. Ich fühlte, dass mein Leben wieder weiterging. Und sollte sich irgendwann wieder ein Mann in mein Herz verirren, musste ich einfach daran denken, dass man nicht alle in einen Sack werfen konnte. Es sollte tatsächlich Exemplare geben, die unter Umständen ganz normal waren, mir keine Lügengeschichten auftischen und mir nicht in regelmäßigen Abständen das Herz aus der Brust reißen würden. Meine Mama hatte immerhin mit Martin auch einen Glücksgriff gemacht. Mal ganz davon abgesehen, dass ich die Schnauze gestrichen voll hatte von Männern.

Ausgepowert kehrte ich zu meinem Auto zurück und trocknete mit einem Handtuch den Schweiß in meinem Gesicht. Schnell tippte ich eine SMS an Isa, die erleichtert reagierte und mir noch einen schönen Abend wünschte. Gierig trank ich von meiner Wasserflasche und verschnaufte noch etwas, während die Hitze aus den geöffneten Türen meines Autos strömte. In meinen Beinen brannte das leichte Ziehen der beanspruchten Muskeln. Das Gefühl, mich selbst zu spüren, war das Wichtigste, was mir nach den letzten Tagen vollkommener Taubheit passieren konnte. Ich konnte den aufkommenden Muskelkater förmlich fühlen, und ich freute mich darauf!

Das letzte Mal, als ich einen hatte, war nach dem Ritt auf Jazzman. Ich musste lächeln, als ich an Lena und den Ausflug auf den Reiterhof dachte. Ich hoffte nur, dass sich die Freundschaft zu Julians Schwester durch meine Trennung von ihm nicht veränderte. Aber eigentlich sah ich keine Gefahr. So lange Lena und Marco glücklich waren, würde ich sie wiedersehen, und ich freute mich bereits jetzt darauf.

Über die Ironie, dass sie mich gebeten hatte, Julian nicht das Herz zu brechen, musste ich kurz auflachen. Wieso hatte ihm keiner gesagt, er sollte *mich* nicht noch einmal verletzen? Ich ließ mich in die heißen Sitzpolster fallen, drehte die Klimaanlage auf und fuhr zurück zu meiner Wohnung.

Mein Handtuch lässig über meine Schulter gelegt, die Wasserflasche in der einen, Handy und Schlüssel in der anderen Hand, nahm ich den Aufzug in den zweiten Stock zu meiner Wohnung. Doch fast wären mir alle drei Dinge schlagartig zu Boden gefallen, als ich den Gang zu meiner Haustüre betrat.

Dort saß Julian mit Neele.

Kapitel 17

Julian!

Seinen Kopf hatte er in die Hände gestützt und wirkte mitleiderregend. Als er mich sah, stand er auf und kam einen Schritt auf mich zu. Ich erstarrte. Sechs Schritte waren es noch zu meiner Wohnung. Sechs Schritte, die mich von meiner rettenden Insel trennten.

Abwehrend hob ich die Hand und deutete ihm, nicht näherzukommen. Ich hätte eine geringere Entfernung wahrscheinlich nicht verkraftet. Alleine, wenn ich an seinen Duft dachte, begann sich alles um mich zu drehen. Ich stützte mich an der Wand ab und ging in die Knie. Mein Atem ging stoßweise, und aus dem Augenwinkel bekam ich mit, dass Julian wieder Anstalten machte, zu mir zu kommen.

„Nein, Julian!“ Meine Stimme war wider Erwarten kräftig, der Ton harsch. Er gehorchte. Irgendwie musste ich mich konzentrieren, meine Gedanken wieder sortieren. Neele legte den Kopf schief. Sie war meine einzige Hoffnung, meine Emotionen unter Kontrolle zu behalten. Mein Rettungsring, an den ich mich klammerte.

„Komm her, Neele. Wie gehts dir? Hast du mich vermisst?“ Ich wusste, ich laberte blödes Zeug, doch sobald ich meine Finger in ihr dichtes Fell vergrub, wurde ich ruhiger und meine Gedanken klarer. Langsam verstand ich, was Tierfreunde an ihren pelzigen Gefährten fanden.

„Sag mal, was bildest du dir eigentlich ein?“, blaffte ich Julian an, als ich von Neele abließ und mich aufrichtete.

Er öffnete seinen Mund, wollte etwas sagen, doch ich ließ ihn nicht zu Wort kommen.

„Denk nicht, dass ich jetzt dein bescheuertes Gesülze hören will. Wie kommst du auf die idiotische Idee, vor meiner Tür auf mich zu warten? Stellst du mir etwa nach? Was willst du noch von mir? Willst du mich heulen sehen? Das kannst du vergessen! Willst du mich betteln hören? Da bist du bei mir falsch! Weißt du was?"

Mit zusammengekniffenen Augen zeigte ich drohend mit dem Finger auf ihn. „Wenn ich du wäre, würde ich die Füße in die Hand nehmen und mich auf schnellstem Wege von mir entfernen."

Ich deutete Richtung Aufzug. Betreten folgte sein Blick meinem Finger und sah dann zu Boden. „Und glaub ja nicht, dass du hier noch einmal aufkreuzen kannst. Dein Zug ist abgefahren. Ein drittes Mal fall ich nicht auf dich herein. Oder denkst du tatsächlich, ich steh darauf, mir das Herz bei lebendigem Leib herausreißen zu lassen? Such dir ein anderes Opfer. Vielleicht hast du ja Glück und findest noch einmal so eine Blöde wie mich, die dir dein Gelaber abkauft."

Julian stand schweigend vor mir, seine Schultern hingen kraftlos nach vorne und ließen ihn leicht gebückt wirken. Aber ich schenkte dem keine Beachtung. Nur kein Mitleid! Für mich war er eine einzige Lüge. Seine Worte, seine Bewegungen, sein gesamtes Auftreten.

„Sag schon, die Wievielte bin ich? Gibt es eine detaillierte Auflistung, wie viele Frauen du verarscht hast? Hast du vielleicht eine Fotowand in deinem Schlafzimmer, wie sie die Psychopaten von ihren Mordopfern anlegen? Hast du mein Foto jetzt abgehakt, oder hast du noch einen weiteren Angriff auf mich geplant? Hier …!" Ich deutete auf die Stelle auf meiner Brust, hinter der mein Herz schlug. „Genau hier tut es weh. Macht dich das scharf? Na? Sag schon! Gefällt es dir, wenn du mich leiden siehst?"

Ich wusste, dass ich überreagierte, aber es sprudelte einfach alles aus mir raus, was seit fünfzehn Jahren in das Fass hineingetropft war.

Einen Moment hielt ich inne, um Luft zu holen nach meinem brisanten Monolog. Ich durfte ihm ja nicht in seine Augen sehen.

Zu schmerzhaft würde es für mich sein, denn ich hatte keine Ahnung, wie ich mich aus diesem Sog dann wieder befreien könnte.

Julian machte es mir einfach – er wich meinem Blick aus. Soso, hatte er also doch ein schlechtes Gewissen. Siegessicher reckte ich mein Kinn in die Höhe.

Plötzlich bewegte er sich auf mich zu, viel schneller, als ich es erwartet hätte. Er nahm mich in die Arme, hielt mich fest. Panisch versuchte ich, mich von ihm loszureißen.

„Ich schwöre dir, wenn du mich nicht auf der Stelle loslässt, schreie ich das ganze Haus zusammen."

Doch meine Drohung hatte nicht annähernd die Wirkung, die ich erhofft hatte, da meine Stimme beinahe versagte und mehr einem Piepsen glich. Da war es auch nicht weiter verwunderlich, dass er meine Worte komplett ignorierte. Er presste sich noch fester an mich. Jedoch hatte die Art, wie er es tat, etwas … verwirrend Zärtliches an sich.

Er hatte eine Hand knapp oberhalb meines Hinterns platziert, gerade hoch genug, um die Berührung nicht aufdringlich wirken zu lassen. Die andere lag an meinem Nacken, und seinen Kopf schmiegte er an meinen. Ich war verwirrt, und als ich sein leichtes Beben spürte, hob ich meinen Kopf und blickte ihm ins Gesicht. Tränen liefen über seine Wangen, und, als er immer mehr geschüttelt wurde und zu schluchzen begann, setzte Neele mit ein und jaulte leise auf.

Ich kannte mich überhaupt nicht mehr aus. Hatten ihn meine Worte verletzt? Klar war ich nicht zimperlich mit der Wortwahl, teilweise hatte ich mich etwas zu weit aus dem Fenster gelehnt, aber das waren doch keine Gründe, um zu weinen! Warum sollte er auch weinen, gerade er! Also blieb nur eine Möglichkeit: Er spielte mir wieder etwas vor!

Erneut wurde ich wütend, wütender als zuvor. Ich wollte wieder ansetzen, mich aus seiner Umklammerung befreien, ihn gleichzeitig beschimpfen und das Haus zusammenschreien – hier war ich mir noch nicht ganz sicher, welche Reihenfolge die effektivste wäre –, als ich seine Hände über meinen Kopf und Rücken streicheln spürte.

Damit nahm er mir komplett den Wind aus den Segeln. Wenn er mich nicht schon ab dem Zeitpunkt hatte, ab dem ich seinen Körper an meinem spürte. Seine nasse Wange lag an meiner, und ich konnte die Wärme spüren, die von ihr ausging. Plötzlich hatte ich das Bedürfnis, *ihn* zu trösten! Scheiße! Wie kam das denn?

„Wir sollten nicht hier im Gang stehen bleiben. Die Nachbarn sind viel zu neugierig."

Julian nickte. Er wischte sich kurz über sein Gesicht und nahm mir die Wasserflasche ab. Ich ging in die Küche. Wortlos füllte ich eine Schüssel mit Wasser, die ich Neele auf den Boden stellte. Zu Julian sagte ich nur, während ich auf den Kühlschrank wies: „Bedien dich, bitte. Ich gehe duschen. In ein paar Minuten bin ich wieder da."

Zurück aus dem Bad pochte mein Herz immer noch wie wild. Einerseits hatte ich Angst vor dem, was mich jetzt erwartete. Viel größer war jedoch die Angst, Julian und Neele wären nicht mehr hier und ich würde eine verlassene Wohnung vorfinden. Doch Julian kniete im Wohnzimmer vor seiner Hündin, die seine Streicheleinheiten genoss. Als er mich sah, mit Shorts, Tanktop und nassen Haaren, stand er auf und setzte sich auf die Couch. Auf dem Tisch standen eine geöffnete Colaflasche und zwei Gläser – eines voll, das andere fast ganz geleert.

„Hast du Hunger?" Kurz fühlte ich mich wie meine Mutter.

Julian schüttelte stumm den Kopf und blickte ohne Unterbrechung auf sein Glas. Hurra, das Schweigen hatte uns wieder. Ich beschloss, mich erst einmal zu ihm auf die Couch zu setzen – mit ausreichend Sicherheitsabstand. Ich brauchte immerhin meine volle Konzentration.

Ich musterte ihn das erste Mal genauer und stellte fest, dass er nicht viel besser aussah als ich – und das wollte was heißen. Abwartend lehnte ich mich zurück, verschränkte die Arme vor der Brust. Als von Julian immer noch keine Reaktion kam, beschloss ich, ihn mit einem Räuspern und einem „Also …?" darauf aufmerksam zu machen, dass er mir noch eine Erklärung schuldig war.

Er starrte immer noch seine Cola an, als wollte er sein Glas per Hypnose dazu bringen, an seiner Stelle zu antworten. Doch dann atmete er tief durch und begann zu sprechen.

„Jana, … während dem Kletterwochenende vor zwei Wochen hab ich nur von dir gesprochen. Thomas und Ben bin ich damit gehörig auf die Nerven gegangen. Als ich am Sonntag deinen Post gelesen hab, vermisste ich dich … mehr denn je. Da hatten die beiden endgültig die Schnauze voll von mir und meinem ewigen ‚Jana hier, Jana dort'. Also beschlossen wir, früher aufzubrechen." Er trank einen Schluck Cola, dann wandte er sich mir zu.

„Ich freute mich so auf dein überraschtes Gesicht, wenn ich bereits am Nachmittag vor deiner Tür stehen würde. Ich war nur kurz in meiner Wohnung, lud meine Sachen ab und duschte. Ich war so aufgeregt, war so gespannt auf dein Gesicht, wenn du mir die Tür öffnen und mich sehen würdest. Als ich hier ankam, verließ zum Glück gerade jemand das Gebäude, und ich brauchte nicht bei dir zu klingeln. Mein Plan war, vor deiner Tür zu stehen und anzuklopfen. Ich hatte sogar Blumen mit."

Julian versuchte es mit einem schüchternen Lächeln. Doch als ich darauf nicht reagierte, fuhr er fort: „Deine Wohnungstür stand offen und …"

Meine Tür … war offen …? Oh nein, das *hatte er gesehen?!*

„… ich sah, wie ein Mann gerade deine Wohnung verließ. Bevor er auf den Aufzug zusteuerte, wo ich stand, lehnte er sich noch einmal zu dir und gab dir einen Kuss. Er zog im Gehen seinen Hosenschlitz zu, und ich konnte seine noch schweißnasse Stirn sehen."

Ich konnte förmlich fühlen, wie ich immer blasser wurde … Oh mein Gott! Was hatte dieser Vollidiot Georg angerichtet?

„Er zwinkerte mir zu, dann flüsterte er, du wärst eine echte Granate im Bett … und er könne sich wirklich glücklich schätzen, so eine wie dich vögeln zu dürfen. Jana, ich … am liebsten hätte ich ihm seine hässliche Visage poliert. Hast du die leiseste Ahnung, wie ich mich in dem Moment gefühlt habe, Jana?"

Fassungslos starrte ich in Julians Gesicht und hatte das Bild vor Augen, das er damals gesehen haben musste. Mir stiegen Tränen auf, die ich wegzublinzeln versuchte. Ich wollte ihn nicht so verschwommen sehen, ich wollte ihn klar und deutlich vor mir haben. Ich ergriff seine Hand, was er glücklicherweise zuließ.

„Und du hast ihm das wirklich geglaubt? Wieso nur? Hast du denn gar kein Vertrauen zu mir?“ Eigentlich war ich wütend darüber, aber andererseits wollte ich das jetzt ein für alle Mal klären.

„Julian, du darfst ihm das nicht glauben! Das war Georg, mein Ex. Er kam an dem Nachmittag einfach in meine Wohnung und flehte mich an, ihn wieder zurückzunehmen. Ich hatte solche Angst, und er war so widerlich!“ Bei dem Gedanken an Georg schüttelte es mich.

„Ich wollte ihn aus meiner Wohnung werfen, was nicht so einfach war. Erst nach einer Weile hat er verstanden, dass es endgültig aus ist. Ich war heilfroh, als er endlich weg war. Er hat mich ein ganzes Jahr lang verarscht und angelogen. Als ich erfuhr, dass er verheiratet ist, beendete ich sofort das Verhältnis. Damit kam er offensichtlich nicht zurecht. Hätte ich dich damals im Gang gesehen, hätte ich sofort das Missverständnis aufklären können und …“

Meine Stimme versagte, als mir das Ausmaß des unglücklichen Zusammentreffens der beiden Männer bewusst wurde. Ich vergrub das Gesicht in meinen Händen. Julian nahm mich in den Arm und hielt mich einfach nur fest. Ich schmiegte mich an ihn, mein Gesicht an seinem T-Shirt, und sog seinen Duft ein, den ich so sehr vermisst hatte.

„Ich weiß inzwischen alles … von meiner Schwester.“

„Lena?“ Ich hob den Kopf und sah ihn ungläubig an.

Er lächelte. „Natürlich, wer denn sonst?“

„Ich … weiß nicht. Und woher … Marco?“

„Genau. Und der hat es von Isa.“ Wieder dieses Schmunzeln, das es rezeptfrei in der Apotheke als Allheilmittel geben sollte.

Julian holte tief Luft, bevor er zu erzählen begann. „Ich hab mich zurückgezogen und in Selbstmitleid gesuhlt. Zuerst fiel es niemandem auf, denn ich ging nach wie vor ins Büro. Dort spulte ich mein Programm ab, vergrub mich in Arbeit, um mich abzulenken.“

Ich kaute auf meiner Unterlippe. Dass es Julian ähnlich ergangen war wie mir, damit hatte ich nun gar nicht gerechnet.

„Lena war ja mit ihrer Schulklasse unterwegs, und so konnten wir erst letzten Mittwoch miteinander telefonieren. Sie hat bemerkt, dass irgendetwas nicht in Ordnung war, aber ich wollte nicht mit ihr darüber sprechen. Daraufhin kam sie zwei Tage später zu mir und drohte mir, erst dann wieder zu gehen, wenn ich ihr sagen würde, was passiert war."

Ich musste schmunzeln. Ich sah Lena förmlich vor mir.

„... Also erzählte ich ihr meinen Teil der Geschichte."

„Und dann?"

„Nun, am Samstag trafen sich Lena, Marco und Isa zum Trainieren und hier unterhielten sie sich zum ersten Mal gemeinsam über uns beide. So löste sich für sie das Rätsel." Langsam streichelte Julian meine Hände. Die Verzweiflung, die er empfunden haben muss, stand ihm ins Gesicht geschrieben.

„Ich Idiot, ich hatte dich schon wieder verletzt und ... ich war mir sicher, diesmal gibst du mir keine weitere Chance." Ich drückte seine Hand ganz fest.

Seine Stimme klang wie ein leises Knurren.

„Oh Gott, Jana, es tut mir so leid ... Wenn ich gewusst hätte ..." Julian ließ meine Hände los und ballte seine zu Fäusten, so fest, dass die Knöchel weiß hervortraten. An seinen Unterarmen kamen die Adern hervor, und erneut konnte ich Tränen in seinen Augen erkennen. Der Schmerz, den er wegen dieses blöden Missverständnisses empfand, war ... herzzerreißend. Der Wunsch, ihn zu trösten, überwiegte, und so rutschte ich nah an ihn und drückte ihn fest. Auch mir standen die Tränen in den Augen. Langsam wiegten wir uns hin und her.

„Sssscht!" Ich strich ihm eine Haarsträhne aus dem Gesicht.

„Der Vorschlag mit der Digicam stammte übrigens von mir." Julian grinste mich verlegen an. „Ich hab mich selbst erschrocken, als ich mich nach Lenas Besuch wieder bewusst im Spiegel sah. Oh, und wenn ich mir dich so ansehe, war es höchste Eisenbahn mit dem Wachrütteln." Julian streichelte langsam über meine Wangen und weiter hinab über meine Oberarme. „Bei dir besteht inzwischen Gefahr für blaue Flecken."

Ich boxte ihm auf die Schulter und schüttelte mit gespieltem Schmerz meine Hand. „Da redet der Richtige. Von Essen hast du die letzten zwei Wochen aber auch nicht viel gehalten."

In seinen Augen stand immer noch der Kummer, den er in den letzten Tagen empfunden haben musste, als er langsam den Kopf schüttelte. Neele legte ihren Kopf neben uns auf die Couch.

Abwartend schielte sie zwischen uns hin und her. Dankbar über die Ablenkung begannen wir, ihr Fell zu kraulen.

„Jana … Für mein Verhalten gibt es keine Entschuldigung. Ich hätte dem Scheißkerl nicht einfach so glauben dürfen. Ich hätte zu dir gehen sollen, um mir deine Version anzuhören.“ Geräuschvoll atmete Julian aus. „Stattdessen sah ich rot, fuhr nach Hause … und zerstörte die beiden Kill Bill-DVDs.“ Entschuldigend zuckte er mit den Achseln.

„Deine Anrufe … die SMS … ich wusste nicht, was das noch sollte, und ich musste mich zusammenreißen, um nicht auf der Stelle zu dir zu fahren und dir meine Meinung zu geigen. Gott sei Dank hab ich es nicht getan …“

Julians Stimme klang gepresst, mir tat mein Herz weh bei dem Gedanken daran, wie sehr auch er gelitten haben musste. Ich schloss die Augen.

„Ich hab übrigens das Foto gesehen“, gestand er kleinlaut und durchbrach die Stille. Geschockt sah ich ihn an. Ich würde Isa morgen den Hals umdrehen! Wie konnte sie nur?

„Jana, ich … ich will dich *nie wieder* in so einem Zustand sehen. Es hat mir fast das Herz zerrissen. Du warst kaum wiederzuerkennen. Ich schwöre dir, Jana, wenn du mir nur eine kleine Chance lässt, alles wiedergutzumachen, dann sorge ich dafür, dass du nie mehr so leiden musst wie die letzten beiden Wochen.“ Bei diesen Worten nahm er meine Hände in seine und hielt sie fest, um sein Versprechen zu bekräftigen.

„Julian, … klar, das Ganze war ein riesiges Missverständnis, und in gewisser Weise verstehe ich deine Reaktion. Aber … meine Gefühle lassen sich nicht einfach aus- und wieder einschalten. Vertrauen muss wachsen. Du wirst Geduld haben müssen. Du hast es mir immerhin nicht unbedingt leicht gemacht, mich auf deine Worte zu verlassen.“

Ich merkte, wie etwas von dem enthusiastischen Glanz in seinen Augen verloren ging. Doch ich wollte mit offenen Karten spielen. Und … ich wollte nicht noch einmal verletzt werden.

„Julian, hör zu, ich …“ Weiter kam ich nicht mit meiner Erklärung. Julian legte mir seinen Zeigefinger auf die Lippen, die sofort auf seine Haut reagierten und zu kribbeln begannen.

„Warte … lass mich bitte auch was dazu sagen!“

Ich nickte kurz, und er nahm seinen Finger wieder von meinen Lippen und hielt meine Hände mit festem Druck. Julian sah mir tief in die Augen, als er weitersprach.

„Jana, ich hab mich in dich verliebt, an dem ersten Tag, als ich dich sah. Deine Haare hattest du zu einem dicken Zopf geflochten, der locker über deine Schulter fiel. Deine grünen Augen leuchteten bei jedem Lachen, und ich musste mich zusammenreißen, um dich nicht ununterbrochen anzustarren.“ Langsam strich mir Julian eine Haarsträhne hinter die Ohren und verfolgte die Bewegung gedankenverloren mit seinen Augen.

„Mein Plan war, dich irgendwann ins Kino einzuladen. Ich hatte mein Taschengeld gespart, um dir auch Popcorn und eine Cola spendieren zu können. Als ich endlich das Geld beisammen hatte, beschloss ich, dich gleich beim nächsten Treffen im ‚Boot' zu fragen. Doch das Schicksal machte mir einen Strich durch die Rechnung. In dieser Nacht hat sich mein Vater das Leben genommen.“

Ich schüttelte den Kopf, verwirrt und sprachlos. Wie viele unglückliche Umstände unserem Glück ständig im Weg gestanden hatten! Neele schnaufte kurz auf, trottete gemächlich ans andere Ende der Couch und legte sich auf den Teppich.

„Als ich dich endlich küssen konnte, hab ich es wieder vergeigt. Von meinen sogenannten Freunden hatte ich keine Hilfe zu erwarten. Was hätte ich denen sagen sollen? Dass der coole Macho Julian sich bis über beide Ohren in die mit den Titten verknallt hatte?“

„Möpse.“

„Wie?“

„Du sagtest Möpse. Nicht Titten.“

Verlegen biss sich Julian auf die Unterlippe. „Tut mir so leid. Beide Wörter. Und die Tatsache, dass ich es überhaupt gesagt habe. Du hast einen wundervollen Busen, Jana, und er hat damals perfekt in meine Hände gepasst. Und wenn ich ihn mir so ansehe, ist das heute noch genauso.“

„Hey, hier oben spielt die Musik!“ Lachend hob ich mit meinem Finger sein Kinn an und forderte ihn so auf, mir wieder ins Gesicht zu sehen anstatt in den Ausschnitt. Seinem breiten Grinsen nach zu urteilen bereute er den Blick nicht, was ich ihm ausnahmsweise nachsah. Meine selbst auferlegte Zurückhaltung geriet etwas ins Wanken. Dann schien er sich wieder zu konzentrieren und fuhr nachdenklich fort.

„Auch deine Freundinnen waren nicht begeistert davon, dass ich noch einmal mit dir sprechen wollte. Immerhin hatten sie alle mein blödes Verhalten nach dem Versteckspielen mitbekommen. Und sie kannten mich als den, der sich auf Kosten anderer einen Spaß erlaubte. Ich hatte mir also selbst die Tour vermasselt." Julian seufzte und trank einen Schluck, bevor er weitersprach.

„Aber weißt du, Jana, die ganzen Jahre konnte ich dich nicht vergessen. Und irgendwann kam der Punkt, an dem ich nicht mehr einfach nur an dich *denken* wollte. Ich wollte dich sehen, mit dir sprechen und mich bei dir entschuldigen, auch wenn ich nicht wusste, ob du dich überhaupt noch an mich erinnern kannst. Mich hatte der ganze Social Network Hype nie wirklich interessiert, aber als ich von dir die Nachricht erhielt, dass du meine Jana bist, war ich doch sehr froh darüber, dass Ben mich auf die Idee mit Facebook brachte." *Meine* Jana … mir wurde ganz warm ums Herz …

„Als ich dort deine Fotos durchblätterte …", wie peinlich, er hatte sich also tatsächlich durch mein Profil geklickt, „… Mensch, Jana, du bist so viel schöner, als ich dich in Erinnerung hatte." Julian blickte mir tief in die Augen. Seine Stimme war nur mehr ein Flüstern.

„Ich liebe deine Augen. Das Smaragdgrün, das die Pupille umgibt, durchzogen von zarten braunen Ästen. Der Rand um die Iris … dunkles Waldgrün, so geheimnisvoll. Ich frage mich ständig, welche Geheimnisse sich noch dahinter verbergen. Welche Geschichten sie bereits gesehen haben. Ich möchte sie alle wissen …! Deine Augenbraue, wenn du sie fragend hochziehst …" Mit seinem Daumen fuhr er den Schwung nach.

Die Gänsehaut, die er damit auslöste, ließ mich meine Augen schließen. „Nicht … bitte, lass sie offen. Ich versinke so gerne in ihnen …" Julians Stimme war rau und erregt.

Ich gehorchte ihm und sah ihn an. Sein Blick war weich. Langsam befeuchtete er mit der Zunge seine Lippen, die ich nur zu gerne auf meinem Mund spüren wollte. Ich starrte auf seinen Mund, fühlte in mir plötzlich das unbändige Verlangen, Julian zu fühlen, ihn zu küssen, zu halten. Lange würde ich meine Selbstbeherrschung sicher nicht mehr bewahren können. Leise seufzte ich auf.

„Jana … lass uns einen … Neustart wagen. Bitte, lass uns vergessen, was geschehen ist. Alles zurück auf Null! Es waren unglückliche Zufälle. Aber ich will nicht aufgeben – ich hab so lange um dich gekämpft, so lange gewartet. Ich hab mich in dich verliebt, schon vor sechzehn Jahren. Und das hat nie aufgehört."

Julian presste Zeige- und Mittelfinger an seine Schläfen. „Die letzten Tage ohne dich waren die reinste Hölle. So viel mehr als die letzten Jahre, die ich ohne dich war. Ich kann und will nicht länger ohne dich sein. Mein Leben ist nur halb so lebenswert, wenn du kein Teil davon bist. Bitte, ich würde es nicht aushalten …"

Diesmal war ich diejenige, die den Zeigefinger auf seine Lippen legte. Meine Antwort bestand nicht aus Worten. Meine Antwort war die Erfüllung meiner Wünsche und Sehnsüchte, und ich war mir sicher, dass es auch die seinen waren.

Ich rückte auf, schloss die kleine Lücke zwischen uns beiden, sodass sich unsere Beine berührten. Diesmal nahm ich mir, was ich mir so sehr wünschte: Langsam strich ich mit meinen Lippen über die seinen. Die Berührung war wie ein kleiner Stromstoß, und dann – endlich – küssten wir uns.

Wir küssten uns, als gäbe es kein Gestern und kein Morgen. Dabei hatte ich ihm gerade die Ewigkeit versprochen. Julian zog mich rittlings auf seinen Schoß. Meine Hände umschlangen seinen breiten Rücken, wühlten in seinem Haar. Er presste meinen Körper an den seinen, hielt mich fest, streichelte über meinen Rücken. Ich wollte ihn nicht mehr loslassen, nie mehr.

„Julian, ich …" Zwischen unseren Küssen hauchte ich leise die Worte. „… ich brauche dich auch so sehr. Neuanfang … klingt gut …!"

Nur widerwillig ließ ich zu, dass er sich schon wieder von mir löste. Mit halb geschlossenen Lidern sah ich ihn an. Sein Atem ging genauso schnell wie meiner. Meinen Herzschlag musste er hören, so laut pochte es in mir. Seine Augen strahlten vor Glück, sein Lächeln raubte mir den Verstand.

Langsam streichelte Julian meine Oberarme. Er ließ seine Finger meine Schultern hoch gleiten, folgte der Linie zum Nacken, den er zärtlich berührte. Ein warmer Schauer schüttelte mich. Julians Lächeln spiegelte sich in meinem Gesicht wider. Er vergrub seine Hände in meinen Haaren, wie ich es zuvor bei ihm getan hatte, zog mich zu sich heran und hauchte mir einen unschuldigen Kuss auf meine Lippen. Dann legte er seine Stirn an meine, während seine Hände langsam meinen Rücken hinabglitten. Mit den Fingerspitzen zog er kleine Kreise an beiden Seiten der Wirbelsäule. Genüsslich schloss ich meine Lider. Gefühlvoll biss Julian in meine Unterlippe und sog an ihr. Oh Gott, ich wollte mehr von ihm!

Meine Hände glitten seinen Oberkörper hinab, bis zum Gürtel. Einen Augenblick hielt Julian den Atem an, den er seufzend wieder ausstieß, als ich mich mit meinen Fingern nach seiner Haut unter dem T-Shirt tastete. Ich musste kurz grinsen, doch, als er mit seinen Fingern über die Haut entlang meines Hosenbundes strich, wurde mir schwindelig. Dann spürte ich Julians Hand wieder hinaufwandern, Haut an Haut, der Wirbelsäule entlang. Es war einfach unbeschreiblich, seine weichen, warmen Finger zu spüren.

Sanft drückte mich Julian zurück, bis wir beide auf der Couch lagen. Ich verschloss meine Hände in seinem Nacken und zog ihn zu mir herab, küsste ihn zärtlich und voll Liebe.

Julian schickte seine Hände wieder auf Wanderschaft und ließ sie erneut unter mein T-Shirt gleiten. Mein Atem ging stoßweise. Als er meinen blanken Busen mit der Hand umschloss, zog sich mein Unterleib voll Erregung zusammen. Ich spürte seine Härte durch seine Jeans auf meinem Oberschenkel. Ich fasste ihn am Hintern und presste ihn fest an mich. Mit meiner Zunge glitt ich über seinen Hals, sog seinen warmen Duft ein, kostete von ihm, wollte ihn so sehr.

Julian schob mein Shirt nach oben und tauchte ab, um meinen Bauch mit Küssen zu überdecken. Genüsslich wand ich mich unter seinen Händen, unter seiner Zunge, und ein leises Stöhnen kam über meine Lippen. Julians Lippen küssten meinen Oberkörper hinauf, umschlossen meine harten Nippel und sogen zärtlich an ihnen. Mein Verstand setzte aus, und, als er mit seiner heißen Zunge wieder übers Schlüsselbein hinauf bis zum Hals seinen Weg suchte, war es um mich geschehen. Heftig atmend sahen wir uns in die Augen. Dieses Mal wich ich dem tiefen Indigoblau seiner Augen nicht aus und spürte, dass es richtig war.

Erst als es bereits finster war, fanden wir langsam ins Hier und Jetzt zurück. Ich lag an Julian gekuschelt, spürte seine heiße Haut auf meiner, atmete seinen unvergleichlichen Duft ein, von dem ich wahrscheinlich nie genug kriegen würde. Neele war eingeschlafen, nur ihr leises Schnarchen war zu hören. Julian streichelte zärtlich meinen Rücken, und ich betete zu Gott, dass nur dieses eine Mal die Zeit stehen bleiben könnte. Vor Glück und weil die Emotionen mich übermannten, stahl sich eine Träne aus meinem Augenwinkel. Ich war einfach nur überwältigt.

„Bleib bei mir, Julian."

„Das werde ich."

„Schön."

„Nicht nur heute Nacht." Mein Herz wurde warm. Ich kuschelte mich noch näher an ihn, und er erwiderte meine Umarmung.

„Ich liebe dich, Julian."

„Und ich liebe dich, Jana …"

ENDE

Über Sarah Saxx

Die Autorin lebt mit ihrem Mann und ihren beiden Töchtern in Oberösterreich in einem kleinen, idyllischen Kurort mitten am Land.
Ihre Vorliebe für romantische Romane und der Wunsch nach noch mehr Geschichten, die das Herz berühren, waren schließlich der Auslöser, ihre eigenen Ideen und Gedanken niederzuschreiben.

Auf Umwegen ins Herz ist der erste Roman der Autorin und erschien im Herbst 2013. Weitere Bücher sind bereits in Planung.

Sarah Saxx online:

Website:	www.sarahsaxx.com
E-Mail:	buch@sarahsaxx.com
Facebook:	www.facebook.com/Sarah.Saxx.Autorin
Twitter:	twitter.com/SarahSaxx
Youtube:	youtu.be/cgGSrJBJAA0

Danksagung

Wenn man ein Buch liest, taucht man in Geschichten und Handlungen meist fiktiver Personen ein und erst dann wieder auf, wenn man das Buch schließt. Unterm Strich dauert es meist nur wenige Stunden, bis man einen Roman zu Ende gelesen hat.

Wie viel Arbeit jedoch *dahinter* steckt, wie viele Personen an einer einzigen Geschichte mitgeholfen und mitgewirkt haben, das wurde mir erst so richtig bewusst, seit ich mit der Arbeit an diesem Buch begonnen habe.

Nun ist der Zeitpunkt gekommen, wo ich mich bei all den lieben Menschen bedanken darf – ohne ihre Hilfe würden Sie jetzt womöglich kein Buch in Ihren Händen halten:

Ein riesengroßes Dankeschön geht natürlich zuerst an meinen Mann und meine beiden Töchter. Die drei wichtigsten Menschen in meinem Leben mussten die letzten Monate viele Stunden auf mich (oder zumindest auf meine geistige Anwesenheit) verzichten, da ich viel zu oft Zeit mit Jana und Julian verbracht hatte. Trotzdem habt ihr drei mir Kraft gegeben und mich unterstützt, wo immer es möglich war.

Mama, Papa, ich danke euch so sehr für Euer Vertrauen in meine schrägen Ideen, für Eure bedingungslose Liebe und für Eure Unterstützung!

Danke auch an meinen Bruder David, der mir sein Fachwissen zur Verfügung stellte und seine Kreativität in den richtigen Momenten mit einfließen ließ. Ohne ihn gäbe es außerdem keinen so wunderbaren Buchtrailer. Danke auch an Franz, Martina und

Sabrina, die mitgeholfen haben, den Trailer so außergewöhnlich werden zu lassen.

Ein großes Dankeschön auch an meine Lektorin Kornelia, die mir geholfen hat, aus der Geschichte so ein besonderes Buch werden zu lassen – jetzt liebe ich es umso mehr!

Nicht zu vergessen auch ein dickes Danke an meine Testleserinnen Alexandra, Martina und Petra. Ebenso an Hanni, Barbara, Julia, Ursula, Manuel, … und allen, die mit ihrem Fachwissen, ihrer Kreativität, guten Launen oder einfach einem offenen Ohr für mich dagewesen sind.

Ein freundliches Dankeschön auch an das Pöstlingberg Schlössl in Linz, auf dessen Sonnenterrasse Jana und Julian den romantischen Ausblick auf Linz während ihres Mittagessens genossen:

Restaurant Pöstlingberg Schlössl
Am Pöstlingberg 14
4043 Linz – Österreich
Tel: +43 732 716633
office@p-schloessl.at

Zu guter Letzt möchte ich mich bei Ihnen bedanken! Ich freue mich, dass Sie mein Buch gekauft haben und ich hoffe, es hat Sie beim Lesen genauso berührt wie mich beim Schreiben.

Wenn Sie mich als Autorin unterstützen möchten, würde ich mich über eine positive Bewertung in Form einer Rezension freuen. Gerne dürfen Sie das Buch auch an Ihre Freunde und Bekannten weiterempfehlen. Auch über eine persönliche Kontaktaufnahme freue ich mich: buch@sarahsaxx.com

Liebe Grüße,
Ihre Sarah Saxx

7131679R00141

Printed in Great Britain
by Amazon.co.uk, Ltd.,
Marston Gate.